日本人が知らない「ジャパニーズ・ドリーム」を掴む方法。

# 逆転力、激らせろ

## ―希望を咲かせて―

山分ネルソン
文　蒼井カナ

# プロローグ

# プロローグ

僕には子どもが3人いる。3人とも日本で生まれ育ち、本当にありがたいことに、元気に毎日を過ごしている。しかし、実は不安な気持ちもある。彼らが日本に生まれ育ち、普通の暮らしを送っているからだ。

日本はとても素晴らしい国で、物質的に豊かな国。何を隠そう、僕はそんな日本が大好きだ。僕はマレーシアで生まれ育ち、貧しい少年時代を経て単身・無一文で来日、日本で医師になり、日本で出会った女性と結婚し、今では僕自身が日本人となって自分の産婦人科クリニックを経営している。こんなに素敵な国で、毎日家族と普通に暮らし、仕事を続けられることがどれほど幸せか、今でも日々噛み締めずにはいられない。

けれども僕の子どもたちは「日本で毎日普通に暮らせる」ことのありがたさに気づかない。日々たくさんの物に囲まれ、食事にも家にも困らず、幼くして働く必要もなく、子どもらしく生きている。その状況を幸せ、恵まれている、と思えないのは何も不思議ではない。日本では当たり前のことだからだ。しかし僕はいつか、僕のマレーシアでの生い立ちや来日してからの経験を彼らに伝え、彼らの人生の参考にしてほしいと思っている。僕の半生のような経験は、今の日本のように豊かな国ではなかなかできない。また「外から見た日本」の姿も、「元外国人」として伝えられるかもしれない。僕が得た経験が彼らの人生でエッセンスになれば、父としてこれほど嬉しいことはない。

しかし、子どもたちと一緒にいるとき、僕はほとんど言葉が出てこない。ニコニコと彼らを見守っているだけ。子どもたちと一緒に過ごしているととても幸せな気持ちになり、言葉が要らなくなってしまうからだ。子どもたちの笑顔、遊ぶ様子、好きなものに打ち込む姿勢を側で見つめ、時折ハグをしたり肩を抱き合ったりすれば、身体中に幸せが満ち満ちてゆく。ここで口を開けば、せっかくの幸せが開いた口から逃げていってしまうのでは——

そんな風に思ってしまう。

こんなに幸せな悩みはないが、これでは子どもたちに何も伝えられない。だったら、僕の人生を別の形で伝えられないだろうか。彼らの気が向いた時、手に取れる形として——。

そうして僕は、僕の人生を一冊の本にできないかと考えるようになった。本であれば、パパがこんな風に生きてきたことを、彼らの好きな時に好きなだけ読んでもらえる。それに口から幸せが逃げることを恐れ焦って話すよりも、じっくりと時間をかけて紡いだ言葉の方が伝えられることも多そうだ。

そして欲張りな僕は、僕の半生を大好きな日本の皆さんに役立ててもらいたい、とも思っている。今の僕は、日本の皆さんなくしては存在しない。僕を助け、支え、そして励ましてくれる日本の方々への恩返しとして、少しでも僕のこれまでの人生を役立ててもらえたら。

こうして、僕はこの本を書くことにした。執筆に取り掛かってから完成まで、実に15年以上の歳月が経ってしまった。その間にも僕の人生、そして日本や世界にはたくさんのことが起きた。それらも含めながら、今現在の僕の人生と僕の想いをこの本に詰めこんだ。

少しでも皆さんの心に響くものがあれば、そう願いながら、今キーボードを叩いている。

プロローグ……1

目次

第一章　医師を目指した理由……7
「お医者さんになりたい」
「僕」はこうして作られた
日本へ抱いた想い
第二章　医師としての決意、産婦人科へ……19
戦慄の初当直
産婦人科へようこそ
第三章　貧困、強い意志、描いた大きな夢……51
美味しいお菓子、いかがですか
すごいな、日本
孤独への出発
第四章　日本への片道切符、胸いっぱいの旅立ち……67
成田空港
ハロー、東京
一応、留学生
一人の空間
ARE YOU HUNGRY?
唯一の友人
ハロー、北海道

第五章　あきらめかけた目標、25歳で医学生に……91
あたたかな北の大地
大都会を目指して
モノクロームの入学式
臨床医学の扉
なぜか看護師の仕事？
第六章　勤務医時代の苦悩と選挙出馬、そして落選……143
新しい生命の誕生をみつめて
やりがいと苦悩のはざまで
真っ白な挑戦
羊と狼たち
真夏の戦利品
第七章　つかんだＪａｐａｎｅｓｅ Ｄｒｅａｍ…。希咲クリニック開院とメディア出演……209
拾う神、現る
僕にできること
第八章　未曾有の出来事、日本の底力……249
日本の底力
両親への感謝、そして日本への恩返し
憧れの「母国」で
エピローグ……267

# 第一章

# 医師を目指した理由

## 「お医者さんになりたい」

僕は東南アジアの国、マレーシアで生まれ育った。マレーシアは発展途上国だが、僕はその国の中でも特に貧乏な家庭に育ったと言っても過言ではない。

しかし僕は現在、日本に帰化して日本人となり、大阪で自分のクリニックを開院し、産婦人科医として働いている。

なぜ僕は日本で医師になろうと思ったのか。異国の地で医師になるなんて、さぞかし強い医学への志があってのことだろう、と思われるかもしれない。しかし僕は小さい頃、医師になろうとはそう強くは思っていなかった。いや、思えなかった、という方が正しいかもしれない。

マレーシアの病院は国公立と私立の2種類に大きく分けられる。マレーシアには日本のような国民健康保険制度はなく、国民にとって医療費は決して安い出費ではない。そのため、医療費を安く済ませたければ国公立病院へ行く選択肢しかない。国公立病院の医療費は安いが、まさに「安かろう、悪かろう」。建物が古びているだけでなく、医療サービスの質も悪い。マレーシア国内では「命が惜しければ私立病院へ」と言われるほど、国公立病院の医療の質が低いことは周知の事実だ。その代わり、私立病院の医療費はとてつもなく高い。日本に例えると、医療費を何の保険もなく十割負担しているようなもので、マレーシアの富裕層ではない「普通の国民」にとって、それはとても手が出る金額ではない。国民の間で貧富の差が激しいマレーシアだが、医療においてもその差は歴然なのだ。

僕が育ったのは、自分たちで作ったお菓子を移動式屋台で売り歩き生計を立てている超貧乏家庭。全く余裕のない毎日の生活では、医療費がかかること自体が家計を相当に圧迫するため、僕の母はたとえ体調を崩しても国公立病院にすらかかろうとしなかった。医療費がかかれば、小さなお菓子をたくさん売ってようやく得た雀の涙ほどの収入があっという間に消えてしまう。母は、自分が我慢すれば良いから、といつも病院へ行くことなく体調不良をやり過ごしていた。

僕が両親の屋台を手伝っていたある日、いつものように働いていた母が突然苦しそうな様子を見せた。母の身体はあちこちがみるみる腫れて赤くなり、呼吸も浅くなっている。全身にじんましんが出たのだ。原因はわからず、じんましんはどんどん身体中に広がっていく。気道が腫れているのか、息を吸い込めていないようにも見える。とても仕事ができるような状態ではなく、このままだと母がどうにかなってしまうのでは、と僕は怖くなった。それでも母は決して病院へ行こうとはしない。病院へ行っても医療費がかかるだけ、寝たら治るから大丈夫、と言い、痒さや苦しさを押してそのまま働き続けていた。時間が経ち、母のじんましんが落ち着いた時は心底ほっとしたものだ。子どもからすれば、母親が苦しんでいるのに医師に診てもらっていない状況がとても不安だった。本当に母はこのままで大丈夫なのだろうか、夜に急変したり、ある日突然大病が発覚したりしないのだろうか、と。

しかしこれは、マレーシアの貧乏家庭ではよくある光景だった。お金がないから健康を諦める、お金がなければ痛く苦しい状況でも我慢するしかない——。そんな局面に何度も遭遇するうちに、僕はとにかくお金のかかるマレーシアの医療に憤りを感じ始めた。病院は人を助けるためにあるんじゃないの？　どうしてお金の有無で病院へ行けるかどうか、果ては命を救われるかどうかが決まってしまうのか？　そしていかにも子どもらしく、「僕がお医者さんになれば、お金がかからずにお母さんの体調不良を治してあげられる！」と考えていた。

これがおそらく、僕が最初に医師になりたいと思った瞬間だ。

しかしここから医師への思いが強く持続したわけではなかった。マレーシアにはそもそも医学部がほとんどなく、その頃医学部が設置されていた大学はマレーシア国内に数カ所。そのため当時のマレーシアでは、医師になりたい人は海外留学し、その留学先で医学部へ進学、そして医師を目指すことが多かった。海外留学のための渡航費、生活費の工面はもちろん、医学部進学にかかる高い授業料を支払う財力こそ、学力よりも必要不可欠だったと言えるかもしれない。当時のマレーシアで医師とは、もともと裕福な家に生まれ、財力にも学力にも恵まれた人だけが目指せる職業だったのだ。

僕がお医者さんになったら——と思いつつも、幼心に「こんな貧乏な家に生まれた僕は、お医者さんになんて絶対になれないだろうな」とも思っていた。医師になりたい、と子どもが口に出すことすら憚られるほど、金銭的に厳しい生活だったからだ。しかし繰り返されるのは、家族の体調不良を我慢だけでなんとかやり過ごす日々。

家族の病気や体調不良を自分が治してあげたい、そう純粋に願う気持ちの前に、子どもの自分にはどうしても解決できない「貧乏」という環境が立ちはだかる。

お医者さんになりたい、という夢を見ることすら、貧乏生活を送る市民にとっては贅沢なことだった。そうして当時の幼い僕は、この思いにそっと蓋をする。僕は貧乏な家に生まれたからお医者さんにはなれないんだ、そう自分に言い聞かせて。

しかし家族の体調不良を目の当たりにする度、その蓋の下で「お医者さんになりたい」という思いはカタカタと音を立て続けていた。それでも「貧乏だから」という理屈が、僕のその思いを長年に渡って押し込めるのだった。

## 「僕」はこうして作られた

小さい頃、僕はコンプレックスの塊だった。それは両親の影響が大きい。両親は「私たちは貧乏で下級クラスの人間、だから他の人とあまり関わりを持ってはいけない」と強く考えていた。だから僕が友人の家に遊びに行くことを、両親は好んでいなかったようだ。

僕自身は友人の家に遊びに行くのが好きだったが、どうしても羨ましさを抑えきれなかった。とにかく友人たちの家は広い。それは豪邸だからではなく、静かでくつろげるスペースがあるから。僕の家では常にお菓子を作る機械の音、そしてそれを蒸すための蒸気が充満していて、とにかくうるさく蒸し暑く、せわしない。人を呼べるほど落ち着いた場所などなかった。僕の目が捉えるのは、ずっとそこに置いてあるであろう重そうなダイニングテーブルや椅子、真っ直ぐに敷かれたラグマット、綺麗に飾られたインテリア品など。お菓子を作る場所をいつでも捻出できるよう、折りたたみテーブルしかない我が家とは大違いだ。いつも同じ場所に置かれたテーブルを家族で囲み、ゆっくりコーヒーやお茶を飲みながら他愛ない会話をする。そんな光景は、僕の家では決して考えられなかった。

羨ましかった。僕の家とよその家、その違いを目の当たりにすればするほど、両親の考えが正しいと思えてくる。僕は貧乏育ち、他の人とは関わらない方がいい——。

そうして僕は両親と同じように、他人に対して強いコンプレックスを持つようになった。友人を作るのを避け、人との交流がどんどん苦手になっていく。人見知りは激しくなるばかりだ。

中学生になってもそれは変わらず、極力人間関係を持たないように生活する毎日。

両親が「子どもの教育だけは」と無理をした結果、僕は私立中学に通っていた。すると当然、周りは今まで以上に裕福な家の子どもたちばかり。両親が背伸びをしたせいで僕はさらに自分の貧乏な生まれに引け目を感じ、友人を一人も作らずに学校生活を送ることになる。学校は勉強も難しく、僕が取るのは良い成績からは程遠いもの。人間関係も勉強もイマイチな自分に強い嫌悪感を持ち、僕のコンプレックスはどんどん強くなっていた。

そんな僕に人生の転機が訪れたのは、中学3年の時。ある化学の先生との出会いだった。その先生の授業の評判はお世辞にも良くなく、わかりにくい、眠くなる、などみんな言いたい放題だった。

しかしそんな授業が、僕には不思議なほど良くわかった。話も聞き取りやすく、眠くなるどころか、授業の面白さにどんどん目が冴えてくる。きっと単純に先生の話し方や説明の仕方が、僕と相性が良く「はまった」のだろう。今までに感じたことのない「わかる！」を知った僕は、単純に化学を面白いと感じ、もっと化学について知りたい、と化学への興味が増してきた。

ある日の期末テスト。普段パッとしない成績の僕が、化学で学年3位を取った！　成績発表がこれほど嬉しかったことはなく、僕はしばらく興奮が収まらなかった。僕にも人に負けないくらい得意なことがあるんだ、初めてそう思えたからだった。この経験が、コンプレックスの塊だった僕に、得意な化学だけは誰にも負けたくない！と思わせるようになる。化学の猛勉強を重ねに重ねたその先のテストで、僕はついに化学の学年トップになった。喉から手が出るほど欲しかった結果に、僕の身体は驚きと興奮ではち切れんばかり。そして僕だけでなく、周りのクラスメートも同じくらい、いやそれ以上に驚き、興奮していた。

クラスでは数人が「天才」と呼ばれていた。勉強において彼らにはどうしたって敵わない、「天才」はそんな絶対的な成績優秀者たちだ。化学だけとはいえ、そんなクラスメートたちを差し置き僕が学年1位になったのだから、それはとてつもない大騒ぎだった。このテスト以降、僕は周囲から「化学教えて」と声を掛けられるようになる。嬉しいような、恥ずかしいような――いや、とても嬉しかった。僕が唯一得意だと言えることが、不得意としていた周囲とのつながりを作ってくれた。そして依頼に応えて化学を教えるうちに、クラスメートたちとの交流が増え、一人、また一人と友人ができていく。友人との交流が増えれば、得意な化学の勉強にもますます力が入る。すると化学の成績は常に上位をキープできるので、また別のクラスメートから教えてほしいと頼まれ、新しい友人ができる。頑張りが成績に反映されるだけでなく、人間関係まで広げてくれる。

そんな日々を重ね、僕には少しずつ自信もついてきた。僕なんか、と劣等感に塗れていたが、「僕はすべてのことで人より劣っているわけではない」と思えてきたのだ。そして人間とは実に欲張りなもので、次第に僕は「ひょっとして、自分も何かを頑張れば、誰にも負けないものを他にも持てるのでは」と思い始めた。

化学は誰にも負けなくなったが、他の科目ではなぜ低い順位に甘んじているのだろう？　他の科目はただ単に勉強していないだけでは？　もっと頑張れば、化学と同じく成績が伸びるのでは？

そう考えた僕は、すべての科目の勉強に力を注ぐようになった。その結果、あらゆる科目でみるみると成績が上がっていった。やればやるだけ成績が上がる、こんなに楽しいことはなかった。僕はいつのまにか勉強に没頭し、化学以外でも上位成績を収められるようになっていた。

そしてもう一つ、人生の転換点があった。それは中学校の修学旅行先、シンガポールでのとある「出会い」だ。

クラスメートたちは皆マレーシアのイポという田舎育ちで、大都会シンガポールの街並みに興奮を抑えきれなかった。しかしその誰よりも興奮していたのは、ほかならぬ僕だった。シンガポールには、大きな書店があったからだ。イポにももちろん書店はあるが、文具屋さんレベルの書店ばかりで、置いてある本はせいぜい雑誌くらい。参考書やドリルなど、教科書以上のことを学べる本など並んでいるはずもなく、僕もクラスメートたちも、学校指定の退屈でつまらない、わかりにくいと言われている教科書で勉強する選択肢しかなかった。しかしさすが大都会シンガポールの書店、そこには教科ごとに複数の参考書が並んでいた。1教科に対して、複数の出版社から参考書が出されているなんて――！　しかもシンガポールで見つけた参考書は、どれも解説が充実していて、とにかくわかりやすいものばかりだった。

僕は興奮を抑える術を完全に失い、出版元の異なる参考書を1教科につき3冊以上ずつ、買えるだけ買った。数学の参考書は、A社・B社・C社から1冊ずつ出版されていた。3冊すべてを読めば、僕はどれほど数学を理解できるんだろうか…。会計の間にも期待は膨らむばかり。大量の参考書を携えて宿泊先に帰ると、僕ははやる気持ちを抑えきれずに数学の参考書をめくった。まずはA社の解説を、次にB社、最後にC社と、各社の同じ単元を読み込む。出版社によって解説は異なり、それぞれに面白いほど理解が深まるのを実感した。ゲームと同じような感覚だった。同じ高得点を得るための手法でも、その手法ごとにアプローチが異なる。そうか、正解は一つでも、そこへの道のりは一つじゃないのか。そうして僕は「目覚めた」。

今まで理解できないと思っていた問題でも、参考書を複数冊読み比べると、いろいろな視点・考え方からアプローチできると気がつく。それ以降は、たとえ難しい問題に当たっても様々な考え方にトライし、ほとんどの問題で答えを導き出せるようになっていた。

修学旅行でクラスメートたちは、お小遣いを遊びや贅沢品、ファッションアイテムの購入などに費やしていた。しかし僕はお小遣いのほぼすべてを、参考書やその関連書籍につぎ込んだ。参考書の中の「勉強のヒントたち」に出会ってしまったからだ。僕にとって参考書は、さながらゲームの攻略本。書いてあることをモノにできれば、それだけ自分の中で理解が深まり、また新たな勉強に挑戦できる。

修学旅行の期間中、シンガポールの書店に入り浸っては参考書を「爆買い」する僕の姿を見て、クラスメートたちはみんな笑っていた。そうして僕の様子は面白おかしく受け止められていたが、同行した校長先生だけは違っていた。旅行から帰ってしばらく経ってからも

「あいつは本ばかり買っていたけど、それを糧に成績を大きく伸ばしたね」

と話題にしてくれたほどだ。

校長先生の言葉通り、僕はマレーシアに戻ってからも塾に通う代わりに買い漁ってきた参考書に没頭していた。そのおかげか中学卒業前には成績はさらに伸び、学年順位で40から50位くらいにつけていた僕が、ついに総合成績でトップ3にランクインするまでになる。化学の先生との出会い、そしてシンガポールへの修学旅行で書店に立ち寄ったこと、この二つが大きく僕の運命を変えたのだ。

幼少期から少年期、とにかくコンプレックスの塊だった僕。毎日両親の屋台で手伝いばかりをしていた頃の忘れられないエピソードがある。

まだ僕が学校で友人を作れていない、中学3年の最初の頃。学校では誰かがパーティーを主催して友人を招待する文化があった。しかし人付き合いを避けていた僕に声をかける人など当然おらず、誘いがないのが常だった。

そんなある日、突然クラスメートに声をかけられる。

「他校から女の子を呼んでパーティーするんだ。よかったら来る？　迎えに行くから」

　耳を疑ったが、確かに彼は僕をパーティーに誘っている。嬉しい、どうしよう。人との交流を避けていたくせに、どこか心の中で持っていたパーティーへの憧れが一気に顔を覗かせる。冷静なフリをしてパーティーの日時を聞いたが、嬉しさのあまり帰り道では駆け出すほどだった。

　絶対に行きたい、でも屋台の仕事の手伝いもある――。一瞬参加を諦めることも考えたが、どうしてもこのチャンスだけは譲れない。パーティーに行きたいから仕事を休みたい、と両親に申し出るのは、実際にパーティーへ行くことよりも勇気が要った。コンプレックスの強い両親は僕の申し出を快く思わなかっただろうが、あまりにも僕が行きたそうにしていたからか、渋々ながら仕事の手伝いを途中で抜けても良い、と了承してくれた。

　そうして僕の人生初パーティーの日は決まった。当日は屋台を手伝いながら、今か今かと迎えが来るのを待ち続けた。正直、気もそぞろで仕事どころではなかったが、迎えに来るクラスメートにそれがバレてはまずいと思い、つとめて冷静を装っていた。

　そしてその日、僕にパーティーの迎えが来ることはなかった。それまでの人生で一番の期待感は、今までで一番の虚しさに変わる。なぜ迎えが来なかったのかはわからない。しかし、からかいにせよ忘れられたにせよ、僕がみんなに仲間と思われていないことは痛いほどわかった。貧乏人は仲間に入れてもらえないんだ、やっぱり僕はパーティーなんて見合わない身分だったんだ。僕はこの一件でますますコンプレックスを強くした。

　しかし僕が勉強で頭角を現しはじめた頃、ある女の子のご両親からこんな言葉をかけられた。

「今度うちでパーティーをやるから、ぜひ遊びに来てください」

　今度こそ本物のお誘いだと天まで昇りそうなほどの高揚感を覚えたが、以前のトラウマが首をもたげる。本当にパーティーなんてあるのだろうか、本当に僕が行ってもいいのだろうか――。しかし当日、ドキドキしながら会場に向かった僕は大歓迎され、友人たちと信じられないほど楽しい一日を過ごした。後から聞けば、それは成績優秀者しか呼ばれないパーティーだったという。僕が努力して伸ばした成績が認められた、その結果こうして仲間に入れてもらえた…！

やればできる、頑張れば認められる、ならばもっともっとやれる、頑張れる！　僕はそう思えるようになっていた。コンプレックスを強く持ちながらも、それを少しずつ長所に変え、自信にする。そんな「大逆転」を成し遂げた幼少期から少年期。その経験の数々が、まさに今の僕を形作っていると言えるだろう。

## 日本へ抱いた想い

コンプレックスの塊だった幼少期、実は僕の持つ日本への思いはあまり良くないものだった。当時、異文化に触れる機会の代表格といえば映画。東南アジアで公開されている映画の多くが香港映画、中国映画だった。その頃は戦争がテーマの映画も多く、それが中国語圏で製作された映画であれば日本は悪として描かれ、反日の性格を持つ作品が多かった。そういった映画ばかり観ていれば、おのずと「なぜ日本は戦争など起こしたのか？」と日本に対するネガティブな考えを持ってしまうだろう。僕もまぎれもなく、そのうちの一人だった。そんな日本へのイメージが変わったのは、「日本のお家芸」が身近にたくさんあると知ったからだ。

中学生になった僕はマレー語、中国語、英語をある程度習得していて、身の回りにわからない言葉はほぼなかった。しかしある日、どうしても理解できない言葉たちを見つける。

ＨＩＴＡＣＨＩ、ＴＯＹＯＴＡ、ＨＯＮＤＡ、ＳＵＺＵＫＩ――。

僕のわかる言語にはない単語の数々。これは一体何を意味しているのか？　ある日の学校の授業で、ようやくこれらが「日本語」「日本企業の名前」だと知った。その頃、日本製品はマレーシア国内にも多数流通していたが、すべて「高級品」扱いだった。ドイツ製品やアメリカ製品もマレーシア国内でよく使われていたものの、日本製品が高級なのは「とにかく高性能だから」だとその時に知る。これだけ高性能の機械や製品が作れるなんて、さぞ大国なのだろうと思った僕は、世界地図に示された日本のサイズに驚いた。

こんなに小さいの…？　世界に流通している日本製品を日本に運び戻せば、この島国は沈んでしまうのでは。そんなことを思わせるほどの衝撃だった。

僕はニュースや新聞で日本の情報収集を欠かさなくなった。日本のことを知れば知るほど、その衝撃は大きくなる。新幹線、こんなに速くて正確に運行される電車は世界のほかにない。立派なビルを頑丈に、そして多く建てる技術力。大きな経済成長を続けているイメージが強いが、和食や寺社仏閣、着物や和室など独特の文化も守り続けている。ここまで経済発展と文化保護の両立ができている国はなかなかないと感じた。

当時一番インパクトがあったのは、世界中で流行したドラマ「おしん」。僕はものすごく心を揺さぶられた。日本は最初から裕福な国で、その余裕の上に技術発展を遂げたと思っていたからだ。まさか日本に、あんなに貧乏な時代があったなんて。物語の脚色もあるとはわかっていながらも、戦後一面の焼け野原でその日食べるものさえ手に入らない様子は、相当な衝撃だったことを覚えている。同じ頃のマレーシアをはじめとした東南アジアの国々は、とても豊かだった。天然資源が豊富で、多くがイギリスをはじめとするヨーロッパ諸国の植民地となった東南アジアには、西洋の先進的な技術や文化が流れ込んでいたからだ。日本が戦後、その東南アジアとは対照的な状態にあったとは考えもしなかった。しかしそこからたった3、40年で、発展途上のままの東南アジア諸国を一気に抜き去り、日本はアジアどころか世界の先進国となっていく。なぜこんな力が日本に、日本人にはあるのだろう？　これほどのパワーに満ち溢れた国、日本をこの目でいつか必ず見たい！　僕はそう強く思うようになっていた。

当時の日本はバブル真っ只中、肉体労働を避けたい日本人が増え、その代わりに東南アジアの国々から労働者が流れ込んでいた。その多くが正式な労働力としてではなく、観光や留学という見せかけの理由で入国し、不法滞在を続ける「偽りの労働者」だった。僕はそれを聞いて決心する。たとえそれが不法滞在であったとしても、マレーシア国外へ出て異国の地でお金を稼ぎ、「僕は海外でチャレンジしてきた」と言える人生にしよう、と。そしてそのチャレンジが運良く成功し、きちんと留学ができたなら、その時は大学で勉強して資格を取り、何かの技術を身につけてマレーシアに帰ろう、とも。

それが今の日本ならできるはずだ、と僕は強く感じたのだ。そうして僕は日に日に、日本への憧れを大きくすることになる。絶対に日本へ行きたい、日本で僕の人生を試してみたい。

18歳でようやくその願いが叶って日本に降り立った日、僕はひたすら心細く怖かった。

日本では僕が得意とする中国語、英語、マレー語は全く通じない。他国ではどうにか通じることの多い言語も、当時の日本社会では今以上に通じなかった。今まで取り組んできた勉強をすべて捨ててきたようなもの。それでも「貧乏な生活のまま人生を終えたくない」という強い気持ちだけで、僕は日本の生活に飛び込んだ。

憧れの日本にすべてを賭けて。

# 第二章

# 医師としての決意、産婦人科へ

## 戦慄の初当直

鼓動が止まらない。不整脈を患ったかと思うくらい、胸がドキドキする。一つ油断すれば、心臓が喉の奥からぼこんと飛び出しそうなほどの鼓動。

狭苦しい当直室で、小さい物置台の上に置いてある当直用ＰＨＳを、僕は全神経を尖らせてじっと見つめていた。この小さな通話機器が、急に巨大生物となり僕に襲いかかってくるのでは、それくらいの警戒心だ。

そう、今日は僕が産婦人科医になってから初めての一人当直。産婦人科医になって約半年たった僕が、この病院内にいる数十人の妊婦さん、いや、この地域の数百人の妊婦さんとその胎児たちを守らなくてはいけない夜だった。当直デビュー、である。

夜がこれほど怖いと思ったことはない。小さい頃に、指の隙間からホラー映画を観てしまったあの夜。それ以上に初めての一人当直の夜は恐ろしかった。どうか、当直用ＰＨＳが鳴りませんように。普段はまともに信じてもいない神様に向かって、これほど真剣に祈ったことが僕の人生史上あっただろうか。考えずにいようと思えば思うほど、鳴ってもいないＰＨＳの着信音が鼓膜の中で聞こえるような気がする。あまりにも情けない体たらくだ。そう自覚しつつも、恐怖の足音が近づいてくるような気配に押され、結局は際限ない祈りに身を投じ続ける。今のうちに参考書でも読んでおこうか、と我ながら良い案を思いついたところで、勢いを増す鼓動はそれを許さない。

参考書のページをめくろうとする指先にすら強い血流を感じる。血潮が滾る。抑えられそうにない。

ぴぴぴ、ぴぴぴ、ぴぴぴ――――ＰＨＳが鋭い音で僕の心臓を鷲掴みにする。ああ、鳴ってしまった。僕のわがままな祈りは神様には届かなかったようだ。恐る恐る、鳴り続けるＰＨＳを手に取る。心臓の鼓動が一段と激しくなり、もう爆発しそうだ。

仮にも僕は医者だろう、何を怖がっている！　大きく息を吐き、暴れる心臓と指先をなだめながら、僕はようやく通話ボタンを押した。

「産婦人科当直の山分先生ですか、守衛室です。患者さんの伊藤様（仮名）からの外線電話です。お願いします」

「はい、どうぞ」

僕は全身の力を絞り出して、なんとか返事をした。

「もしもし、伊藤と申します。今妊娠32週で、夕方頃からお腹がずっと張っていました。どうすればいいでしょうか」

どうすればいいのか聞きたいのは僕だ、と心の中で抗ってみた。しかしそんな反抗が何も生みはしないとすぐに悟り、情けない発想に至った心に喝を入れた。まずは落ち着いてもっと情報を集めねば、と気を張り直す。

「こんばんは、伊藤さん。当直医の山分です。お腹が張るだけですか。痛くはないですか。出血はありますか」

「いえ、痛くはないですね。ただお腹が張っているだけで、出血もありません」

なんとなくほっとした。あまり重症ではなさそうだ。妊娠30週を過ぎると、胎児も子宮も大きくなり、胎動（胎児の動き）も激しくなるため、お腹の張り（子宮の収縮）が起こりやすくなるのは自然で、よくあることだ。張りは、ほとんどの場合安静すると収まるが、それでも軽減されない場合は薬によって抑えられる。

そこまでの手順を導き出すと、僕はさっきまでとはまるで違う、落ち着いた声でPHSに喋りかけた。

「この週数ですとお腹が張ることはよくあるんです。そんなに心配なさらなくてもいいと思います。ちなみにお腹の張りの間隔は今どのくらいですか。何分間に1回張るんでしょうか」

「何分間隔というのはないですね、ずっと張っています」

あれ？　ずっと張っている？　微かに引っかかる。でもそれがなぜなのか、自分でも釈然としなかった。

「ずっと張っているんですか。でも痛みも出血もないんですね」

「そうですね、痛くないですね。出血も全くないです」

はっきりしないが、なぜか納得できない、違和感。その原因はなんだ？

通常、早産になりかけている、または常位早期胎盤剥離（胎児が出る前に胎盤が剥がれること。子宮内で大量出血が起こり、母体も胎児も非常に危険な状態となる）などの重症である場合、お腹の痛みや性器出血を伴うことが多い。しかし電話の向こうの声は平然としていて、痛みもなければ、出血もないと言う。でもなぜか、通常の、単純なお腹の張りとも違う気がする。なんだろう。生理的な妊娠子宮の張りは、間歇性であることがほとんどだ。つまり、お腹がしばらく張った後にそれが収まり、そしてまた張る、というように、張る状態と収まる状態が繰り返される。しかし伊藤さんの場合、張りがずっと続いている。それなのに痛みや出血など、早産や重症疾患の兆候はなさそうだ。どうしよう。心の中でひとりごちた。これはどう解釈すればいいだろうか。たまたま胎動が激しいからそう自覚されただけなのか。それとも、何かの重大変化の前兆なのか。できれば来院してもらって一度診察しておきたい。しかし時間は既に深夜2時だ。来ていただいて診察した結果もし異常が無ければ、深夜に自分の過剰な不安のせいで妊婦さんに無駄足を踏ませることになる。しかし一度診察しておかないと、この不安は拭えない気がする。もやもやとして、一向に晴れることのない濃霧のような――。

ふと、大学の講義での村田教授の言葉が脳裏に蘇る。

「早期胎盤剥離の所見の一つに、板状硬がある。君たちは絶対に見逃すなよ」

板状硬は、お腹が強く張り板のように硬くなる症状だ。しかし通常そこまで病状が進むと、お腹の痛みを訴えることが多い。果たして、伊藤さんのお腹の持続する張りは軽い板状硬、そして早期胎盤剥離の兆しなのだろうか？　またも悩んだ。来てもらうべきか。妊婦さんはただでさえ体力的に疲れやすい。来てもらったことで、別の症状に繋がっても困る。しかし看過して、もしもこのお腹の張りが重症状態の前兆であったとすれば、その見逃しによって母子二人を命の危険にさらすことになるかもしれない。今日が当直デビューでも、僕は産婦人科医。母子の命を守らなければならない。その一心で僕は、葛藤に結論を出した。ＰＨＳに向き直り、声を一段と優しい口調に変え、話し出す。

「伊藤さん、やはり電話だけで判断するのは難しいです。ご心配だと思いますので、もしよかったら一度病院に来ていただいて診察させてもらえませんか」

「いいんですか、先生。ありがとうございます。それでは、今から夫と向かいます」

診てもらえると聞いて安心したのか、伊藤さんは明るい口調で答えた。正直なところ、その様子に僕もほっとしていた。病院には行きたくないが、電話で「大丈夫ですよ」と安心させてほしい、そう思っている患者さんも多いのだ。しかし電話口の情報だけで適切な指示をすることは難しい。それでも何かあれば、その責任を背負うのは医師となってしまう。

伊藤さんとの電話を切ってから、僕はすぐ救急受付と産科病棟に電話し、今からの受診予定を伝えた。

「切迫早産（陣痛ほどではないが、子宮が不規則に収縮することでお腹が張る症状。早産になりかけている状態）って感じですかね」

産科病棟への電話で、当直の助産師・山下さん（仮名）が尋ねる。

「いや、なんとも言えないな。切迫早産にしては、お腹がずっと張っているのが何か気になって…」

と、自信のない僕は胸中の悩みを吐き出した。

「でも出血などはないんですよね。一応、緊急体制だけはとっておきましょうか」

「はい、ぜひそうしてください。お願いします」

新米医師の僕にとって、彼女のようなベテラン助産師がいるととても心強い。医師になりたての僕と比べ、彼女らベテラン助産師はずっと多くの産科臨床の修羅場をくぐってきている。その経験は、実地でなければ得られないものばかり。まさに生きた教科書だ。また彼女ほどのベテランでなくとも、この病院の助産師は実に優秀なスタッフばかりだ。テキパキ動き、勉強もしっかりしている。そしてこの病院は、地域の周産期センター。緊急搬送や重症患者の受け入れが多いため、助産師たちはその対応に慣れているのだ。

山下さんとの電話を切った後、当直表から今日のオンコール（院外で待機する）医師を確認した。部長の徳平先生だ。安堵のため息が漏れた。豪傑で温厚でダンディー。加えて、手術の腕がピカイチ。非の打ち所のない先生だ。そしてさらに運がいいことに、徳平先生は病院の近くに住んでいて、呼び出しから20分くらいで駆けつけてきてくれるはずだ。

僕はついている。そして、一番ついているのは誰より、患者の伊藤さんだ。僕はついさっきまでPHSを見張り続けていたことなど、すっかり忘れていた。当直デビューの夜もなんとか乗り切れそうだ、と。

伊藤さんが到着する前にいろいろと準備しておこうと、3階にある産科病棟に向かって歩き出した。それでも準備にあたって気になるのは、伊藤さんのお腹の張りだった。

「出血もお腹も痛みもなく、ただお腹だけが張っている。しかも波状でなく、ずっと続くような張り。単なる不規則な子宮の収縮なのか。それとも何かの前兆なのか。どっちだろう」

心の中でぶつぶつと呟きながら、産科病棟の扉を開けた。診察室に入ると、既に助産師の山下さんは超音波や、胎児心拍数モニター（胎児の心拍数と母体の陣痛を測る器械。胎児心拍と陣痛間隔をグラフに描き出せる）を用意していた。そして緊急に備え、点滴用の輸液や注射針も一通り揃えられていた。さすがベテランだ。

「先生お疲れ様です。緊急事態でないといいですけどね」

1児の母で、女優の北川景子似の山下さんはやや苦笑いで迎えてくれた。

「なんでしょうね。初当直なのにドキドキしますよ。心臓に悪いな」

僕は不安を隠しきれずに答えた。

「大丈夫でしょう。先生ならたとえ緊急事態でもやり遂げられます。そう信じてますよ」

山下さんは微笑みながら僕を勇気づけてくれた。

しばらくすると、当直用ＰＨＳが再びけたたましく鳴り出した。

「救急部です。伊藤さんが来院されました、今から産科病棟に案内してもよろしいですか」

救急外来の当直看護師からの連絡電話だ。

「はい、お願いします」

僕は平然を装うのに必死だった。心臓は僕のコントロールを振りほどいた生き物かのように、再び胸の中で暴れ出した。まるで今にも喉の奥から飛び出さんばかりの勢いだ。

「先生、大丈夫ですか。なんか少し顔色悪いですよ」

優しい山下さんは、心配そうに僕の顔を覗き込んだ。

「いや、緊張して…初当直なのに釈然としない症例だし、なんか不安やな」

自分でも情けないと思うくらいの弱音を吐いてしまった。しかし。

「緊張しますよね、でもみんなで頑張りましょう」

笑顔で、それでも瞳はきりっと引き締まったまま、山下さんは僕にこう声をかけた。山下さんの笑顔、そして言葉に応えるべく、僕は引き攣った顔の筋肉を無理やり吊り上げ、笑顔のような表情を返した。

すると産科病棟の扉が開き、伊藤さんらしき妊婦さんが大きなお腹を抱えながら、救急外来の看護師に案内されて入ってきた。色白で、いかにも優しそうな、温かい空気を湛えた人だった。顔色は良く、苦しそうな表情もなく、スタスタと診察室に向かって歩いてくる。

これは大丈夫だろう。あまり緊急の匂いはしないな。僕は内心で呟いた。山下さんに顔を向けると、視線が合う。お互いに頷きあって微笑んだ。どうやら同じことを考えているようだ。

「おはようございます、今晩の当直担当、山分と申します」

深夜の2時半。こんばんはか、おはようございますか――、迷ったが結局後者を取った。そんなことに悩む時間を割くほど、症状に余裕を感じ始めていた。

「伊藤です。先生、よろしくお願いします」

緊張と不安の入り混じる表情の中、伊藤さんは笑顔を見せながら挨拶をしてくれた。

「どうですか。今もお腹は張っていますか。痛いですか」

「ずっと張っていますね。でもまだ痛いほどではないです」

伊藤さんに内診台へと上がってもらい、お腹を触ってみる。確かにお腹全体がやや硬くなっている。それでも、カチカチというほどではない。さっそく内診をする。

子宮頸管（子宮の出口）はしっかりと閉じていて、出血もない。切迫早産であれば、子宮頸管が開き気味になったり、柔らかくなったりし、出血を伴うこともあるが、そのような感じはなさそうだ。膣から子宮の中の様子を超音波で覗いてみると、やはり子宮頸管は閉じていて、その頸管長（子宮の出口部分の長さ）もしっかりと保たれており、切迫早産の気配は見受けられない。念のため、もう一度お腹を触ってみる。やはりお腹全体がやや硬くなっていて、ずっと張っている。今度はお腹の上から、超音波で子宮の中を覗いてみた。胎児は頭位（頭が下でお尻が上）という体勢だ。胎児は頭が一番大きいため、ほとんどの胎児が母体の中で頭を下に向けている。そうするとお産のときには一番大きい頭が先に出て、残りの身体部分も出やすくなる。つまり頭位は、胎児の体勢として問題ない。そうなれば、一番気になるのは胎盤の状態だ。超音波で見ても、胎盤は子宮の前の壁にしっかりとくっついているようだ。胎盤のどこかが剥がれているような所見も、胎盤の後方に血腫（血の塊）もなかった。何度も超音波の機械を往復させ、胎盤を隅から隅まで丹念に確認した。やはり早期胎盤剥離の所見はなさそうだ。超音波で胎児の顔を覗いてみた。

「あ、もしかして今、指をしゃぶっているんですか？」

一緒に超音波の画面を見入っていた伊藤さんは、嬉しそうに喋りだした。

「はい、今ちょうど指を口に入れていますね。あ、今あくびもしましたよ。可愛いですね」

「本当だ、あくびしてる！　いやぁ、可愛い…！」

伊藤さんは画面に映るわが子の様子に夢中になっていた。僕は次に、羊水の状態を確認する。量はしっかりとあって、問題なさそうだ。しかし伊藤さんのお腹は、先ほどから絶え間なくずっと張っている。これはなんだろう…現時点では、早期胎盤剥離でも、切迫早産でもなさそうだ。ただ、子宮の不規則な収縮にしては不自然な張りの持続に思える。僕は再び、心の中に悩みを並べる。今は、お腹の張り以外に明らかな異常所見はない。だからと言って、このまま帰宅してもらうのも憚られた。

「今は明らかにおかしな所はなさそうです。でも念のためモニターを付けて、お腹の張り具合と赤ちゃんの元気さをしっかりと確認しましょうか。病棟の外で待っているパートナーにも説明しておきますね」

半分は伊藤さんに安心してもらえるように、残る半分は自分自身に言い聞かせるように、僕はそう言った。

「そうですか、わかりました。お願いします」

とりあえず異常はなしと聞いて、伊藤さんはほっとした表情を見せた。病棟の外の待合スペースでは、がっしりとした中年男性が心配そうな顔で待っていた。

「伊藤さんのパートナーの方ですか。本日当直の山分です」

声をかけるとパートナーはさっと立ち上がり、不安そうな笑顔で答えてくれた。手短に、でも極力わかりやすく、今は目立った異常がないこと、それでも念のためにモニターで確認を続けることを伝える。

「そうですか、安心しました。どうぞよろしくお願いします」

伊藤さんのパートナーはほっとした表情を見せながら、丁寧に一礼をしてくれた。

「では申し訳ないのですが、もう少しお待ちください」

　僕も慌てて一礼を返すと、急いで産科病棟に戻った。陣痛室のベッドに移った伊藤さんには、すでにモニターが付けられていた。モニターには二つの測定板があり、どちらも母体のお腹の上に付ける。一つは胎児の心臓の拍動を、もう一つは子宮の収縮、つまりお腹の張りを感知してくれるものだ。感知された胎児の心拍数と子宮の収縮は、長い方眼紙と蛍光スクリーンにグラフとして描かれる。さながら、命のグラフだ。方眼紙に穴が空きそうなほどの熱意を含んだ視線で、僕はその命のグラフを見つめ続けた。胎児の心拍数を表す波形は、高い波状の線とギザギザの線が交じり合い、胎児がとても元気なことを示していた。そして子宮収縮を表すグラフは、やや高い位置にギザギザとした線を描いていた。それは、お腹がずっと張り続けているシグナル。やはり何かが引っかかる。通常の子宮収縮によるお腹の張りであれば、収縮しては緩み、また収縮する子宮の筋肉の運動を受けて、グラフは波状を描くはずだ。

「お腹の張りが継続している理由はなんだろう。たまたまなのか、それとも、何かが起きているのか」

　心の中で、さっきから何度も繰り返している。とてもじゃないが、こんなことは患者さんの前では口にできない。しかし、このまま目をつぶることは、もっとできなかった。しばらく様子を見ていくしかない。僕は命を表す蛍光スクリーンと、ずっと睨み合っていた。

　時間は過ぎてゆく。ぴぴぴぴ、という単調な器械の電子音が睡魔に化け、睡眠時間の足りていない僕に忍び寄ろうとしていた。ぴぴぴぴ、ぴぴぴぴ――、眠れ、眠れ――。僕の瞼は、気がつけば睡魔の支配下にあった。

　とその時。緩やかで単調だったはずの電子音が、リンリンリン、と早急なアラーム音に変わった。はっと目が覚めた。ただごとじゃない。僕は睡魔を振り払えなかった自分を恥じた。どこかで、これは大丈夫だ、そう思いたかった自分の甘さだった。しかし、恥じているだけではだめだ。僕は医者だ。そう、僕はこの親子の命を今、この手で預かっているのだから。

蛍光スクリーンに再び目をやると、ついさっきまで小さい山を描いていた胎児の心拍数を表すグラフが、急速に谷を描き始めている。胎児の心臓の拍動が、１分間のうち１６０回から70回ほどに落ちていったことを示していた。つまり、胎児が苦しんでいる、ということだ。僕は凍りついた。赤ちゃんが、危ない。ぼうっとしている場合ではない。早く赤ちゃんをこの苦しさから解放してあげないと。

「すぐに酸素を投与してください」

僕は室内にいる助産師さんたちに指示した。しかし気づいた時には、山下さんが素早く伊藤さんの顔に酸素マスクを当てていた。頭よりも先に、身体が動いているのだろう。ベテラン助産師の鑑だ。胎児の徐脈（心臓の拍動が遅くなること。胎児は拍動数が１分間に１１０回を下回れば徐脈となる）は、すなわち胎児の酸欠状態を示す。そのときはまず、母体への酸素補給が何よりも大切だ。母体の血流の酸素濃度を高めることで、その血液を通じて胎盤や胎児に届く酸素量が高められる。しかし伊藤さんが酸素を吸入し始めても、一向に胎児の心拍数は戻らない。なぜだ。

「お母さんの体勢を左下に変えようか」

僕はまた助産師に指示を出した。妊婦さんが仰向けになると、大きくなった子宮が身体の右側にある下大静脈という太い血管を圧迫してしまう。それによって心臓に戻る血流が減り、母体の全身及び胎盤への血流供給が減ることがある。仰臥位低血圧症候群という状態だ。その場合、母体の左側を下にして横向きになってもらうと、抑えられている血管が開放されて改善されることが多い。しかし伊藤さんが横向きになってからも、胎児の心音は一向に戻らなかった。

胎児の心臓の動きに反比例するかのように、僕の心臓は全開で暴れていた。僕の拍動を赤ちゃんに分けてあげられたら…！　神様、今何が起きているのか、教えてくれ。いや、教えてください、お願いします。僕はまた不躾にも、急ごしらえの祈りを捧げていた。しかし医者の僕は、神に縋りつくだけが能ではないはずだった。手を動かせ。目の前の二つの命を、僕は必ず救わなくてはならない。再び伊藤さんのお腹を触ってみた。すると、さっきよりも一段と硬く、カチカチになっている。どうして硬化が止まらないのだろう。ふと、さっきも思い出した「板状硬」という言葉が頭をよぎる。村田雄二教授の講義中の、あの言葉。

早期胎盤剥離の所見。板のように硬くなるほど、強い子宮の収縮。もしかすると、今の子宮収縮は板状硬の症状だろうか。すぐに、お腹の上から超音波で子宮の中の様子を確認する。先ほど3、4センチくらいと薄かった胎盤が、一部6、7センチくらいまで厚くなっている。その厚くなった胎盤の後方に、2、3センチ大の丸く黒い影が映し出されていた。大暴走していた僕の心臓は、急ブレーキを踏んだ。

血の気が引いていく。これはまずい。早期胎盤剥離の疑いだ。胎盤の一部が剥がれて出血すると子宮と胎盤の間に血液が溜まり、超音波検査で黒い影として確認されることが多い。また剥離部位からの出血は、胎盤実質への血流を減少させ、胎児への酸素供給量を急激に低下させる。酸素が十分に得られない胎児は酸欠状態で苦しくなり、徐脈になる。そしてこれらの異常事態から胎児を解放するために、子宮が異様に強く収縮し始める。赤ちゃんを危険な状態の子宮内から早く外に出すよう、自然と身体が働きかけるからだ。早期胎盤剥離であれば、超音波上の胎盤後方にある黒い影、伊藤さんのカチカチのお腹、そして赤ちゃんの徐脈、それらすべての説明がつく。これは早期胎盤剥離、ソウハクだ。間違いない。

事態が判明すると同時に、僕は凍りついた。早期胎盤剥離は、超がつくほどの緊急事態なのだ。一刻も早く胎児を出し、子宮内の出血部位を止血しなければ、母体は子宮内の大出血が原因で亡くなってしまう。そしてその子宮にいる胎児も酸欠となり、助からない。

「伊藤さん、お腹は痛くないですか、気分は悪くないですか」

僕は努めて冷静を装い、伊藤さんに声をかけた。

「お腹はさっきと比べるとだいぶ痛くなってきました。なんか、しんどいですね。何が起きているんですか、先生」

動揺を隠しきれなかった僕の表情から只事ではないと察してか、伊藤さんは不安そうに訊ねた。

「伊藤さん。おそらくですが、今胎盤の一部が剥がれているのだと思います。お腹の中は出血していて、赤ちゃんも苦しんでいる状態です。今すぐ全身麻酔で帝王切開して、赤ちゃんを出してあげたいと思います。そうしないと、赤ちゃんも伊藤さんも大変危険な状態になります」

僕は慎重に言葉を選びながら、自分なりに一番分かりやすい言葉と表現で説明した。こういう緊急事態での説明はなかなか難しい。危機感がきちんと伝わるような説明でないと、患者さんや家族から緊急手術への同意はすぐに得られない。丁寧に説明して時間がかかりすぎれば、その間に患者さんの命はどんどん危なくなる。逆に危機感が伝わり過ぎても、患者さんやその家族がパニック状態になり、すぐに手術が開始できない。

「そんなに大変な状態なんですか。先生、何がなんでも、この子だけは助けてください。私のことはどうでもいいからこの子だけは、この子だけは絶対に――、お願いします」

僕の手を握りしめ、伊藤さんが言った。その力はとてつもない強さだった。

少し取り乱した伊藤さんの顔は、出血しているせいかあっという間に蒼白になっている。

「伊藤さんと赤ちゃんのためにも、今すぐの手術が必要です。ですがこれ以上説明する時間も、同意書にサインしていただく時間もありません。手術の後にゆっくり説明しますので、とにかく今すぐ手術の準備をさせてください」

僕は伊藤さんの目を見ながら言った。そして握られた力に負けじと、両手を強く握り返す。

「わかりました。先生にお任せします。必ず、必ずこの子を助けてやってください」

僕は力強く頷いた。もう動揺などしていない。必ず、二人を助けたい。その想いだけが僕を突き動かしていた。

気がつけば、山下さんと後輩の助産師は、すでに手術のための準備をし始めていた。点滴、陰部の剃毛、尿道へのカテーテル（医療用の柔らかい管）挿入、酸素タンクの準備――皆の熟練した動作を見て、少しほっとした。

僕にはこんなにも強力な仲間たちがいるのだと。この病院の助産師さんたちは本当に素晴らしい。そして伊藤さんの哀願した顔と、涙ぐんだ目を思い出す。一刻も早く事態を伝えようと伊藤さんのパートナーが待つ待合室まで小走りで向かう。僕の纏った緊迫感から深刻な状況を察してか、伊藤さんのパートナーは不安げにソファから立ち上がった。

その日は少し泳いでいた。

「先生、何があったんでしょうか」

「先ほど、モニターから赤ちゃんが苦しいというサインを出していることがわかりました。超音波で診ると、胎盤の一部が剥がれているようです。非常に危険な状態です。このまま放っておけば、二人とも亡くなってしまいます。今すぐに全身麻酔で帝王切開して、赤ちゃんを出して、子宮を止血しなければいけません」

伊藤さんのパートナーの顔から、一気に生気が失われた。すでに握りしめられていたその拳は、ますます固くなる。それでも躊躇している時間はない。今こうして喋っている間にも、伊藤さんのお腹の中で出血は続いている。そしてお腹の中の赤ちゃんも、苦しいよ、ともがいているはずだ。

「通常なら手術の同意書にサインをいただいてからですが、今は一刻を争う事態です。まずは緊急手術をさせてください。よろしいでしょうか」

「わかりました。先生にお任せします。どうか、あの二人を助けてください」

パートナーはすぐに同意をしてくれた。顔は蒼白くとも、瞳はしっかりと意志を伝えてくれる。

「全力を尽くします」

僕は一礼を返し、走って廊下を戻った。命の火を灯し続けなければ。手術するまでに、僕が用意すべきことはまだまだある。それは、必要な応援を呼ぶことだ。応援なくして、伊藤さんを救うことはできない。

まずこの日のオンコールである徳平先生の携帯電話を鳴らす。2、3秒の呼び出し音で、すぐに応答があった。

「おう、山分じゃないか。どうだ、なにかあったのか」

眠そうではあったが、いつものように豪快な徳平先生の声。徳平節。それを聞いた瞬間、僕の全身に力が漲る。溺死寸前の遭難者が、目の前に突然浮き輪を見つけたような気分だ。

「徳平先生、夜分にすみません。ゼンマ（全身麻酔）でカイザー（帝王切開）したいのでお願いします」

僕は必要な情報だけを一番短い単語で、そして一番の早口で伝えた。

「おう、分かった。すぐ行くから。手術室で会おう」

即答だった。徳平先生との電話を切ると、次は麻酔科当直医師のＰＨＳに電話する。世間では、麻酔科医師不足が深刻化している。この病院でも麻酔科の先生はやや足りない。しかし人数が少ない中でも、この病院の麻酔科の先生は手術麻酔に加えて集中治療室の重症患者さんの管理まで行っている。本当にありがたい、そして欠かせない存在で、麻酔科の先生方の顔を見るたびに拝みたくなるくらいだ。彼らがいなければ、僕らは執刀すらできないのだから。

「はい、ＩＣＵ（集中治療室）当直の高田ですが」

電話の中から穏やかで、落ち着いた声が聞こえた。麻酔科部長の高田先生だ。僕の安心感はさらに高まる。優しくて技術もピカイチ、大ベテランの先生だ。

「産婦人科の山分です。早期胎盤剥離で、全身麻酔での緊急帝王切開をお願いしたいです。30歳、身長１５５センチ、非妊時の体重48キロ、最後の食事は昨晩８時頃、喘息などの合併症はありません」

「わかりました、今すぐ準備します。５分後に手術室へ降りてください。手術室のスタッフには僕が連絡しておくから」

「ありがとうございます。よろしくお願いします」

高田先生との電話を切り、次は小児科当直医師のＰＨＳを鳴らす。この病院は地域の周産期センターになっており、新生児集中治療室（ＮＩＣＵ）という設備も備えているため、新生児を診る小児科の先生は24時間待機している。僕ら産科医師にとって、それはまた非常にありがたいことだ。とくに緊急手術の場合、小児科の医師が新生児の救命をしてくれることで、僕ら産科医師は母体の手術に専念できる。

「はい、小児科の松岡ですが」

受話器の中から温厚な声が聞こえてきた。こちらは砂漠でオアシスを見つけた遭難者のような気分だ。目の前が一気に明るくなる。小児科部長の松岡先生は、神経学の権威で、小児医学界でも名の知られている先生だ。また周産期医療に多大な理解を示し、新生児集中治療室がどんどん崩壊していくこの日本において、同じ小児科の徳永医長とこの病院の新生児集中治療室運営と維持に尽力している。松岡部長と徳永医長のおかげで救われたこの地域の赤ちゃんたちは、年間数百人は下らないだろう。

「妊娠32週の早期胎盤剥離です。今すぐ全身麻酔の帝王切開に向かいます。胎児は推定体重１９００グラム、心音は70台まで落ちていますが、いまだに回復はイマイチです」

「はい、すぐ行きます」

これでようやく必要な応援を一通り要請できた。二つの命を救うためのチームが結成されたのだ。僕は急いで手術室へと足を運んだ。伊藤さんはちょうど看護師に案内され、手術台の上で横になったところだった。

「安心してね、手術に入ったらすぐに赤ちゃんを助けますよ。一緒に頑張ろうね」

これ以上の言葉は思いつかず、僕はできるだけ落ち着いた声色で伊藤さんの不安を取り除こうとした。月並みだが、真剣な言葉。

「はい、先生を信じています。どうか、お願いします」

伊藤さんの真剣な視線に、僕は身体中の血が沸いてきたのを感じた。とにかく、助ける。文字通り、手の術を尽くすべく、両手を清潔にし、無菌の術衣と手袋をする。これはいわば戦士が戦いに出るための武装だ。

「山分、お前やるじゃん、初当直にソウハクか」

突然、背中から豪快な声が響いた。今でもその声を思い出すだけで涙が出そうなくらいだ。まさに安堵。そう、救世主の到着といっても過言ではない、徳平先生だ。嬉しくて嬉しくて、言葉が出なかった。

「部長すみません、よろしくお願いします」

と言うのが精一杯だった。

「おう、任せてくれ！」

相変わらず豪快な声だ。

手術台に着くと、全身麻酔の準備が始められていた。神経がぴりぴりとしてくる。これまで繋いできた命、そしてこれからも繋がれる命。その運命は、僕らの手にかかっているのだ。

帝王切開の麻酔方法は、背中から麻酔する腰椎麻酔と、前述のような全身麻酔がある。腰椎麻酔では、麻酔がかかるのは母体の下半身だけ、患者さんの意識は保たれる。急変時に患者さんの全身状態管理が少し難しい弱点はあるが、麻酔薬は患者さんの血流に入らず脊椎（背骨）の中の神経に留まるため、胎盤や胎児まで伝わらないという点で優れている。全身麻酔では患者さんの意識は完全になくなり、出てきた赤ちゃんとすぐに対面できない。また麻酔薬は患者さんの血流に入り込み、それが母体の全身に循環して胎盤や胎児にも伝わってしまう。それによって赤ちゃんもウトウトし、出生時に自力で呼吸できなくなることがあるのだ。もちろん小児科の先生がすぐに赤ちゃんの呼吸管理をしてくれるが、それでも麻酔薬が深く作用しないように、全身麻酔の場合は一刻も早く赤ちゃんを出さなければならない。母体の全身状態が不安定で急変しやすい場合、全身麻酔での手術の方が、執刀する産科医師は手術や止血に専念できる。

「それでは全身麻酔を始めますね」

麻酔科の高田先生が宣言した。

「はい、よろしく。じゃあメスちょうだい」

徳平先生は相変わらず豪快に応えたが、目は真剣だった。執刀はもちろん徳平先生だ。僕は緊張しきっている反面、嬉しくもあった。介助を務めるのは僕。徳平先生が執刀する手術の介助だ、勉強になる。そして何より、この親子はきっと助かるのだ。興奮するあまり、両手が震え出すのを押さえ込むのが精一杯だった。

「はい、麻酔が入りました。どうぞはじめてください」

高田先生の言葉を聞いた瞬間、メスを握った徳平先生の右手が鮮やかに動き始めた。お臍の下から恥骨の上まで、皮膚と皮下脂肪を切開する。次は、腹膜(お腹の中で臓器を覆っている膜)の切開。膀胱と子宮の境界に切開を入れ、膀胱を子宮から剥がす。子宮の筋層(筋肉の層)に切開を入れる。胎児を包んでいる羊膜を露出し、それを破る。児頭を露出させる。児頭に吸引カップを付けて、児頭と肩の一部を子宮の切開層から外に引き出す。そして胎児の全身を子宮から出す。臍帯(へその緒)をクリップで止め、臍帯を切る。赤ちゃんを助産師に渡す。

壁の上のタイマーに目をやると、「55」の数字が目に入った。

ここまでの一連の動作を、徳平先生はなんと、たったの55秒で終わらせてしまった。55秒間で、一つの新たな命を死の淵から救い出したのだ。神技としか言いようがない。ゴッドハンド・徳平。今までその両手に、何人の赤ちゃんや妊婦さんたちの命が助けられたのだろうか。僕は徳平先生の華麗な動きに魅了され、唖然としていた。

「ぼやぼやするなよー。よっしゃ、胎盤出すぞ」

僕が呆気にとられていたのがばれたのか、徳平先生は喝を入れるように豪気な声を出した。そうだ、まだこれからだ。赤ちゃんは出たが、胎盤の後方からは血液が洪水のように勢いよく噴出している。この出血を早く止めないと、伊藤さんは大量出血で命の危険に晒されてしまう。僕は臍帯を右手で掴み、子宮の外に牽引した。それに応じて胎盤は少しずつ剥がれ、やがて胎盤全体が臍帯と一緒に子宮の外につるんと出てきた。取り出した胎盤の裏を見ると、案の定、拳大の黒い血の塊が付いていた。胎盤の一部が剥がれ、そこから出血し、溜まった血液が胎盤の裏で固まったのだ。つまりそれは、早期胎盤剥離の証拠だった。見た瞬間、涙が出そうになった。よかった。僕の診断は間違っていなかった。飛び上がりそうな気持ちを抑え、僕は再び手術台へ向かった。手術は1時間ほどで終了した。

「ヤマワケ」

手術室を出てすぐの前室で、徳平先生に呼ばれた。

「やるね。典型的な症状がなかったのに、よくソウハクと診断できた。お腹の張りだけやと家に帰してしまうことがほとんどやけど、今日の伊藤さんの場合は家に帰してたら死んでたね。初当直やのによくやったな」

徳平先生は満面の笑顔で労ってくれた。

「ありがとうございます。いや、それでもなかなか診断がつきませんでした。大変勉強になりました」

言いたいことはほかにもたくさんあったが、これくらいの言葉しか思い浮かばなかった。僕はもう、いっぱいいっぱいだった。

「おう、頑張れ。あとはよろしく」

扉から出て行く徳平先生の背中を見つめる。頼れる背中。胸が熱くなる。

いつか僕もああなりたい。人の命をしっかりと救うことのできる医師に。なんの損得勘定もなく、ただひたすら、人の命と向き合うことのできる医師に。

待合室に戻ると、伊藤さんのパートナーは心配そうに「どうでしたか」と尋ねてきた。

「母子ともに無事です。胎盤などの所見から、やはり早期胎盤剥離でした。早く手術できて良かったです。赤ちゃんもその後は元気そうですよ。本当におめでとうございます」

簡潔な言葉で、僕は伝えた。余計なことは、今のパートナーにはいらないだろう。ただ二人が無事だ、そのことが一番大切だと思ったから。

「先生、ありがとう、本当にありがとうございました」

パートナーの目は潤んでいた。そして、喜びに打ち震えていた。足は今にも走り出さんとしている。僕はパートナーを病室に案内した。

病室で、伊藤さんご夫婦、そして誕生した可愛らしい命が対面する。駆け寄るパートナー。伊藤さんの腕には、くうくうと寝息を立てる赤ちゃんが抱かれていた。

疲れてはいるが、伊藤さんは本当に素敵な顔をしていた。母の顔。そして、パートナーももう父の顔だった。この瞬間から、二人の親としての、そして赤ちゃんの新しい人生がスタートする。

その場に立ち会えていることが、本当に奇跡みたいだと思った。すべて、この目に焼きつけておきたいと強く感じた。

ご夫婦は泣いていた。それはもちろん、喜びの涙。僕もちょっともらい泣きをしたのは内緒だ。赤ちゃんはそんなことを知ってか知らずか、静かに眠っている。病室が、温かい何かに包まれていた。産科医冥利につきる。

まさに素晴らしい瞬間に、僕は立ち会えたのだった。

そして長いようであっという間の当直が、ようやく明けた。

約1週間後、母子ともに退院の日がやってきた。退院前に、伊藤さんが赤ちゃんを抱いてお礼を言いに来てくれた。

「先生、本当にありがとうございました。今日、無事に退院できます。先生に診てもらえて本当に良かったです」

と嬉しそうな笑顔を向けてくれた。僕も満面の笑みを返す。

「こちらこそ、本当に伊藤さんたちに出会えてよかったです。こんなに可愛い天使に出会えて、励みになりました」

この言葉に、なんの嘘もなかった。赤ちゃんを覗くと、気持ちよさそうに母親の懐で眠っている。可愛い男の子。伊藤家の新米天使だ。二人が病棟の扉から出て行くのを見送る。迎えに来ていたパートナーが、その二人にそっと寄り添った。一家のその姿を見て感じる。

産婦人科医になって本当によかった、と。

決して今回のような幸せな出来事ばかりがあるわけではない。それでもこういう経験があるからこそ、僕はどこまでも産婦人科医でいようと思うのだ。そして少しでも多くの命に、天使たちに、これからも出会いたいと。

当直明けの日も、もちろんまだ家には帰れなかった。その日の通常業務が始まるのだ。ようやくすべての仕事が終わったのは夕方。

帰ろうかと思っていると、とんとん、と軽快に背中を叩かれた。後ろを振り返ると、徳平先生がニコニコして立っていた。

「初当直から大活躍やん、山分先生」

「あっ、部長、このたびは本当にありがとうございました。部長がものの50秒くらいで赤ちゃんを出す神技、すごかったです。いつか僕もそうなれたらいいなと思いました」

お世辞でもなんでもなく、僕は本気で大真面目にそう言った。

「何言ってんの？　いやでもそのうちできるよ。それより、最近かなりバタバタしてたから、気分転換に今晩みんなでぱーっと一杯飲もうやないか」

徳平先生の笑い声が病棟内に明るく響いた。

夜、居酒屋。眠気などどこへやら、どうでもいい話に花を咲かせ、お腹が痛くなるほど笑った。普段激務をこなしている医師の集まりには見えなかっただろう。みんな頬をアルコールで上気させながら、話を楽しんでいた。病院を一歩出れば、たとえ医師でも、なんらみんなと変わりはない。「先生」と呼ばれるのが恥ずかしいほどの、普通の姿がそこにはあった。

「そういえばうちの坊主、この前ラグビーの試合で勝ったみたいでね。でももっと強くなってもらわなきゃあかんわ」

徳平先生は終始上機嫌。大学生二人と高校生一人、合計3人のお子さんがいるはずだ。

「部長はお子さん3人とも学生さんですよね。教育費は大変じゃないですか」

「そりゃ大変よ。医師といってもうちらは貧乏公務員やからな。生活費はもう大変大変。俺はいつになったら引退できるんやろうか」

わははは、と笑う徳平先生。ビールも進んでいるようだった。

「僕が聞いた情報では、どこかの個人産婦人科医院が今の2、3倍の待遇で部長をヘッドハンティングしようとしたけど、部長は全然応じなかった、って」

「お前よく知ってるな。どこから情報が漏れたんや？　生活大変やから、そりゃ向こうに行きたいよ、ハハハハ」

さすが徳平節、豪快に笑い飛ばす。

「でもな」

真剣な表情で徳平先生が続けた。

「生きていくのにお金も大事やけど、それ以上にもっと重要なものもある。公立病院や周産期センターでのハイリスクなお産や緊急対応を、俺らがやらなくて誰がやるんや」

徳平先生はさらに続ける。

「正直いって、正常なお産は助産師さんでもできるよ。でも合併症のあるリスクの高いお産や、緊急時手術や救命処置の特別な措置ができるのは、産婦人科医だけ。しかもそんなリスクの高い症例は個人病院では対応できへんから、俺らのように公立の総合病院や周産期センターが必要になる。俺らみたいな医師がおらんと、世の中の妊婦さんが急変した時、その命を誰が助けるんや？」

その日は真剣だった。

「でも今は、ハイリスクを強いられる医療関係者の待遇と労働環境がこれほど悪い。それを国や行政が改善しないとあかんね」

「労働環境や待遇が悪い上に、仕事はリスキーかつ過酷――。この産科医療の現状が改善されないから、現に医学生や新しい医師が産婦人科や小児科から離れている。これは本当に残念や。非常にやり甲斐があって、魅力的な仕事やのに。もっと医学生たちに、その魅力を知ってもらいたいね」

僕は心の底から同意した。この気持ちはずっと変わっていない。

「山分君が産婦人科医になってくれて本当に嬉しいよ。しかも昨日は大活躍したし、これからも頑張ってな」

「よっしゃ、みんなで乾杯しよう！」

誰かのその掛け声で、真面目な話もどこへやら、また楽しい酒の席へと戻る。みんな賑やかに飲んでいても、いつも心の中では医師であり、医療への熱い想いを忘れない人たちなのだ。

## 産婦人科へようこそ

なぜ産婦人科を選んだのですか、とよく聞かれる。医師を志した頃は、自分が産婦人科医になることなど全く考えなかった。人の命を救いたい、人の役に立ちたい、その一心で勉強を積み重ねてきたものの、産婦人科という選択肢は少しも浮かばない。それどころか医学生や初期研修医の頃は、産婦人科医への道を避けていたほどだ。女性の下半身ばかりを診察するなんて、何が面白いのだろう。男性の産婦人科医はきっと趣味の悪い人に違いない。そう勝手に思い込み、大学病院で男性の産婦人科医を見かけては、悪趣味なやつ、と心の中で軽蔑していた。

そんな僕の偏見が一掃されたのは、大学4年生の時、当時の産婦人科教授、村田雄二先生の臨床講義だ。僕の体に、脳に、そして心に深く刻まれているあの講義が、僕を産婦人科医として生かしている、と言っても過言ではないだろう。

日本の大学の講義の多くは、教授や講師の先生が黙々と講義室に入り黒板の前に立ち、教科書や資料を開いてはまるで独り言かのように何かを呟く。学生の僕らは黙々とノートを書いたり、漫画を読んだり、携帯電話を弄んだり。そして時間になると、先生が教科書や資料を黙って閉じ、なんの未練もなく講義室を後にする。僕らは待ちきれんばかりに歓声を上げ、友人に喋りかける。授業ではない、「受業」だ。ただ受けさせるだけ、受けるだけの90分。

しかし、アメリカの大学でも教授を務めていた村田教授の講義風景は、全く違った。講義室に入っても教授は黒板の前に立たず、教室中を歩き回る。気がつけば、自分の真隣から異様に殺気立つ視線を感じる。熱い。顔を上げると、その両目に視線を捕まえられた。

「君、質問だ。24歳、1経妊、1経産の妊娠32週の妊婦さんが、出血と腹痛を訴えて救急外来を受診した。さ、君が当直医ならどう診察する」

自分から血の気が引く音がして、身体が北極海に呑み込まれたように一瞬で冷たくなる。脳内で警鐘がガンガンと鳴り響く。妊婦？　出血？　どう診察する――？　それは今から教科書を辿って教えてくれることじゃないのか？　知っていたら授業なんて受けていないのに？　胸中でありったけの反抗的な態度を取ってみるが、そんな浅はかな思考などとっくに読まれていた。隣に立つ教授から降ってきた言葉は、メスのように僕を、そして僕たち全員の甘い思考を切り裂いた。

「なんだ、君たちは予習もして来ていないのか。2年後の今、君たちは患者を目の前にするんだ。尊い命、しかも、お母さんと赤ちゃんの二つ。二つの尊い命を同時に扱うんだ」

「何も答えられないままで、私の卒業試験の口頭試問を通れると思っているのか、君たち?」

村田教授は厳しい表情を無理やり崩し、引きつった笑顔で言った。あの顔を僕たちは一生、忘れないだろう。笑顔、と言ったものの、あれは怒りを必死に押し殺した顔だった。クラスの一同は水を打ったように静まり返った。

村田教授は鬼のように厳しく、卒業試験でも平気でクラスの半分以上を不合格にするらしい、そんな噂を先輩たちから聞いてはいた。でもまさか、初授業の冒頭からこんなに厳しいとは…。

「だから日本の大学生は駄目なんだ。アメリカの大学では講義中、学生皆が同級生に負けないように、予習中に出てきた疑問点をどんどん投げかける。でも日本の大学生は講義中、蝋人形のようにぼうっとしていて、教えてもらうのをただ待っているだけ。なんという情けない姿だ。これが、あと2年で患者さんの尊い命を扱う人間のあるべき姿なのか?」

村田教授の言葉は続く。

「君たちは、税金泥棒だ」

教室には、重過ぎて動かない空気がずっしりと立ち込めていた。

「君たちが通うのは大阪大学の医学部。阪大は国立だから、安い授業料で医師を目指せる。つまり君たちは、国民の皆さんの税金に助けられて医師になろうとしているんだろう。そして今日どんな授業をするかは、シラバスで事前に周知しているはずだ。それに目を通さず、予習もせずにそこに座っている。これが税金の助けを得て勉学している者の姿か?　泥棒以外の何になる?」

誰も言い返さない。言い返せない。唾を飲み込む音すら響き渡りそうなほどの静寂。こうして、衝撃的な人生最初の産婦人科講義が始まった。

村田教授の産婦人科講義に出るたびに、体内にはアドレナリンが猛噴出し、嫌な汗をかき、心臓は激しく鼓動する。授業が終わるとまるでフルマラソンを2回連続完走したかのような疲労感に襲われるのだ。

それまで受けていた大学の講義とは全く違った。講義とはあくまでも「講義を聞く」ものだと思っていた。教授は教授、学生は学生、と役割分担があるものだ、とも。しかし村田教授は学生を、受動的に授業を聞く者ではなく、一人の医療者として扱う。臨床で遭遇する症例を次々と挙げ、矢継ぎ早に質問してくる。息つく暇もない。村田教授、黒板、教科書、ノート――視点を次々に変え、その都度思考のスイッチも切り替えた。それでも質問に答えられない時がある。悔しい。少しでも授業で遅れをとりたくない、そして村田教授の容赦ない質問責めから自分を防御したかった。その対策はただ一つ、ひたすら勉強し、どんどん予習することだけ。必死に勉強することが、何よりの近道になる。他の授業もあったが、疲れている暇などなかった。またすぐに村田教授の講義はやってくる。それまでに、もっともっと勉強しなくては。

辛い日々ではあったが、医学生になってから初めて、自分が医療者の一員になるのだと痛感した講義だった。同時に、自分が今まで流れに任せるままにしか勉強していなかったことに、嫌でも気づかされた。自発的に学ぶことで、村田教授への防御としてだけではなく、医学を深める喜びも知っていった。そして多くの臨床症例に触れる中で芽生える「医療者」としての自覚と責任。重たいこれらの言葉を、講義を通じて少しずつ、でも確かな実感として自分の中に持てるようになっていた。

日が経つにつれ、僕は産婦人科のダイナミズムに圧倒されていった。

産婦人科と他の科の最も大きな違いは、同時に二つの命を扱うこと、そしてそれがとても難しいということ。双胎妊娠なら三つ、品胎妊娠なら四つの命を扱うことにもなる。何よりお産は、順調に陣痛が来て赤ちゃんが必ず無事に生まれるとは限らない。いくら現在の医学が発達していても、妊娠によるさまざまな合併症やリスクは、必ず一定の確率で自然の摂理に従って起きる。それに対処するのが、産婦人科医の仕事だ。またお産だけではなく、婦人科の悪性疾患や急性疾患にも対応しなければならない。やるべきことだけでなく、大きなリスクも多分にある。しかし僕は、生命誕生のダイナミズムと繊細さ、面白さにだんだんと魅了された。生まれ来る命を扱う産婦人科に、他の科には代えがたいものを感じるまでになっていたのだ。非常に勝手だが、それまで悪趣味と心の中で罵倒していた男性の産婦人科医も、日に日に格好良く見えてくる。あなたもこの魅力に圧倒されたのですね！　と胸の中で話しかけてみたこともある。失礼な話だ。しかしそれほどに産婦人科という医療分野は、想像をはるかに超える魅力を持つ世界だった。

医師国家試験に合格すると厚生労働省の規定に従い、僕は初期研修医の2年間に内科、外科、救急、小児科などを回った。産婦人科研修の時に、その面白さを実体験することができた。研修で初めて気がついたのは、女性の患者さんは産婦人科を避けて通れないということ。例えば救急搬送された女性が腹痛を訴えた場合、消化器官に問題がなくともそこで診療を終わりにはできない。必ず産婦人科医が、女性特有の器官に問題がないかを確認する。他の診療科では判断がつけられず産婦人科医が判断しなければならない領域も多く、とにかく専門性が試されるのだ。手術においても産婦人科は特殊性が高い。出産に絡んだ手術では短時間でビフォー・アフターが大きく異なることが多く、帝王切開などがまさにその例だ。命の危険にさらされている母子を、たった20～30分の手術で命の淵から救い出す。最悪のケースから、この手で劇的なほど状況を好転させられる。もちろん緊張感は常にあるが、喜びの大きい仕事だ。何より、お産に立ち会ったことは大きかった。いよいよ出産が近づく陣痛の最中、妊婦さんはしんどい、痛い、いろいろな思いと戦っている。それは妊婦さんの家族も同じだ。みな不安げな顔をして、どこか落ち着きがない。ところが分娩室に産婦人科医が入ると、一様にほっとした顔に変わるのだ。テキパキと指示を与え、適切にお産を管理する産婦人科医はとても格好良く見えた。もちろん、がんや脳卒中、心筋梗塞など、命に関わる大きな病気の治療や研究も医師の使命の一つであり、大きなやりがいでもあるだろう。しかし何より赤ちゃんの産まれる瞬間は格別だ。赤ちゃんの声が分娩室に響けば、それを追うように次々と聞こえてくる「おめでとう！」。産婦人科では「おめでとう」を聞く機会がとても多い。この世に生を受ける命を抱きとめ、また溢れる喜びとともに「おめでとう」を伝えられる、これが産婦人科の誇らしいところだ。

それほどの魅力に気がついてもなお、僕は産婦人科医になるのを拒んできた。

研修医の僕は、結婚したばかりだった。入籍は大学6年生の時。学生結婚だ。7歳年下の妻・志野とは、サッカー部の友人が企画したイベントで知り合った。友達と参加していた志野を気になった僕が、思い切って声をかけたのがきっかけだ。最初は彼氏がいるから、と相手にされなかったが、英語を教えてほしいという志野の申し出に応えるうち距離が近づいた。晴れて交際することになり、僕は舞い上がった。地面から数センチ、実際に浮いていた自信があるほどだ。

志野は当時、私大医学部の学生にもよくモテた。私大の医学部は実家も裕福でキャンパスまでベンツで乗りつける人のゴロゴロいる世界。そんな恵まれた人たちを相手にせず、貧乏学生の僕を選んでくれたなんて。日々、志野への感謝でいっぱいだった。

日本にやってきた当時は、日本で医学を勉強できるどころか、まさか最大の理解者を得られるとは思ってもいなかった。神様はいるのかもしれない、なんて戯言が頭を掠めたほどだ。

医学生はモテると思われがちだが、まだ医師の卵、実はそれほどでもない。ところが医学生から「医師」になった途端にモテ始めるらしい。学生時代に医学生とつき合っている女性は、恋人が医師になれば関係が変わってしまうのではと、不安に思っていると聞いた。

貧乏な僕を選んでくれた志野を、少しも不安にさせたくない。その想いから、志野には日々感謝の気持ちを伝え続けた。その頃の僕がどれほど貧乏だったか。振り返るたびに今でもぞっとするほどだ。常にお金はなく、基本的にいつも同じ服だった。一度、志野とのデートにいつもとは違うジャンパーを着ていったことがある。志野はとても喜んでいた。

「よかった、新しいジャンパー買えたんやね」

「違うねん、これ、誰かが落としたやつを拾ってんけどな」

「え…」
よくそこで別れを切り出されなかったな、と思う。絶句した志野は、今で言うドン引き状態。僕はそんな志野の様子に気づかず、持ち主不明のジャンパーでもクリーニングに出せば新品同様になる、と喜んで話し続けた。僕が志野の家族や友達なら、そんな男はやめておけ、と間違いなく言うだろう。

その年の9月、僕の誕生日。例のジャンパー事件を見かねた志野が、バイト代を貯めて僕にコートをプレゼントしてくれた。正真正銘、自分のコートだ！　しかもバーバリー！　志野の気持ちがとにかく嬉しくて、大切に袖を通す。コートがつやつや輝いて見えた。汚れるかなと迷いながらも、ずっと着ていたい欲には抗えず。着たまま大学へ行くと、友人が目を丸くして近づいてきた。

「ついに…ネルがバーバリーを着る時代になったんですね…」

感慨深げに、そして驚嘆しつつ呟いた彼の顔は忘れられない。いつもは軽口の友人が敬語を発するくらいの衝撃。それほどに、僕の貧乏は学内でも有名だったのだ。

もっと余裕のある人と楽しい学生生活を送る選択肢もあったのに、貧乏な僕と過ごしてくれる志野。モノ以上に、楽しい思い出をたくさんくれる志野。そんな志野を不安にさせたくない。ずっとずっと感謝の気持ちを伝え続けたい。そうして僕は志野にプロポーズした。志野は、ありがとう、と受けてくれた。

大学6年生の夏、僕たちは入籍した。日本でずっと孤独だった僕に寄り添ってくれた理解者は、ついに家族になってくれたのだ。これがどれほど奇跡的なことか、僕は痛いほどわかっていた。だから、絶対に志野を失いたくなかった。

それが産婦人科医になることを避けていた大きな理由だ。当時は、マスコミ報道や医療関係者からの話で、産婦人科は訴訟が多く理不尽な過重労働を強いられる、というイメージがあまりにも強かった。産婦人科を選べば、家に帰れない日々が続くどころか、訴訟で医師生命すら危うくなり、その結果、築き上げた家庭がめちゃくちゃになるかもしれない。感謝してもしきれない志野に、辛い思いをさせるかもしれない。

いくらやりがいがあっても、魅力がわかっても、家庭を壊してまで産婦人科医になる、そんな決意は到底できなかった。守りたいもの、失いたくないものが大きすぎたのだ。僕は見て見ぬふりで、産婦人科の魅力に蓋をした。


初期研修医の2年目、志野が妊娠した。一人の人間の中に、もう一人の人間が宿る。これほど神秘的で感動的なことはない、と夫婦で手を取り合って喜んだ。この世に生を受けるため10か月の時間をかけて準備をするその一生懸命な命が、愛おしくてたまらなかった。志野のお腹が日々膨らむのは、毎日二人の喜びが膨らむせいではないか、僕たち夫婦はそう考えるほど幸福に包まれていた。まだ見ぬ小さな生命に出会える日が、本当に待ち遠しかった。

そして2006年11月2日深夜、里帰り分娩のために京都の実家に帰っていた志野から、1本の電話が入った。

「破水したみたい。今から病院に向かうね」と。

眠気が目に見えてどこかに飛んでいき、それきり戻ってくることはなかった。車に駆け込み、大阪から高速道路に乗って京都の伏見へとアクセルを踏み続けた。ハンドルはわけのわからない汗でべっとりとしていた。少しの赤信号にさえやきもきし、空飛ぶ絨毯が欲しいとすら思った。なんとか車を操り病院へ到着すると、志野のいる分娩室へと急ぐ。うっすらと汗をかいた志野の顔を見て、隣にいられることに少し安心した。しかし志野の陣痛はまだ不完全だったようだ。10時間以上待った。それでもまだ、分娩は進まない。立っても座っても落ち着かない。これほど男という生き物が無力な瞬間はないだろうと思う。女性が人生最大の戦いに挑もうとしている時に、ぴょこぴょこと落ち着きなく動き回ることしかできないのだ。動き回っても、何も志野の力にはなってやれないのに。

その時、様子を見に産婦人科の先生が入ってきた。ほっとして、その白衣姿が輝いて見えた。診察中の先生の後ろ姿は、さながら正義の味方、ヒーローだ。

医学生の頃の自分に教えてやりたい。感謝することになるんだから、罵倒するのはやめておけよ、と。

白衣のヒーローは僕に、

「この様子だとまだ時間がかかりますね」

と言った。焦り、不安。言い知れないもやもやが僕を襲う。お腹の子は？　志野は？　大丈夫なのか、苦しんではいないのか、痛くないのか。先生が分娩室を出ると、さっきよりもっと不安になった。先生、早く戻ってきて、心の中で何度もそう呼びかけて戻りを待っていた。

先生が再度分娩室に入ると、ただ居てくれるだけで安心した。これは研修のときに出会ったご家族の気持ちと同じだ。この時ほど産婦人科医を偉大に感じたことはない。自分も医師であることなど、すっかり忘れていた。僕はただただ、志野の夫でお腹の子の父親だった。

「いよいよ子宮の出口が全開したよ」

と言われた。赤ちゃんが出てくるために、この世界への扉が完全に開けられたということだ。僕たちの子どもが目の前にやってくる時はそう遠くない。喉が急にカラカラになった気がした。強い陣痛が来るたび志野が悲鳴を上げる。僕は不安を募らせるだけで何もできなかった。ただひたすら目の前で戦っている志野を見つめ、励まし、子どもの誕生を待つのみだった。

お産は出血が多いもので、特殊な手技と知識が必要だ。産婦人科の先生がいてくれてよかった。心から感謝した。

２００６年11月３日早朝。おぎゃーーー、とあらん限りの力で泣きながら、子どもが誕生した。男の子。僕たち夫婦の、長男の誕生。僕は涙ぐんだ。というよりも、涙が止まらなかった。生命が誕生する瞬間を父親として目の当たりにし、人生最高の喜びを手にした。ありがとう、ありがとう。何度も志野の手を取ってそう伝えた。

懐中の我が子を見る。可愛い。この可愛い息子がこんなに大きな戦いを潜り抜けて、僕たち夫婦の前に姿を見せてくれた。そう考えると、もっともっと愛しくなる。家族3人が揃った分娩室が明るくなった気がした。

先生がいなければ、自分はただ焦るだけだった。産婦人科の先生がいてくれる、その安心感があったからこそ不安は取り除かれ、夫婦でお産に集中できた。もしかすると、息子もこのように元気な姿で生まれてこられなかったかもしれない。研修でわかっていたつもりだったお産の喜びが自分の人生と重なり、身体の芯から湧き出て止まらなかった。

産婦人科医師不足の今、お産を産婦人科医にとってもらえない地域は全国的に多い。僕が感じた以上の不安を抱えてお産に臨む人たちの方が、格段に多いと言えるだろう。産婦人科医にお産をとってもらえた僕たち夫婦はとてもラッキーだった。自分たちだけがこんな幸運を享受していいのか。そしてこんなにも喜びに溢れる仕事を選ばずにいて、後悔しないのか。息子の顔を見ながら思う。

産婦人科医になろう。

気がついた時には、その決心がすでに僕の全身を駆け巡っていた。喜びに満ちた生命の誕生を、少しでも多く手助けしたい。僕たち家族が受けた幸運を「当たり前」にしなくては。もう僕に迷いはない。

産婦人科医になろう。一点の曇りもない決意だった。

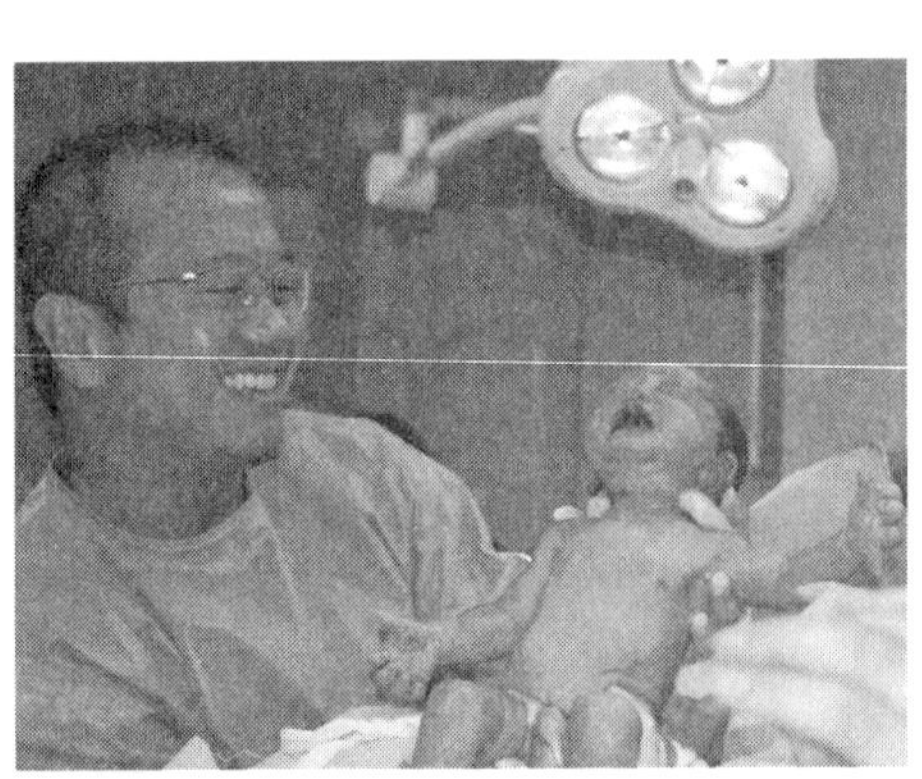

2018年、長女を取り上げたネルソン

# 第三章

## 貧困、強い意志、描いた大きな夢

# 美味しいお菓子、いかがですか

1985年12月。

暑い！ 意識を失ってしまうくらい暑い。いや、もう、熱い！ 太陽は自分の威力を誇示するかのように、容赦なく熱と光線を僕らに浴びせている。汗は父と僕の体に無数の小さな川を成しては、地面に流れていく。砂漠の中にいるかと思うほどの暑さ。しかしここは砂漠ではない。翡翠のような青々とした葉を茂らせている樹木たちが、この地が砂漠ではないことを主張する。ここは、赤道下にある熱帯雨林の国マレーシアの中部、イポ（IPOH）という小さな町。

父は三輪車にまたがって必死に、そのペダルを漕いでいる。もちろん子ども用の三輪車ではなく、縦1・5メートル、横1メートル四方ほどの大きさの板が乗っている、特別に作った三輪車だ。そしてその板の上に、金属容器に入った様々な手作りお菓子が山のように積まれている。一つ一つは小さなお菓子とはいえ、その山たちと容器で、2、30キロを軽く超える。お菓子はもともと液状で、それを金属の容器ごと大きな蒸し器で蒸して固形にする。お菓子と重い容器は一体になっているのだ。

全身の力を振り絞る父の負担を少しでも軽くするために、9歳の僕は後ろから必死に三輪車を押している。学校が大型休みに入った僕は、こうして父の手伝いをするのが日課だった。

「お菓子はいかがですか、美味しいお菓子ですよ」

「お子さんの学校のおやつに、美味しいお菓子はいかがですか」

喉が張り裂けんばかりに父が出した大声は、南国の一角にある住宅街に響き渡る。

「美味しいお菓子いかがですか。甘いもの、辛いもの、みんな美味しいですよ」

僕は父に負けないように声を張り上げて叫んでみた。叫んでいる短い間は、今の残酷な暑さを忘れられるのだ。三輪車の横を、1台の自動車が通り過ぎた。運転手は眉間には皺を寄せ、僕たちが迷惑だと言いたげな表情。キンキンに冷房の効いた自動車だ。羨ましい。一瞬でもあの冷たい空気を感じられるのなら僕はどんなに幸せだろうと、心の中でぼそっとつぶやいた。

移動式屋台の、お菓子屋。これが僕らの生計を立てるための営みだった。

父は40代前半。家計を維持するために中学校を中退した。第2次世界大戦が終わる前に生まれた世代としては、卒業できなかったとはいえ、学校で学べただけで幸せな方だったそうだ。

母は10人きょうだいの次女で、きょうだいたちを養うために小さい頃から他人の家でメイドとして働いていた。だから母は学校に行ったことがなく、読み書き計算は全くできない。

そんな父と母は、結婚してから自力でお菓子の作り方を習得した。熱帯雨林で育ったココナッツのミルクや果実をたっぷり使った南国のお菓子。お菓子は1個、今の日本円で約3円から5円だ。店を構える資金はなく、こうして移動式屋台で、住宅街などを売り回っている。つまり、太陽に暴力的な熱を浴びせられるのは、日常茶飯事。しかし、猛烈な太陽はまだ可愛いほうだった。もっとひどいのは、雨だ。運悪く少しでも雨が降れば、お菓子に湿気が入り、すべてが売り物にならなくなる。そして最も厄介なのが、雨季。毎日土砂降りのこの時期は、移動式屋台での商売が1、2週間全くできなくなり、一年で最も生計に困る。天を仰ぐことしかできないのに、その天は一向に姿を見せない悪夢のような季節。だからこうして、暑い、熱いと心の中で唸りながらも、三輪車でお菓子を売り回っている方

ネルソンの父が使っていたのと同種類の三輪車

がよっぽど幸せだった。

その日二つの住宅街を回ると、夕方になってきた。先ほどまでとことん僕らをいじめ抜いた太陽は、黄金色の光線を遠慮がちに放ちながら、山の間に隠れようとしている。昼からこの夕方にかけて、お菓子は約30個売れた。まあまあの成績だ。でも勝負は今から。父と僕と三輪車は、家から約1キロ離れた、テニスコート二つ分くらいの空き地へと向かう。到着すると、すでに2、3台同様の屋台三輪車が集まっていた。ラーメンを売っている三輪車もあれば、カレーライスを売る三輪車もある。そう、この空き地が、ナイトマーケット。夕方になると、いろんな売り物を出す屋台がここに集まるのだ。

電気も、水道も整備されていないただの空き地。屋台が集まることで、そこは市場になる。家から母と兄と妹が駆けつけてきた。母は灯油のランプにマッチで火をつけ、明かりを作った。兄と妹が、バケツを提げて、すぐ近くにあるたった一つの水道から水を汲む。もちろん水道は、列を作っての順番待ちだ。

日が暮れると、市場に集まる人の数がだんだん増えてくる。商売をする人、屋台にご飯を食べに来る人、物乞いする人、夕刊を売りに来る人、ストリートショーをする人。様々な人が、そして野良犬や野良猫までもがここに集まってくる。夕方前には生き物の気配すら感じられない寂しい空き地が、数時間で不夜城に変身するのだ。客を呼ぶ声、宣伝する声、笑う声、罵る声、泣く声、吠える声まで、いろんな声がまるで合唱のように重なり合い、この空き地で、南国特有の旋律を奏で始める。

するど、今日もあの子がやってきた。僕と同じくらいの、9歳か10歳くらいの女の子だ。彼女の体型よりも倍くらい大きく汚れたTシャツの左肩には、3センチほどの穴が空いている。どこかでもらったに違いないそのTシャツを着た彼女の手には、木製の縁が欠けた鉢が一つ。そして彼女は、その鉢を静かに僕に差し出した。僕は母に目線を送る。母は軽くうなずいた。僕は手当たり次第にいくつかのお菓子を掴んでその鉢の中に入れた。彼女はペコリと頭を下げ、静かに他の店へ駆けて行った。しばらくすると、「商売の邪魔だから来るな」と彼女が怒られる声が聞こえてきた。

屋台の営みは厳しいとはいえ、彼女と比べると、うちはずっと幸せな方だと、小学校3年生の僕は身に沁みて感じていた。

「美味しいお菓子いかがですか、どれも美味しいですよ」僕は声を張り上げて呼び込みを再開した。

深夜12時過ぎになると、人の数は徐々に減ってくる。食事のために来た家族連れがいなくなり、残っているのは酒飲みの大人たちだけだ。

僕らのお菓子の8割は売れた。今の日本円にして約2500円。僕らにとっては、かなり上出来だった。灯油ランプの火を消し、バケツに残っている水を空き地の排水溝に流す。お菓子の容器を整頓し、三輪車周辺のゴミを片づける。店じまいだ。父は三輪車に乗って、家に向かってペダルを漕ぎ始めた。兄と僕と妹の3人が、三輪車の後ろを押す。母は後ろで静かに僕らを見守っている。こうして、南国の、お菓子屋台の僕らの一日は終わる。

コッコココ、コッケココ。隣家の鶏達の鳴き声で目を覚ます。朝の7時だ。父も母もすでに起きていた。父は着替えて、市場に行く用意をしている。僕も急いで顔を洗い、着替えた。

今日は週末、市場に行く日。父と市場に行くのが、小学生の僕にとって毎週の楽しみだった。学校に通う僕は、週末にしか父について行けないのだ。市場に行く途中に、父と一緒に近くの孤児院に寄った。前日の夜に売れ残ったお菓子を寄付するためだ。孤児院の玄関で掃除していた15歳くらいの男の子は、嬉しそうに僕らが持ってきたお菓子を受け取った。何人かの子どもが窓から、父と僕を覗き見ていた。羨望のような、嫉妬のような、複雑な視線だったように思う。

そうして市場についた。市場ではいろんなものを見られるのが楽しみの一つだ。しかし、僕はどうしても、市場のある一角だけは好きになれなかった。それは、家畜売り場。そして特に、鶏売り場が大の苦手だった。籠の中の鶏たちは、元気よく動きまわり、大きい声で鳴き、喧嘩し、地面全体に羽毛や糞を散らかしている。すると、客が選んだ鶏を屋台の店主が捕まえた。そして鶏の首を抑えながら包丁で喉を切り裂く。喉から噴き出す血をバケツに流す。ぴくりともしなくなった鶏を、店主が沸騰する鍋の中でしばらく茹でる。茹で上がると店主は、その羽毛を豪快に毟っていく。

この光景を毎回目撃せざるを得ない。僕にとってそれは市場での最も辛い経験だった。生き物を、食べるために殺す、それを否応なしに痛感させられる。日々の食卓のありがたみを再認識する光景でもあったのだが。

父は果物売り場で、熟したココナッツの実を30個ほど買った。果物屋台の店主は、父が選んだココナッツの実を長い刃物で割り、中の透明の液体をバケツに入れた。そしてココナッツの中にある白身の部分を、器械で粉々に削りとった。

父は他にもお米や果物など、お菓子を作る材料をひと通り買い、特製の三輪車に積んで家まで運んだ。家に着くと、ココナッツの粉々になった白身を特製の布の中に入れて包み、それを両手で絞り出してココナッツミルクにした。そのココナッツミルクを米汁や澱粉、砂糖などの材料とかき混ぜた後、金属の容器に流し込み、蒸し器に入れて蒸し始める。

これは僕がこの家で一番嫌な時間。なぜなら家が、文字通り蒸し地獄になるからだ。ただでさえ暑い南国の昼前。そこに、蒸し器から噴き出る熱く白い水蒸気が、この家の温度と湿度をどんどん上げていく。楽しかった市場から一転、加減のない湿度の攻撃に、僕はいつもギブアップ寸前まで追い詰め

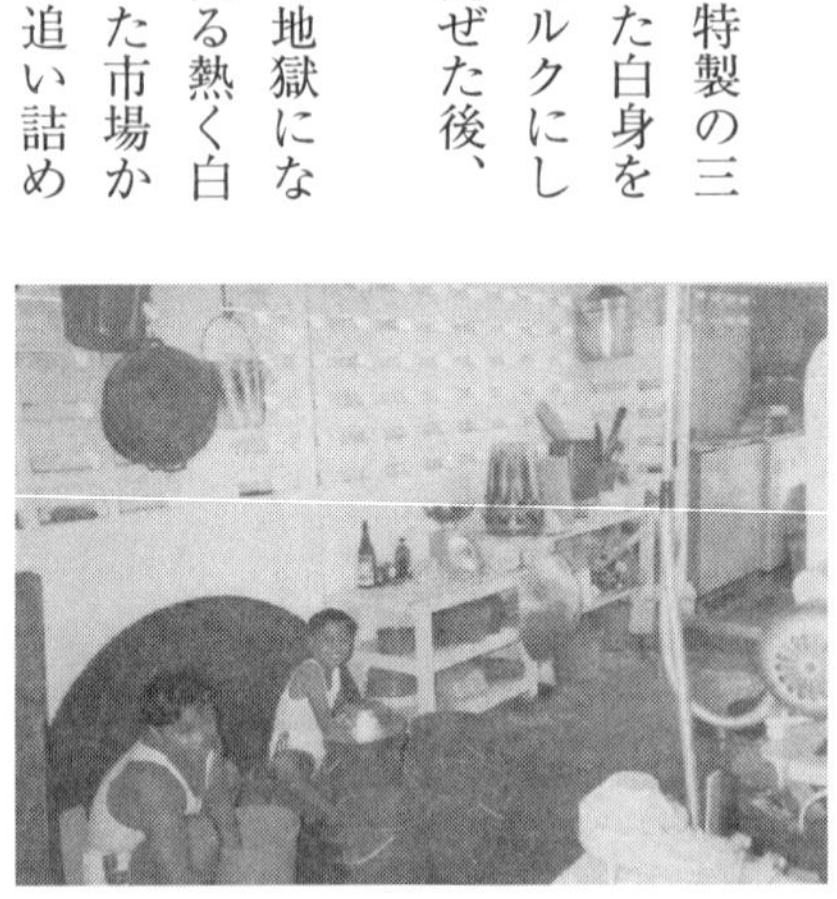

お菓子作りを手伝うネルソンと兄

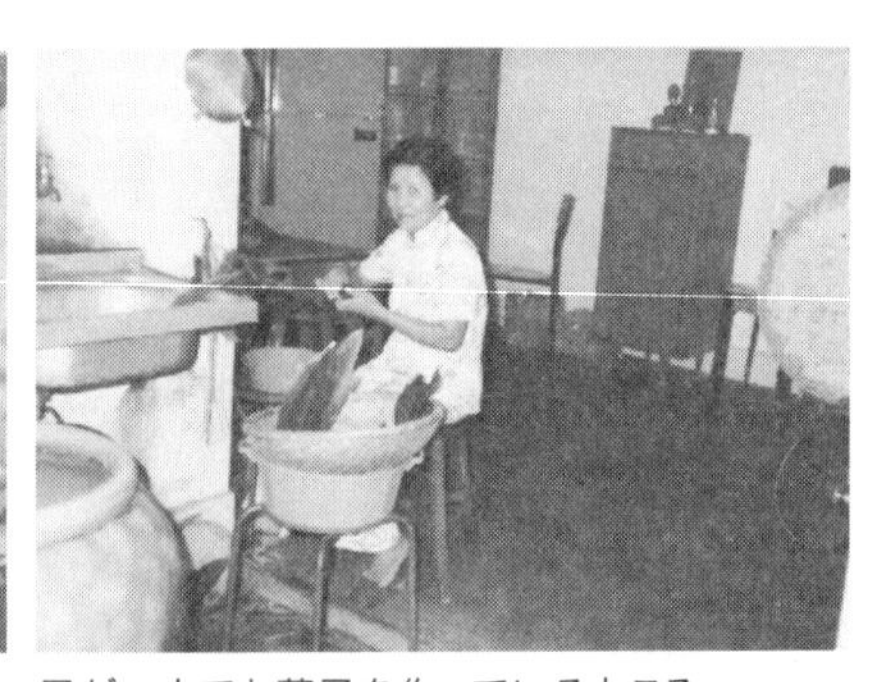

母が一人でお菓子を作っているところ
壁に苔がたくさんついているようなボロい家

られる。蒸し地獄を経て蒸し器から出した金属の容器には、固まったお菓子の塊が鎮座している。僕らの商い物の完成だ。こうして作られた様々な種類のお菓子を、金属容器ごと三輪車に乗せる。

そして、お菓子屋台の一日が今日もまた始まる。

## すごいな、日本

1982年、僕が9歳の時に、我が家に大きな事件が起きた。ついにテレビがやってきたのだ！　父の知り合いから譲ってもらった、中古の白黒テレビだ。初めて自分の家で見る、憧れのアイドルたちの映像。あのアイドルたちが、自分の家で動いているなんて！　その感動は計り知れなかった。

12歳、さらに大きな出来事が起きた。今度はなんと、カラーテレビが我が家にやってきた！　屋台の商売が少し軌道に乗り、父が皆の士気を高めるために、貯金を崩して手に入れてくれた。今まで白黒の世界に存在していたアイドルたちが、今度は現実世界と同じ色たちに彩られる。もうこれは、我が家史上に残る大事件だ！　カラーテレビが家に運ばれた日の、僕ら兄妹3人の興奮は、油田を掘り当てた農夫に決して劣らなかった。まさにお祭り騒ぎだ。

その時、僕はあることに気づいた。最初の白黒テレビには、HITACHIという言葉が、そして今度のカラーテレビには、SONYという言葉が入っている。どれも、中学生となった僕の話せるマレー語、英語、中国語、広東語などの中には見当たらない単語だった。それだけではない。周りを見ると、車にはTOYOTA、HONDA、ISUZU、SUZUKI、冷蔵庫などの家電製品にはTOSHIBA、SANYOなどの言葉がついていた。いったいこれらの言葉は何語なんだろう。どういう意味があるんだろう。僕やマレーシアの人々が知らない言葉が、僕の身の回りだけを見てもこんなに溢れている。実に不思議だった。

そして、学校の授業で、僕はついに知ったのだ。これらのものはすべて日本という国の製品であり、それらの言葉はすべて日本語、日本企業の名前であったことを。

日本という国はすごいな。日本の物は世界中に溢れている。日本という国はきっと、すごくすごく大きな国なのだろう。

その後、初めて地理の授業で日本の地図を見て、僕は仰天した。すごく大きいだろうと想像していた日本は、なんと、マレーシアよりもせいぜい一回り大きいくらいの面積しかなかった。決して大きくない日本という国から、その製品や車などが、世界中に湧き出ているのだ。世界中に出回っている日本の車や製品をもし日本に運び戻したら、日本は沈没してしまうのではないか。マレーシアの、僕の周りだけでも、こんなに多くの日本製品を目にするのだから。

テレビや教科書の写真で見る日本の風景は、高層ビルに囲まれた超現代的な街があり、銃弾のように速い新幹線も、そして美しい着物や、荘厳なお寺もあった。産業・経済が凄まじい発展を遂げながら、素敵な伝統文化も守り続けてきた日本。いったい日本とはどんな国なんだろう。ますます僕の興味は膨らむ。

そういえば僕が8歳になる1981年に、当時のマレーシアの首相・マハティール医師が、「ルックイースト」――すなわち、日本に学びなさい、という政策を提言していた。修学旅行で首都クアラルンプールに行った時に見かけたたくさんの日本人観光客は、皆清潔感のある身嗜みで、上品で、礼儀正しかった。強くて、美しくて、品格のある国、日本。僕の心の中で、日本への憧れは日々に増していった。

そしてテレビでドラマ「おしん」を見た時、僕は大きなショックを受けた。当時約60か国で翻訳・吹替され、一大ブームを巻き起こしていた。中国語版と英語版を観た僕はそこで初めて、戦後日本が荒廃していたと知る。この事実は僕にとって、大きすぎる衝撃だった。マレーシアでは戦争直後、熱帯雨林もあれば、錫などの鉱物や、油田なども豊富にあった。つまりマレーシアは資源面において、同じ時期の日本よりも恵まれていたのだ。

そして戦後から何十年経った今でも、発展途上国として取り残されているマレーシア。対して、荒廃の大地からたった2、30年で世界トップの経済大国に躍り出た日本。日本という国、日本人という人たちは、これほどまでの逆境を乗り越える力を持っているんだ…。

いつか必ず、日本という国を覗きに行くんだ、僕はそう決心した。

## 孤独への出発

1992年3月18日、夜。クアラルンプール、スーバンジャヤ国際空港。東京ゆきの飛行機の中。18歳の僕は、窮屈なエコノミーシートにようやく身を沈める。いや、そんなに上等なシートではないから、身を置いた、の方が正しいかもしれない。誰も僕のことなんて見ていないだろうが、今の僕は誰一人の視線も感じたくない。笑われるのではないか、馬鹿にされるのではないか、なんのためにこの飛行機に乗っているんだろう。僕の中で、期待、不安、劣等感、恐怖が複雑に絡み合って渦になる。そしてその渦のせいで酔いそうだった。陶酔や乗り物酔いなんかではない、それらの感情に頭を鷲掴みにされ、吐き気を伴う酔い。僕にはなすすべもなく、ただ不安と悔しさを味わい続けるしかなかった。涙が出るかと思ったが少しも出ない。そんな自分に腹立たしくなり、狭い座席の隣の乗客に八つ当たりしてやろうかと思ったが、それもできない。

出発時刻が迫り、楽しそうに次々と機内へ乗り込んでくる乗客。僕は心の中で、彼らに向かってあらん限りの暴言を吐いた。僕はこんなにも不安を抱えているのに、そんな僕をあざ笑うのか。完全に被害妄想だとはわかっていたが、僕はそうすることでしか自分を保てなかった。自分の嫌いな食べ物を目の前で誰かが美味しそうに食べている様子に、無性に腹立たしさを覚える、そんな感覚。ざわめく機内で、一人だけ独房に放り込まれた囚人のように座り続けていた。

僕は赤道直下、マレーシアのＰＯＩＬＡＭ高校を出た。中高一貫校で、マレーシアの中でも珍しいイギリス制の英語教育制度、すなわち海外留学を想定した、発展途上国では数少ない進学校。第三世界のマレーシアとはいえ、進学校の中でも名門校だった。もともと僕のような、下流階層出身の人間が通えるような学校ではない。うちは、１００年くらい遡っても、中学校を卒業した人すら一人もいなかった家系だ。父は少し字が読めるだけ、母は全く読み書きができない。しかも僕は小学校に入った頃、成績が良いわけでもなかった。学校の授業で分からない箇所も家で誰にも教えてもらえない環境。それゆえか、７、８歳の頃から、僕には一つの信念があった。

それは、両親のような熱帯国の炎天下で肉体労働する階級から脱出し、高校卒業後はサラリーマンになり、冷房のついたオフィスの中で働くこと。これだけは念頭に置いていたからか、小学校を思ったよりもマシな成績で卒業した。親はもちろん大喜びだった。もしかして、家系で初めて高校に進学できる人間が現れたのではないか、と期待を高めた。こうして両親は厳しい家計をさらに引き締め、僕を授業料の高い地元名門ＰＯＩＬＡＭ校に入学させた。

中学校入学後の僕は前述の通り、最初こそ苦戦したものの次第に勉強そのものの楽しさに取り憑かれ、日々机にかじりついていた。やればやるだけ、目に見えて結果が出ることが何より嬉しく、上流階級の同級生に負けぬよう、そして両親の期待に応え、自分の信念を決して裏切るまいと、勉強に邁進した。

そして3年後、僕は名門のＰＯＩＬＡＭ高校を3位の成績で卒業した。同時に、英国ケンブリッジ大学が実施した検定試験では、8科目を七つの優と一つの良で合格した。一つの「良」にどうしても納得がいかなかったが、そこに悔しさを覚える自分に嬉しさを感じたものだ。そしてこのことは、下流階層の子が海外大学の著名な検定試験に優秀な成績で合格したと、地元新聞の一面に取り上げられるほどの大事件だった。

英語教育を受け、同級生らより良い成績を取れただけに、将来は僕も西洋の先進国に留学するのだと、高校の先生たちは当然のように思っていた。しかし僕はどうしても、小さい頃からの日本への憧れが断ち切れなかった。

敗戦からたったの2、30年で、ドラマ「おしん」の中の日本は、新幹線を超高速で走らせる世界トップの経済大国になった。世界中のどの国も成し遂げられなかった大逆転だ。それだけではない。僕が日本製のテレビで見たのは、着物、お城、お寺といった、伝統的な文化の美と、新幹線に代表される最先端技術が生んだ機能美。「伝統と革新」の美がハーモニーを湛える国、それが日本だった。そしてマレーシアの首都クアラルンプールで見かける日本人の旅行客や商社マンは、他の国の人たちよりも、どこまでも礼儀正しく、気品に溢れる人々として僕の目に映り、心の奥に焼きついていた。いつか必ず、日本という国を見てみたい。だから僕は、日本へ留学したい。

高校卒業前の就学相談で、この想いを先生に打ち明けた。担当だった教頭先生は、しばらく口が開いたまま固まっていた。

「日本へ留学する人は、英語が苦手で成績もイマイチか、不法労働をしに行こうとする人ばかりですよ！　君は何を考えているの？」

教頭先生の言葉は僕の心に突き刺さった。でも当時は、それも一つの潮流だった。発展途上国のマレーシアとはいえ、他国に負けないように、子どもが小さい頃から英才教育を施す家庭や学校は多い。その英才教育は、もちろん英語を習得し、西洋の先進国への扉を開き、意気揚々と母国を旅立つためのものだ。当時、日本へ行くのは、「留学」を名目にして出稼ぎに行きたい人ばかり。その出稼ぎも、ほとんどが不法労働。進学校で英語教育を受けた人が日本へ留学したいだなんて、信じてもらえるはずもなかった。

「日本へ行ったら、今までの英語ベースの教育はどうするのですか？　何度も言うけれど、君は本気で日本に『留学』したいと思っているの？」

そうか、日本への留学はそんなにも恥ずかしいことなのか。名門進学校で3位の成績を修めた僕が、不法労働をしたいのかと疑われている。ただ、憧れの地を踏みたいだけなのに。当時の現実は、「優等生」な僕のプライドをぐちゃぐちゃにした。

でも僕は、日本行きの飛行機に乗った。日本語はできない、全く。なぜなら僕は、英語教育を受けてきたのだから。そして両親はマレーシアの田舎の、屋台のお菓子屋だ。英語教育に加えて日本語を学ぶような余裕は、到底なかった。小さい頃にはよく家の手伝いもしたし、お菓子屋をやっている両親が好きだった。いや、今でも好きだ。でも、好きだからこそ余計に恨めしい。どうしてホテル王とか、石油王でなく、お菓子屋だったんだろう。親や家業を恨んでいるわけではない。むしろ親にはとても感謝している。相当な無理をして、下流階層にいた僕に地元の名門高校を卒業させてくれた。そして、僕の夢を応援してくれる唯一の味方。それなのに、日本に行くという僕の夢が、母国に胸を張れないことだなんて。両親に恥ずかしい思いをさせているかもしれない。それが、怖かった。両親が大富豪であれば、こんな恐怖や罪悪感を抱かずに済んだかもしれない。金持ちのボンボンが、有り余った金で日本を冷やかしに行こうとしている、そう思われた方がうんと心は軽いはずだ。

そんな自分勝手な言葉ばかりが、脳裏に浮かんでは消えていった。どうにもやるせない気持ちが、片道の航空券と3か月分の生活費に凝縮されている。田舎のお菓子屋の両親が、必死に働き、そして親戚中から借金をしてかき集めてくれた大切な軍資金に。

今まさに東京へ飛び立とうとする飛行機の中で、僕はそのいろいろを一人握りしめ、縮こまっている。そう、東京。日本。夢にまで見たその場所では、僕が持つ全財産で、いつまで生き続けられるのだろうか。日本語が全く分からないまま日本へ行くのだ。機内に日本語らしきアナウンスが流れる。これは暗号だろうか。何を言っているのか全く分からない。心に巣喰った不安という闇が、大きな怪物と化して僕を呑み込んだ。暗号のアナウンスに続き、英語のアナウンスが流れる。ベルトを締めて、荷物は片づけて、背もたれは倒さないで、離陸後サインが消えるまでベルトは取らないで。そんな簡単な英語。英語を聞くたびに、体が苦味でいっぱいになる。こんな英語、なんてことないのに。

あれほど学んできた英語を生かさず、憧れの日本をどうしてもこの目で見たい想いを優先する。結局この気持ちは、家族以外の誰にも理解してもらえなかった。身体中に充ちる苦味の処理の仕方がわからず、それを迎え撃つだけの武器も持ち合わせていなかった。

少し鼻の高いキャビンアテンダントは、笑顔を誰彼となく振りまいている。僕を笑ってくれ、そんな思いが渦巻く。全くの他人に笑ってもらえれば、いっそ僕のこの気持ちに整理がつくかもしれない、と。

高校の友人は、ほとんどが欧米やオーストラリアに留学した。親たちにとっても、教師たちにとっても、西洋諸国への留学こそが出世への黄金街道だった。

しかし、自由の国を謳っているアメリカに留学している高校の先輩曰く、同じアメリカ人同士でさえ白人が黒人を差別し、白人以外が仕事になんてありつけるはずもない、と。ホワイト合衆国だ。当然、黄色人種の東洋人に仕事などなく、それはヨーロッパでも同じだった。東洋人の学生に仕事をくれるほど、当時はピースな世の中ではなかった。そもそも勉学にすら、差別の壁が立ちはだかる。イポの下流階層出身の僕を馬鹿にするな、そう思っただけでは世界は動かせなかった。だから、僕自身が動くしかない。

「日本へ留学に行く人は、あまり勉強ができなかったか、不法労働を目的にする人が多いんですよ。君は本気で日本へ『留学』しようと思っているの？」

教頭先生の言葉がまた呪文のように、僕の全身を蝕む。悔しかった。学力でいえば、彼らより僕の方が1ランク上のはずだ。いつか必ず、日本へ留学して本当に良かったと、教頭先生に笑顔で言ってやる。そう誓った。

「バブル」。日本はバブルの真っ只中だった。次から次へと生まれる、好景気の泡。仕事はあり余っていた。歓迎されていなくても、叩けば門を開いてくれる。日本へ行けば、自力でサバイバルするチャンスが転がっている、と聞いた。その機会を逃すわけにはいかない。たとえ、この憧れを誰にもわかってもらえずに変わり者扱いされたとしても。

日本。東京。自力で生活費と授業料のすべてを稼ぐことができ、僕が憧れを持っている国は、日本しかない。残された最後の希望の一筋をつかみ損ねることだけは、許されない。

しかし、日本語ができなければ、入国してもその先が全く見えない。日本語を習得して進学できれば、「留学」の面目も保てよう。それがかなわず労働に精を尽くすのみで、日本語が全くできないままどこにも進学できなければ？　そのまま滞在を続けることは、留学でもなんでもない。「不法滞在」、「不法労働」。歴とした犯罪。それだけはなんとしても避けたい。日本という国で、何かを手にして帰るしかない。

万が一日本でうまく進学できなければ、不法滞在も不法労働もして、少しでも貯蓄を作ってマレーシアの田舎に帰り、小さい事業を始めよう、そう血迷ったこともある。しかし、日本へ行って学ぶ、そう決意したあの日の自分を裏切るわけにはいかない。何より、僕のために当座の資金を親族中に頭を下げて調達してくれた両親を、絶対に裏切りたくなかった。

かくして期待と劣等感をない交ぜにした18歳の僕は、背水の陣を敷いて、東京行きの飛行機に乗り込んだのだ。現金15万円、数着の服とパスポート1冊、そしてギラリと光る命ひとつだけを携えた僕を乗せた、東京行きの飛行機は飛び立った。

機中、だんだんと日本が近づいてくる現実が、僕の中の恐怖と不安をますます増幅させる。わずかな希望を持たせようと、僕の思考回路は働き続ける。なぜこんなに悩まなければいけないのか。幾度となく眠ろうとした。さっきのキャビンアテンダントが笑顔で飲み物を持って回っている。タオルケットを受け取る他の乗客。彼も今から眠るのだろうか。寝よう、眠ろう、と考えるほど、僕の脳はやり場のない気持ちを生み出し続ける。眠れぬまま気がつけば、機内アナウンスが到着予定地・東京の天候を伝えていた。もう考えるのはやめた。今さらマレーシアには引き返せない。両親を悲しませたくない、犯罪者にだけは絶対ならない。何より、憧れの日本をついにこの目で見られる時がすぐそこまで来ていた。他人にどう思われようと、自分が憧れた国はまもなく僕の靴底に触れる。しかしまた折れそうになる心。飛行機を降りる前に最後の覚悟を決めなければ、僕は空港の人波に一瞬で飲み込まれ、溺れるだろう。

キャビンアテンダントたちが各自の席に座り始めていた。アナウンスが流れる。ベルトを締めて、荷物は片づけて、背もたれは倒さないで、着陸後サインが消えるまでベルトは外さないで。もうたったこれだけの英語に苛立っても仕方ないのだ。

１９９２年３月19日、早朝。憧れの地でのサバイバルが、間近に迫っている。息を深く吸い込んで、吐き出す。ポン、と点灯するベルト着用サイン。降下しながら、揺れる機体。夢にまで見たあの島国で、僕は生き残れるのか。日本上陸へのカウントダウンが、始まった。

# 第四章

# 日本への片道切符、胸いっぱいの旅立ち

## 成田空港

人、人、人。どこもかしこも、人ばかり。どこからこんなにも人が湧いてくるのか、ここは底なしの泉か。いや、もう海だ。際限なく打ち寄せる人の波。その海はあっという間に渦を巻き、僕を飲み込んでいく。自分もその海の一滴であることを棚にあげて、ただただ人の海を呆然と眺めていた。

上陸したんだ、日本に。生きるか死ぬか、僕の人生の岐路となる国の首都、東京に。機内からフル回転だった思考回路は、もうオーバーヒート寸前だった。

頭が熱くなる。脚が震える。武者震いか恐怖か、今の僕に判断はできなかった。

着いてしまった。ついに来てしまった。日本だ。

言葉を覚えさせられたインコのように、僕の中でそれらの言葉たちだけが繰り返され続ける。僕は成田空港の到着ロビーで、荷物を持って歩き出すことさえ忘れていた。

ふと我に返り、溺れる前にこの海から離れなくては、と思い立つ。スーツケースにもたれかかるようにしてやっとの思いで歩き出しても、全く遠ざかる気配のない人の海。その海からは、絶えず大きな轟きが響いている。気がつけばその轟きに飲み込まれそうで、僕はじっとりと嫌な汗をかき始めていた。

その轟きの正体は日本語。脳内に、聞いたことのない量の日本語が流れ込んできた。

ここで働くんだ。ここで学ぶんだ。ここで生き残るんだ。

そう言い聞かせても、僕の脳は迫り来る日本語の恐怖に耐えるための知恵は授けてくれない。さらに気の利かない僕の目と耳は、賑やかに話す日本人の子どもたちを捉えてしまった。突きつけられる現実。

そう、子どもが話す簡単な日本語さえ、今の僕にはわからない。そんな言葉の中で、これから一人、生きていかなくては。この未知なる言葉の海に、身一つで飛び込む覚悟を決めねばならなかった。

それからは、耳から流れ込む音をただのBGMだと思い込むのに必死だった。僕に何も与えてくれない、ただの音。そう何度も自分に言い聞かせる。しかしそれも虚しく、聞き流そうとすればするほど、耳が拾うのは日本語だった。

ここから何とか抜け出したい——上陸した今では無意味な願いを口の中で噛み潰し、僕は必死に歩き続けた。どこか、僕の五感すべてに休息を与えてくれそうな場所を探し回る。

ふと目をやると、青い人型のパネルが僕をじっと見ていた。「Ｔｏｉｌｅｔ」の文字。思わず身体の力が抜けそうになる。自分だけの場所を、少しでも静かな場所を。そうして僕はトイレに飛び込んだ。しかしそこでも、日本という国の残酷さを目の当たりにする。

綺麗なのだ、トイレが。田舎のイポでは、綺麗な共用トイレなんて絶対にありはしない。嘘だろう、空港に備え付けられたトイレなのに。一周回って笑いそうになったほどだ。

しかし当然ながら、そんなことに驚いているのはその場で僕一人だけ。その事実が僕をより孤独にさせた。この環境に適応しなければならない、そう思うと、またもこの海で溺れかける。スーツケースと、そのスーツケースよりも重たい体を引きずりながら歩き始めた僕は、よろよろとトイレを後にした。

空港内の電話ボックスには、緑色の四角い電話に向かって何度もお辞儀をし続ける日本人がいた。言葉のわからない僕にも理解できるほど、礼儀正しい空気が電話ボックスの扉の隙間から溢れ出ている。

丁寧で、勤勉で、忙しい、でも清潔感があって上品。僕が故郷で見

来日時のパスポート写真

た日本人の第一印象と全く同じだった。

　ここは僕の憧れた日本なんだ。ようやくそう感じられたことで、恐怖は一瞬薄れた気がした。でもこの国への抗体はすっかり出来上がってしまったようで、僕はそこにあるすべての物を警戒していた。

　これからはサバイバル。きっと誰も助けてくれず、僕のことなど気にかけもしないだろう。だからこの礼儀正しい青波の連なる大海で、僕は自力で、上陸する岸を探さなければならない。自分の生きる場所を、ひとりで探していかなければ。やっとそう決意して、大きく息を吸い込み、清潔そうな日本の空気で肺を満たす。

　岸にたどり着くまで、がむしゃらに泳ぎ続けよう。救命胴衣も、シュノーケルもないけれど。右足の裏に、日本に到着してから一番の力を込めて、地面を踏みしめる。

　覚悟の一歩で、僕はいざ、大海へと飛び込んだ。

## ハロー、東京

　多すぎる人を掻き分けながら進み、やっとの思いで成田エクスプレスに乗り込んだ。空港から流れ出た人波は、特急の車内にもたっぷり流れ込んでいる。ようやく座席に座ると自分のテリトリーができたようで、ふっと短い息が漏れた。

　そう、まだここは空港。これからが本当の闘いだ。成田から新宿までの間、僕は通り過ぎる景色の何を見ていたのだろうか。実のところ、電車が出発したことすら覚えていない。何かを見ていただろう目の動きも、僕の脳細胞の活動スピードには追いつけなかった。日本が世界に誇る電車のスピードも、光る停車駅案内も、超速思考の邪魔はできない。今から始まるサバイバルへ向けた覚悟が僕を支配し尽くし、恐怖を必死に処理しようとしていたのだから。日本で初めての電車の乗り心地を堪能することもないうちに、新宿駅に着いた。

日本の電車は速いな。そんなことを思う暇もなく席から立ち上がると、なんの引っかかりもなく自動で開く扉。そこから流れ出る人波に僕は再び巻き込まれた。車両の外に押し出されると、そこかしこにできた人の渦に飲まれそうになる。空気を求める魚のように顔を空に向けた。ビルの群れが、見上げる僕の視界をあっという間に覆い尽くす。空が、小さい。今さっきまで僕が鉄の塊に乗っかって飛んできたはずの広大な空が、申し訳なさそうにビルの間から顔を覗かせていた。

ああ、きれいだ、とも思った。ホームから見える新宿の街に目をやると、ビル、ビル、ビル、その間をせわしなく通り抜けていく人、人、人。すべてが整然としていて、どこにも僕のつけ入る隙のなさそうな大都会。それが東京だった。

スタートした僕の日本生活は、超がつく低水準だった。実は日本には、先に僕の兄が来ていた。勉強の成績は悪く、小学校の頃から非行少年と問題視された兄が、一か八かの思いで日本へやって来ていたのだ。マレーシアに肉体労働者として居残るくらいなら、同じ精力と時間と命を華々しい大都会の東京に賭けてみたい、というのが理由らしい。僕よりも2年先に来日した兄は、なんとか東京都内の日本語学校に籍を置き、その授業料と生活費のためにアルバイト生活をしていた。早朝の牛乳配達から、深夜の飲み屋の洗い場、工事現場など複数のアルバイトを掛け持ち、さながら奴隷のような働きぶりだ。その兄は、僕に欧米諸国への留学は身分不相応だ、日本に来いと説得した張本人でもある。

お前は日本が大好きだろう。日本はお前の想像以上に素敵な国だ。豊かで、綺麗で、夢のある国。経済的に余裕があって、日本人がやりたくない労働が溢れてる。どこの出身だろうと、働きたい人は仕事に就ける。英語を「捨てて」、ゼロから日本語をやるのは辛いだろう。でも、日本では授業料も生活費も自力で稼いで、その上に両親の借金返済のために仕送りもできる。

ヨーロッパやアメリカで、それができるか？　憧れの日本でなら、叶えられるぞ。

兄は日本から、何度もこの魅力的な演説を寄越した。

英語教育を捨てることに未練が全くなかったわけじゃない。僕が最終的に日本を選んだのは、この兄の力説が、僕がずっと温めてきた日本への憧れを一気に膨らませたからだ。憧れの日本で、自分の力で生きられる。親孝行もできる。そうして火がつけられた熱気球は、飛び立つしかない。僕の迷いはすっぱりと断ち切られ、繋ぎ止めるものはすべてなくなった。18歳で、晴れて留学生になるか、警察に怯える不法外国人労働者になるか、その大きな賭けに打って出る決意をさせたのは、紛れもなく兄だった。

その兄と、兄をマレーシアの田舎から追いかけてきた彼女が同棲するボロいアパートが、僕の宿だった。いや、正確には、僕に与えられた難民テントのようなもの。あくまでも一時避難場所で、僕は居候の身。6畳と3畳半の2DKに、僕は身を寄せた。当然、兄たちが6畳半、僕が3畳半の割り当てだ。キッチンと6畳部屋の間にあり、通路でもある3畳半には僕のプライバシーなどなかった。でも、僕が居ることを許されたその部屋兼通路は、軋む床と薄い壁、頼りない屋根たちが僕をかろうじて守ってくれる、日本で唯一の場所でもあった。あの都会の大海原に一人で放り出されるよりは、まだ命を繋げられる。お金も仕事もなく、日本語もわからない僕はここで生活していく他なく、兄たちの甘美であったであろう生活を邪魔する自分の存在が、ただただ申し訳なかった。

その代償だろうか、時々隣の部屋から漏れ聞こえる喘ぎ声に耐えることになった。若い時分だったが、その声が僕の性への欲求を掻き立てることは不思議となかった。むしろその声は、僕には同じ空気や感情を共有する人がいない、という事実だけを容赦なく突きつけてきた。耳を塞いでも、布団をすっぽりかぶっても、一度耳にこびりついた声は、離れることなく、僕の思考の中で存在感をより大きくする。

お前は今、一人なんだ。その囁きは、通路に住む居候である僕をさらに孤独に沈めた。頭の中で増幅していく囁きを打ち消すために、ここから出ていく方法を必死で考えても、たった一人で生きていける、そう言い切れる自信も確信も得られなかった。思いを巡らせるほど、自分の不甲斐なさと孤独だけが際立ち、かぶった布団の中で自分の鼓動だけが大きく響いた。まるで静かな部屋で聞こえすぎてしまう時計の秒針の音のように、僕の鼓動が僕を追い詰める。

東京生活の始まり、僕はどこまでも、独りだった。

## 一応、留学生

大火事の知らせかと思うくらいに、耳をつんざく時計のベルの音。3畳半の「通路」で目を覚ました僕は、身支度もそこそこに急いで家を飛び出す。日本語学校へ行くのだ。そう、僕はただおっかなびっくり生きるために日本へ来たわけではない。肩書きは一応、留学生だ。毎朝レールの上をほぼ時間通りに走る鉄の塊に、無理やり体を押し込むようにして通学していた。JR中央線の三鷹駅。湧き続ける人の渦に溺れぬよう、必死の思いで電車に乗る。中野駅までの時間、それもたったの12分足らずが、とてつもなく長く感じる窮屈な空間。手を離しても、荷物は床に落ちることはない。つき合い始めたばかりの恋人同士ならかえって恥ずかしくなるほどの至近距離に、顔も名前も知らない人がいる。恥ずかしさどころか嫌悪感しかないが、それは向こうも同じだろう。

東京は人が多すぎる。この多すぎる人の熱気で季節を問わずむせ返りそうな車内でも、僕は時間を惜しんで勉強をした。日本人の中で日本語の本を広げることは、この上なく恥ずかしかった。しかしそうも言っていられない。こんな波に飲まれてたまるか。ここで溺れ死んでたまるか。肩身の狭い貧乏生活を続けるうち、そう思えるまでになっていた。日本語を勉強するのは、日本で生きて行くためだ。それも無様にではなく、僕の夢を、憧れを叶えて生きるために。

中野駅に着くと、総武線に乗り換えて東中野駅で降りる。そこに、僕の通う東京国際学友会日本語学校がある。

毎日朝9時から夕方5時まで、みっちりとここで日本語を学んだ。日本では、とにかく日本語が話せなくては生きていけない。生きるために学ぶ。そして学ぶために、必死でお金を稼がざるを得なかった。学校を終えた足で18時から24時まで、吉祥寺か飯田橋の居酒屋へアルバイトに行く。

僕の一日はそうして過ぎていった。もう悩んでいる暇はなかった。無心で勉強し、働いた。家に帰っても孤独、街に出ても孤独。そんな僕が頼れるのは、自分自身しかいなかった。少しでも自分の生きる場所、生きる意味を探そうと必死だったのかもしれない。学校の終業からアルバイトの開始時間までは1時間弱しかなく、いつもいつも猛ダッシュだった。授業時間をオーバーして熱心に教えてくれる先生。しかし熱心であればあるほど、彼らは僕に心の中で罵倒されていた。

「あんたの講義のせいで僕はアルバイトに遅刻する。もしクビにされたらあんたが僕を養ってくれるのか、授業料を払ってくれるのか」

1分も無駄にすることなど許されない。芸能人も驚くほどのタイトスケジュールだ。居酒屋に着くと、エプロンをして厨房へと一目散に向かう。無尽蔵に生み出される汚れた食器を洗い続ける、それが僕の仕事だった。本当はウェイターやホールの接客がやりたかった。日本語の勉強にもなるし、誰かと話していたかったからだ。自分が日本で、東京で、確かに生きていることを誰かに見てほしかった。しかしいくらバブルといえども、日本で「ガイコクジン」に与えられる仕事は食器洗いだけだった。接客、などという言葉は幻でしかない。日本人のやりたくない仕事、それが僕たちに回ってくる仕事のすべてだった。そもそも用意される仕事の種類が違っていたのだ。当時の日本で、留学生は「ガイコクジン」

アルバイト仲間たち。
海外から日本に亡命してきた留学生や、日本の地方から東京に出稼ぎに来た日本の若者たち。

というフィルターを通してしか見てもらえなかった。僕は、仕事にありつけただけマシだ、と自分に言い聞かせていた。洗い場は僕と同じく職を求めたガイコクジンで溢れていたが、みんなそう思っていたのかもしれない。ガイコクジンたちはただ黙々と、油と泡の飛び交う洗い場で、それぞれの仕事をこなしていた。

## 一人の空間

兄たちとの貧乏暮らしでは、唯一落ち着けるはずの場所でさえも辛かった。空港で僕を救ってくれた一人きりになれる場所、トイレ。それもボロアパートとなれば話は別だった。換気が全くない、絶望的な空間。誰かの使用後に入ると、臭いで卒倒しそうだった。それでも、生理現象は僕を否応無しにその場所へと向かわせる。今思えば、あの成田空港のトイレは日本で最も僕に優しく、美しい場所だったかもしれない。蛍光灯の真っ白い光が神々しく満ちていたあの空間と、すべての不幸を詰め込んだようなこの空間。同じトイレという名前で呼んだら空港のトイレに失礼だ、そんなことをたまに考えた。息を止めて用を足す。その間中、頭の中では酸素欠乏を訴えるサイレンが鳴り響くはめになった。

つくづく、東京という街は厳しい。どこへ行っても、何かにつけて僕を追い詰める。東京に来ればなんとかなる、なんなら親孝行すらできるかもしれない、そんな希望さえ抱いていた。しかし現実の僕は、東京の街中でも最下層で生きていると何かにつけて思い知らされる。悔やんでも恨んでも仕方ない。でも、もう少し暖かく見守ってくれてもいいんじゃないか。一人心を落ち着ける空間もなければ、必死に生きても誰にも認識されていない。どれだけ泳ぎ回ってもクジラに一飲みにされる、透明なプランクトンのようだ。波にただ流され、いつ捕食されるかもしれないと怯えながらも、抵抗するすべもなく、日々をやっとの思いで生きている。

僕が憧れた東京という街は、あまりに残酷だった。

# ARE YOU HUNGRY?

日本国籍がない者が日本人の食欲の後始末をしている光景は、よく考えると滑稽だった。日本人はこの皿の上にあったものを食べ尽くして、今は大きくなったお腹でもさすっているのだろうか。そんな思考がスポンジから出てくる泡のように浮かんでは消えて行った。僕はひたすら食器をこすり、この皿に乗っていた物のことは考えないようにした。食器用洗剤の匂いが油の臭いと混ざり、なんとも言えない切なさがこみ上げてくる。食べた人はその後食器を洗う僕たちのことなど想像もしていないのだろう。もし僕たちが仕事を放棄したら、お前たちは汚れた食器でしか食事できないんだからな、と小さな反撃の狼煙を脳内であげても、頭蓋骨に阻まれて誰にも知られることはない。むしろ、脳内でしか反撃できない自分に苛立ちもした。問答を続ける間も、目の前には次々に汚れた食器が積み上がる。仕事にありつけただけマシ、僕はいつもの言葉を頭に並べて仕事に勤しんだ。

飲食店で働く悩みは、目の前にいつも食べ物があることだろう。料理は美味しそうな湯気を立てて目の前を通り過ぎていくだけ。おあずけを食らった犬より、よっぽど辛い思いをしている自信がある。そして通り過ぎた料理が食べ残しとして戻って来た時、その辛さは頂点に達した。なぜ僕たちがこんな思いまでして送り出した料理が戻ってくるのか。怒りすら感じるほどだ。しかし怒りで食欲が失せるどころか、勝てないほどに膨れ上がる。店の賄いが出るのは閉店後の23時半過ぎ。そのときまでの最後の食事は、日本語学校での昼食12時頃。約12時間もの空腹を、肉体労働をしながら耐えていた。

栄養成分が最速で代謝されていく18歳の若い男が、行き交う食べ物たちを目の前にして空腹を我慢し切れるわけがない。から揚げなど、固形で汁やソースの付いていないものはこっそりとポケットに忍ばせる。それを一人になれる空間を見つけて呑み込むのが、空腹を満たす唯一の方法だった。もちろん、その場所はトイレしかなく、必然的に大便所となる。そこには、から揚げの匂い、便の臭い、消臭剤の匂い、吐瀉物の臭い、酔っ払いの体臭が充満する。同時に嗅ぐことはないだろうにおいの集中攻撃に耐えながら、ポケットのから揚げを口に押し入れる。鼻孔の粘膜が捕まえてしまったトイレの種々の臭いが、咀嚼されるから揚げの香ばしさと、喉の奥で合流する。それがなんとも言いがたい不気味な匂いに変身し、嘔吐中枢を揺さぶった。こみ上げる吐き気を根性で押さえ込み、胃酸だけが溜まっている空っぽの胃に、喉から肉の塊を流し込んだ。空腹には何人(なんぴと)も、どんなにおいでも最後には勝てるのだと確信したほどだ。

僕にとってトイレは、癒しの場、一人の自由を感じる場、非道な現実を突きつけられる場、空腹を満たす場でもある。トイレの達人として、日本で僕の右に出る者はいないだろう。

それにしても「もったいない」、その概念は日本発祥ではなかったのか。目の前でゴミ箱に運ばれていく食べ物を僕が、自分の胃袋で救ってやった、そう自分の行為を正当化した。

ある日僕は、皿洗いから調理補助に任命された。全く予測できなかった大抜擢だ。なによりも嬉しかったのは、調理中に味見という名目で、正々堂々とつまみ食いをして空腹を満たせることだった。フライパンごと食べてしまいそうになる欲求を抑えることに苦労したが、温かい食べ物が喉を通るだけで幸せな気持ちになった。焼きうどんがこれほどおいしいと知ったのも、空腹ゆえだろうか。香ばしいソースの匂いが自分の口から鼻に抜けた時、唾液が消化対象をもっと欲して溢れ出てくるのがわかった。お金、そして時間のない僕にとっては恵まれた職場だったのかもしれない。そうして、夜の賄いの時間までの飢えをなんとかしのいだ。

バイトが終わると、すべての精力は吸い取られている。まさにクタクタだった。肉体労働による発汗と脱水のせいか、駅に向かう途中の自動販売機の前で、反射的に足が止まる。異様な口渇感に支配され、ついつい120円の小銭を投入してしまう。衝動から我に返って考えてみると、ウーロン茶の1本に、時給の約6分の1が費やされたことになる。それでも疲れた体に、キンと冷えたウーロン茶は染み渡った。ひんやりとした液体が喉を駆け抜けていく。爽快だ。10分、600秒の僕の労働がまた明日も頑張るための活力を与えてくれたと同時に、10分間の汗と精力をウーロン茶に替えてしまった罪悪感が僕を蝕んでいた。

バイトの前にお腹が空きすぎて、駅前で220円の立ち食いそばを食べてしまうこともあった。我慢すれば20分のバイト代が節約できる。しかしバイト先でから揚げが残っている保証もなければ、味見のしやすい焼うどんがオーダーされる保証もない。そう考えてそばを胃に収めてしまった。またも金銭を浪費した罪悪感に押しつぶされそうだった。

もうあのそば屋の前は通らない、そんな的外れな決意をして、僕はバイト帰りの電車に乗り込んだ。深夜12時過ぎの電車に揺られて家に帰る。酔っ払いのサラリーマンに、遊び疲れた若い女性。車内の空気はけだるい。皆魔法にでもかかったのか、こくこくと舟を漕ぐ人だらけだ。しかし僕はうっかり寝るようなことはしなかった。できなかった、が正しいだろうか。今からアパートの最寄り駅までの約1時間が貴重な勉強時間になるのだ。僕の人生が天国になるか地獄になるかがかかっている1時間。2年以内に日本の大学か専門学校に進学できなければ、留学許可の有効期限が切れ、僕は不法滞在に手を染めるしかない。時は金なり。1秒たりとも無駄にできない。朝の車内同様、移動時間は集中して勉強する恰好の時間だった。電車は僕にとって、移動式の書斎、とでも言おうか。ここで勉強しなくてどこでする、僕は自分の体と気持ちを奮い立たせ、必死でテキストをめくり続けた。

日本語の海に溺れないように、自分で船を組み立てていくように。一人で舵を取り、いつかこの海をしっかりと渡っていかなくては。マレーシアの両親の顔が浮かぶ。しかし感傷に浸っている暇もなく、揺れる移動式書斎の中で僕は、無心でテキストとにらめっこを続けた。

## 唯一の友人

日曜日。僕に与えられた唯一の休み。神様ですら、天地創造のときには休んだという日。きっと学校へ行かなくても、アルバイトをしなくても、神様は見逃してくださるだろう。その贖罪のつもりで、僕は図書館へ行って勉強に精を出した。落ち着いて勉強に没入できる時間。嬉しさで胸が躍るほどだ。やっと留学生らしく大手を振って勉強ができる。

図書館は電車の中のように、他人との密着もなければ、強い揺れもない。厨房やトイレのように嫌な臭いもなければ、油まみれの食器もない。目の前を誰かが通ることも、隣室からの悩ましい声もない。勉強は、すればするだけ答えてくれる。そこに希望を感じずにはいられなかった。勉強への使命感ももちろんあるが、勉強したい、その願望こそが、僕を少しだけ楽にしてくれていた。

何度も言うが、日本、そして東京はとにかく人が多い。そこでは生産するために働き、勉強しているはずの人たちが、多くの食べ物を消化し、ゴミを出し、そして大切な時間をも消費し続けている。一体、日々何を生み出し、何を消費しているのか。「そんなことはわからない」、とみな知らぬ顔で通り過ぎていくようだ。

大型ゴミの日、たくさんの家電製品が捨てられていた。僕はただただ驚いた。日本はこんなに裕福なのか、だからこれほど多くの物が捨てられていくのか。打ち捨てられた家電製品たちを前に、いろんな思いが一気に駆け巡った。捨てた人は、バイト先の居酒屋の客と同じで、捨てられた物や処理する人の気持ちなんて考えていないのだろう。

そして僕は、捨てられた物たちを救わなくては、と、こっそりとそれらを家にかくまった。テレビ、ビデオデッキなどの家電、それに家具。僕の薄給ではとても買えない物ばかりだ。贅沢な街に嫌悪感を抱いている自分が、その贅沢の恩恵に与って生活する。考えてみると屈辱的だが、僕はこの国で溺れ死ぬつもりはなかった。溺れる者は藁をも掴む。昔の日本人は上手いことを言ったものだ。僕は溺れる者。だから耐えがたくとも、使える物はなんでも貰う。そう居直ると、前よりも少し強くなった気すらしていた。

電化製品の救出、という大義名分の下で拾ったものの中に、半分壊れた赤いラジオがあった。ラジオは、少し手を加えるだけですっかり自分の役割を思い出したようで、僕の日本語の家庭教師となってくれた。お堅いニュースやパーソナリティの軽快なおしゃべり。流れるような交通情報、最新のヒットチャート——。日本語学校とアルバイト先、たまの図書館しか行き場のない僕に、赤いラジオからたくさんの日本語が降り注ぐ。僕の家庭教師が何を話しているのか、昨日よりも理解できている自分に気がつき、何度も嬉しくなった。僕の日本語の上達具合をも教えてくれる、ゴミ捨て場からやって来た赤いラジオ。その後何度も壊れかけるも、その度に独学による手術で直しては使い続けた。

ある日、何度も直したラジオが流した歌は、僕を一瞬で絡め取った。

その歌は「思春期に少年から大人に変わる」今の僕を歌っていた。夢にまで見た日本で「道を探していた」、ときには傷ついてもいた僕。まさに東京の「押し寄せる人波」の中でもがき、「本当の幸せ教えてよ」と半分壊れてゴミ捨て場にいたラジオに話しかけ、なんとか生きている僕。

どこを聴いても、そこには今の僕がいるようだった。この歌を作った人は、東京の人波のどこかで、僕を見て、僕のためにこの歌を作り、歌ってくれていたのだろうか。自意識過剰だとはわかっていても、そう思わずにはいられないほど、僕自身が形になったような歌だった。聴くほどに、顔がどんどん紅潮していくのがわかる。勝手に歌の主人公になって

東京で初めて稼いだ給料。
背景にある棚やテレビなど、すべて拾ってきたゴミ。
普通に使えるものばかりだった。

いる気恥ずかしさと、きっと自分の人生で最も大切な1曲になる歌に出会えた嬉しさと。その二つの気持ちがない交ぜになり、僕の身体中を駆け巡る。

歌の後に紹介された歌手と曲名は、さながら人生の教訓のように僕の頭と心に深く刻まれた。徳永英明「壊れかけのＲＡＤＩＯ」。その後の日本生活で何度も僕を救ってくれる歌に、このラジオで出会った。

少年から大人になりゆくこの時に、僕は日本という国で何をしているんだろうか。

それ以降、何度もこの歌を聴いて口ずさんでは、自分に問いかけ、日本に問いかけた。しかし、誰も答えを教えてはくれず、自分でもまだわかっていなかった。ラジオは僕に、日本語だけでなく、日本にいることの苦悩までも教えてくれた。

そして僕の赤いラジオは、ＫｅｎｎｙＧの「Ｇｏｉｎｇ Ｈｏｍｅ」を流し、僕の涙腺を決壊させる。凛としたサックスの音色が、僕の毛細血管の先の先まで染み渡る。母親、父親、高校時代の勉強仲間、そしてあの頃の自分自身。日本に来て、いかに自分がＨｏｍｅに恵まれていたのかを思い知った。今の自分には何もなく、ただ勉強し続けるしかない。無力で非力な自分が心底恨めしい。それでも、みずから道を切り拓くしか解決方法はない。船がないなら船を作れ、舵がないなら舵を作れ。そうして自分の人生に漕ぎ出していくんだ。そう思えば、なんだってできる気がした。こみ上げる涙で邪念を洗い流し、僕の家庭教師であり、唯一の友人でもある赤いラジオと共に、再び小さなこたつに向かった。次に図書館で勉強できる静かな日曜日だけを楽しみにして。

東京の人波、ビルのジャングル。しかしそこに人々の表情はなく、緑も、青く深い水もない。駅の名前は覚えた。しかし覚えた駅に知っている人はいない。僕の知らない人が知らない顔をして歩いている、憧れだったはずの大都会。

僕はここで、ぼろぼろの赤いラジオに掴まりながら、まだ生きていた。

## ハロー、北海道

東京での貧乏生活も板について来た秋頃。僕の頭の中は進路の悩みでいっぱいだった。語学学校での留学年限は2年。その間に日本の大学や専門学校などの進学先を決められず、留学ビザが取れないまま日本に滞在し続ければ、すなわち不法滞在となる。マレーシアを出るとき、不法滞在の覚悟はしていたが、いざ法律を侵して犯罪者になる時が来るかもしれないと考えると、犯罪者よりも立派な留学生になりたい、アジア随一の高レベル大学がひしめく日本で学問を修めたい、その気持ちがますます膨らむ。だが日本で学び続けるには、お金が要る。私立大学や専門学校は学費が高すぎて選択肢に入れられない。国公立大学は東京にさほど数はなく、また受験の難度が上がる。自ずと地方国公立大学に照準を合わせることになった。

僕は日本で何を学びたいんだろう。最初に浮かぶのは医学。人のためになる仕事がしたい。そして生命科学に興味があった。命に触れ、救える医学分野へのかねてからの憧れ。医療先進国の日本で最先端の医学を学ぶことができれば、日本に留学しに来た甲斐がある。しかし、決定的な問題点があった。僕の留学生活は、国公立大学の医学部を志すには忙しすぎた。週5日アルバイトをしていては、とても医学部受験に足る勉強時間を確保できない。医学部を志せば生活が成り立たず、生活を優先させれば医学部受験に失敗、つまり不法滞在への道をまっしぐらだ。そういえば血を見るのも苦手だし、と自分への言い訳を用意して、僕は医学部受験を断念した。

それでも生命科学は諦められず、薬学を志すようになった。小さい錠剤一つで、人の命を救う薬。一方で、誤用や違法薬物は命を奪うこともある。小さな粒に、どんな力が秘められているのか。それを知りたい、深めたいと思ったのだ。幸い、薬学で重要な化学は昔から大得意。人生を賭ける受験で、得意科目があるのは大きな利点だった。

日本語学校の先生に相談すると、難度の高い志望に驚きつつも一緒に受験校を考えてくれた。薬学を極めて薬剤師となり人の役に立ちたい。そのためにもハイレベルな教育を受けたい。そんな僕の希望を叶えられそうな大学を先生が見つけてくれた。

北海道大学薬学部。北大薬学部は、薬剤師国家試験の合格率がとても高かった。そして、旧七帝大のひとつ、難関校だ。入試はもちろん、入学してからもハイレベルな授業が続く。

生命科学の一端である薬学を極めて資格も取れれば、僕は憧れの日本で迷わず生きていけるだろう。あまりに高い壁だったが、挑戦することに迷いはなかった。

というのも、北海道、つまり北の大地への憧れもあったからだ。熱帯雨林気候のマレーシアでは一年中Tシャツとサンダル。変化のない汗にまみれた毎日。ことに、僕の両親のような屋外仕事の労働環境は過酷だ。暑さと雨による身体への負担はとてつもなく大きい。一方、いわゆるホワイトカラー層は、冷房の効いた都会のビルの中で働ける。冷房が効きすぎて寒い、それは快適な環境で働くハイソサエティの極みだった。

ドラマで見る外国では、僕の触れたことのない雪が降り、感じたことのない寒さの中でホワイトクリスマス、ホワイトバレンタインが続き、着たことのないセーターにジャケット、コートを当たり前に着ている！「外国の冬」はまさに憧れそのものだった。笑われるかもしれないが、寒い場所こそ僕らにとって憧れで、上流生活の代名詞だったのだ。東京でも雪は降ったし、ジャケットもコートもあった。クリスマスに至っては12月に入る前からのお祭り騒ぎだ。しかし緑が少なく人ばかりの街並みは、寒さだけでなく疲れも感じさせる。そして生きるためだけの多忙な生活。僕は東京で、心身ともにすっかり疲れ切っていた。

北海道へ行けば、雄大な自然に囲まれて生活ができるだろう。その環境でゆったりと、そしてしっかりと勉学に打ち込めるはず。広い土地、大きな海、どこまでも続く緑の草地が僕を待つに違いない――。単純だが大真面目に、僕は北海道に憧れていた。志望校はすんなりと決まり、アルバイトと勉強に明け暮れる日々が続いた。

いよいよやってきた北海道大学薬学部受験の日。僕は後期日程での受験だった。

当時の外国人留学生統一試験（外国人留学生向けの大学入学共通テスト）で足切りに合わずに済み、小論文と面接の2次試験を控えていた僕は、受験会場へ向かうべく初めて新千歳空港に降り立っていた。

え、なにこれ？　窓の外の光景に、思わず声が出る。見渡す限り真っ白な雪の海。他には何も見えない。これは地球？　違う惑星に来た？　人が住めるところなの？　北海道民に謝らなくてはいけないような感想だ。ドラマで見た北海道に憧れた僕は、本当の北海道どころか、新千歳空港の位置すら知らなかったのだ。そして、ずっと雪の中で生きていくのか僕は、と真剣に悩んだ。しかし空港から札幌行きの電車に揺られていると、次第に心の中でふつふつと沸く喜びがあった。雪に包まれた家々、そしてビルを擁する街が見えてくる。ついにテレビで見た風景にたどり着いた――。僕は日本に、外国に留学しに来たんだ！　ホワイトクリスマスとホワイトバレンタインが僕を待ってるぞ！　これから人生を賭けた試験本番を迎えるにも関わらず、呑気な考えだ。しかし長年の憧れがすぐそこに現れ、絶対北大に合格する、北海道で勉学に励み、必ず薬剤師になる、と僕は奮い立った。

会場に到着すると、広いキャンパスに圧倒される。ここが北大。試験に臨む現実に直面した途端に怖くなった。あれだけ「絶対に合格する」と道中唱え続けた呪文は、全く効力を発揮していない。勢いだけで来てしまったか。それでもできるすべての努力はしてきたつもりだ。当たって砕けろ、だ。雪に包まれたキャンパスを横切りながら、冷たい空気を思い切り吸い込む。息を吐き出すと、見たこともない白い霧となる。凍てつく寒さに改めて驚きながら、僕は会場の教室へと向かった。

まずは小論文試験。課題は「死について述べよ」。見た瞬間、僕自身に死を突きつけられたような衝撃が走る。日本語を学んで1年足らずの僕に、死をどう日本語で語れというのか。でもやるしかない。制限時間は90分。鉛筆を取り、時計と睨み合いながら必死に頭を働かせる。

最初に浮かんだのは課題についてではない。「みんなと違うことを書かなければ」だった。拙い日本語しか書けない僕が誰もが書くようなことを書いても仕方がない。日本語は多少未熟だが面白いやつがいるぞ、と思わせ、考え方、分析力を評価してもらわねば勝ち目はないと思ったのだ。そこからようやく僕は課題に思いを巡らせ、手の横腹を黒くしながら書き進めた。

死とは、終わりだ。多くの人はそう思うだろう。しかし見る角度によって死の持つ意味は違ってくると私は考える。身体は生きていても「死んでいる」場合もあるのではないか。

例えば、できるのに仕事をせず、周囲との交流も一切断ち、社会とのつながりがない人。健康な身体を持っていても、これでは社会的な死に近い。反対に、重度の障害など身体がうまく機能しない人でも、様々な方法で社会貢献できる。例えばイギリスの偉大な物理学者・ホーキング博士は、難病のＡＬＳと長年闘っていた。ＡＬＳは身体の筋肉が次第に萎縮・硬直して指一本を動かすことすら困難になる病気だ。しかし徐々に動かなくなる身体で、博士は数々の理論を発表。その研究は世界、そして人類に多大なる恩恵をもたらしている。

他の人と比べれば博士のその肉体は死に近いかもしれない。しかし彼は精神的そして社会的に、誰よりも立派に生きている。また今まで一般的な死は、身体のすべての機能が止まることだった。しかし「脳死」を認める法律が成立し、身体が生きていても脳の一部分が機能停止すれば脳死とされる。身体の機能を司る脳が死ぬこと、それがその人の死とみなされる時代になった。死は、その時代の法律によっても概念が変わってゆくのだ。

ではそもそも、死とは本当に終わりなのだろうか?

人類は猿から進化したと言われるが、もしも太古の猿が今も生きたままであれば人類へ進化しなかった可能性があるそうだ。一つの時代の猿が死に、その経験から猿の遺伝子が進化を選んだ。そこで人類へと舵を切ったのでは、と考えられている。進化の過程では、一定の種が死に絶えることで初めて進化の次段階へ向かうとされているのだ。

また宇宙では、超新星爆発が起こっている。超新星爆発は、巨大で自ら光を放つ星・恒星の大爆発による死だ。しかし超新星爆発の後には新しい星々が誕生する。巨大恒星の死がなければ、小さい星たちの誕生もないのだ。その星々は成長し、大きな恒星となったものはいつか爆発して死を迎える。しかしそこにまた新しい星々が誕生してゆく。一つの星の死が次の星々、宇宙の生の糧となっている。

死は必ずしも終わりではなく、むしろ始まりへの第一歩であると言えないだろうか。死ぬことで初めて、新しい旅への切符を手にすることもあるのだ。

回答用紙に、こんなことを書きなぐっただろうか。気がつけば制限時間の90分は目前に迫っていた。誤字がないか、日本語が間違っていないか、半ば興奮状態のまま確認をしていると止めの号令がかかった。

やったぞ。思わず大きく息を吐き出した僕は、痛くなった手の指を見る。その中指は、強く握り過ぎた鉛筆のせいで凹んでいた。

「君はここでおしまいだ」――「死について述べよ」という課題にそう言われたような気がした。だが、指に鉛筆を食い込ませながら書き上げたんだ。学んだばかりの日本語で。そう、僕は「死」をひっくり返した。「死」は違う角度から見れば始まりにもなる、それをまさに僕自身が体現してやったんだ。どうだ！　見たか！　ざまあみろ！　僕は心の中で嗤った。喜びと興奮のあまり机の下で握りしめた拳が、次は掌に爪痕を残している。じんじんと心地よい痛みを手の至るところに感じながら、僕は言い知れない満足感と達成感を覚えていた。学んで1年も経たない日本語でここまで書けるようになっていた自分に、僕自身が一番驚き、感動していた。

次は面接。一張羅のスーツに皺がないか、ボタンはきちんと閉じているか、念入りに確認する。周りは紺か黒のスーツをばっちり決めた日本人ばかりだ。いくら小論文で自信作を書き上げたとはいえ、さすがにこの張り詰めた空気には身体が縮こまる。高まる緊張感の中、じっと呼ばれる時を待つ。しばらくして自分の名前が聞こえ、聞き違いでないことを祈りながら面接室のドアに手を掛けた。

「失礼します」

カタコトに聞こえないように慎重に言ったつもりだが、大丈夫だっただろうか。そんなことを考える間もなく、並んだ面接官を見て身体が縮み上がる。

「お座りください」

そう声をかけられて椅子に腰を下ろした。握りこぶしの下の両膝はガクガクだ。面接官たちに目線をやると、なんだか少しにやけていた。

「スーツ、いいですね、鮮やかな色で」

一張羅を褒められた！　なんていい面接官なんだ！

「ありがとうございます！」

僕は嬉しくなり、今日一番の大声で返事をした。褒めてもらったスーツの色は、茶色。今ならわかるが、絶対に日本人受験生が面接で着ない色。しかもダブルのスーツだ。マレーシアではホワイトカラー、つまり上流階級だけの特権だったスーツ。スーツの色や形に意味やＴＰＯがあるとは、当時は全く知る由もなかった。スーツを着ることだけが重要だと思っていた僕は、自分に似合う茶色を、そしてダブルスーツを選んだにすぎなかった。

面接官も僕が留学生であることは当然承知で、アイスブレイクとして少しいじってくれたのだろう。僕はそれを単純に褒められたと思い込み、緊張がどんどんほぐれていた。

肝心の面接のお題は「元素表の説明」。面接官が、「鮮やかな色で」のときと同じ明るいトーンでお題の説明をしてくれた。

「この元素表で金属元素のグループごとの特徴を説明してください」

面接がスタートしたのだと、浮かれていた僕はそこでようやく気がつく。よし、わかるぞ。まさに僕の得意分野について聞かれていた。解答は明白だった。

「このグループの金属元素は、外側に一つの電子を持っています」

でも、これを日本語でどう言う？　どうしよう、どうしよう――。

僕は完全に焦っていた。さっきの小論文ではあんなに自由に日本語を操れたと思ったのに。英語でならいくらでも説明できるのに。元素表に書かれたたくさんの漢字とカタカナが目に入り、余計に僕を焦りの渦に引き込んでいく。得意な化学の説明を日本語のレベルに合わせていたら、きっと合格できないだろう。日本語は、話し言葉と書き言葉の違いが格段に大きく、こと専門分野では語彙がなければ話せない。

切羽詰まった僕は、ところどころに英語を混ぜて話し始めた。声が震える。うまく声が出ない。面接官の方を恐る恐る見ると、当然不安そうな顔をしている。明らかに、レベルの低い日本語に気を取られている様子だ。もういよいよこれまでだ、と脳が考えるのをやめかけた。心の心電図は、もはや波打つ力さえ残っていない。ついに僕はここで、突きつけられた「死」を受け入れるのだ。ああ、あんなに勉強してきたのに。視界がチカチカしてくる。でも、何もやらずに終わっていいのか？　試験の最中にも膨れ上がる北大への憧れを、こんな形で台無しにしていいのか？　なぜ憧れの日本にやってきたんだ？　さっき「終わりは始まり」、と書いたのは誰だ？

どこからか湧いてきた自問が、僕を少しずつ正気に戻していく。勇気を振り絞るならここしかない。どうとでもなれ。小論文を書き終えた時と同じ手とは思えないほど力なく震える拳に力を込めて、僕は声を絞り出す。

「すみません」

面接官は、止まった説明と突然の呼びかけに驚いている。

「あの、英語で説明しても良いですか？」

面接官の返事があとコンマ数秒でも遅かったら、僕は卒倒していたかもしれない。しかし、それは意外にもあっさりと戻ってきた。

「ああ、どうぞ！」

そこからの僕は、まさに水を得た魚だった。縦横無尽に元素表の中を泳ぎまわり、母国で培った英語教育の賜物を惜しみなく使い、語り尽くす。面接官たちの目の色が一気に変わり、「こいつ、意外とやれるな」という潮がどんどん満ちて行くのがわかった。自分の言葉が、考えが届いている、その確かな手応えがあった。

こうして僕は再び、なんとか「死」を、この逆境をひっくり返した。

面接は、気がつけば終わっていた。まさに死力を尽くした僕は、ボロボロの状態で東京への帰路につく。面接室を出てからあの広大な北大のキャンパスをどう出て、どう空港までたどり着いたか、ほぼ覚えていない。

それでも。またこの大地を踏むぞ、この広大な雪の大地を。

なんの根拠もなかったが、その予感はあった。あれだけ「死」の危険を回避できた僕が、北海道生活を手にできないわけがない、と。

白い大地が、四角い窓からどんどんと眼下へ遠ざかる。新しい生活への切符は僕の傷跡だらけの手に握られるはず、その理由なき確信だけは頭の中に降り積もっていた。

東京に帰れば、学校生活とバイトをこなして合格発表を待つだけの日々だった。日本語学校の先生への受験報告で、僕のスーツが褒められたと話すと、先生は大層驚いていた。そこで初めて僕は、面接官のほめ言葉の意図に気がついた。

めちゃくちゃ恥ずかしい！　なんで誰も教えてくれなかったんだ！　と思わず虚空に叫びたくなったが、終わったものは仕方がない。まあ、よくも悪くも面接官の印象には残ったに違いない。悪いことはあまり考えないようにして、合格の一報を待った。「きっと行くことになるから」、と、北の大地へ向かう準備も重ねながら。

3月末。僕は目の前に広がる景色を前に呆然と立ち尽くしていた。ずっと真っ白じゃないの？　ずっと冬じゃなかったの？

北海道大学薬学部の合格を手にした僕は、再び新千歳空港にいた。勝手に覚悟した雪の惑星での生活は、北海道にも四季があり、春は来る、という当然のことによって打ち消された。入試の日にあれほど高く積もっていた雪は、あらかた溶けて地面が見え始めている。溶けてなくならないのは、僕はこれから北海道大学に通い、堂々と勉学に励めるという事実。必死の思いで生き抜いてきた砂漠のような東京に別れを告げ、大自然を抱く北海道へとやって来た。何度もふるい落とされそうになりながらも、必死にしがみついて形勢をひっくり返し掴み取った合格。空港から札幌市内のキャンパスへ向かいながら、これから始まる北海道での大学生生活を思うとたまらず笑みがこぼれた。

僕はこれからどんなことを学ぶのだろう。どんなところで、どんな人たちと生活するのだろう。

気づけばキャンパス内の原生林を、雪混じりの土を踏みながら進んでいる。もうすぐかの有名な学生寮・恵迪寮に到着するはずだ。夢の北海道生活、憧れの日本の大学生生活が、いよいよ始まる。

さらば東京。そしてよろしく、北海道。

僕はこうして、北の大地にたどり着いたのだった。

# 第五章

## あきらめかけた目標、25歳で医学生に

## あたたかな北の大地

美味しい。何度吸い込んでも、空気が美味しい。北海道へやって来たその日、僕は何度も深呼吸をした。無機質でコンクリートだらけだった東京に別れを告げてやって来た札幌の空気は、今までに感じたことのない清らかさだった。札幌も十分都会だが、東京の人の多さ、忙しさほどではない。ああ、北海道へ来られて本当によかった。そう思うのも何度目だろう、僕は飽きずに再び新鮮な空気で肺を満たしにかかった。大自然と大学生生活が僕を待っている。緩む頬を無理やり引き締めながら、そして思わず小走りになりそうな足をなだめつつ、僕は北海道大学の門をくぐった。

期待いっぱいの大学生活の始まり。しかし現実は厳しい。幾多の壁が僕の前に次々と現れた。最初にして最大の難関は、言葉だ。日本語学校で1年間学び、日本語の小論文で国立大学薬学部に合格した。しかし面接では話し言葉で肝を冷やすことに。そして大学生生活では話し言葉の中でも特に、日常会話に翻弄される毎日だった。日本語学校では、丁寧な言葉しか教えてくれない。

「お腹は空きましたか、ご飯を食べましょうか」

そう習ったはずなのに、同級生からは

「腹減った？　メシ食いに行かない？」

と声をかけられる。

頭の中の日本語と照合できず、全く理解できなかった。しかも北海道大学はなぜか関西出身者が多く、ご飯の誘いは

「腹減ってへん？　メシ行かかん？」

と、関西弁に変換されるのだ。もはや日本語かどうかもわからなかった。さらに関西出身者の多くは早口で、なかなか言葉が聞き取れない。この状態ではクラスメートとの会話もままならず、せっかく話しかけてもらえても仲が深まるほどの話ができない。周囲が大学生生活を楽しもうとワクワクしている中、言葉の壁のせいで自分だけが憂鬱な空気を纏っていた。

そして僕の目の前にはもっと大きな問題が待ち構えていた。アルバイトが見つからない。大都会の東京には外国人も多かった。そのためか、店は外国人を雇うことにあまり抵抗がなさそうだった。しかし北海道ではどうも違うようだ。外国人＝怖い、何をしでかすかわからない、そんな印象が付きまとうらしい。求人誌を見て電話をしても、電話口で自分の癖のある日本語を聞いた相手がまず言う言葉は決まっていた。

「すみません、あなた、外国人の方ですよね？　うちは外国人の方はお断りしてるんですよ。ごめんなさいね」

非常に丁寧に断られる。その優しさが、悲しい。僕の心は、溶け残りの雪よりもぐじゃぐじゃになっていた。

北海道の大地を踏んでからすでに3週間、いまだにアルバイトが見つからない。入学金や家賃などを払って、残金はもう5000円ほどだ。1か月以内にアルバイト収入がなければ、この5000円すら底をつくだろう。両親を心配させたくない、母国へ助けを求めて電話などできない。そもそも、国際電話をかけるお金もない。そして運悪く、その頃日本では国産米が足りず、お米の値段がみるみる上がっていた。5キロのお米がなんと3、4000円。国や行政はタイ米やフィリピン米の輸入を検討しているようだったが、なかなか結論が出ない。相変わらずアルバイトは断られ続けているのに、お米の値段だけが日に日に上昇し、どんどん手出しできないものになっていく。それでもお腹は空く。なんとか食べていかなければ。そこで考えたのは、大学の授業後にサークルの勧誘などに紛れ込み、そのまま夜の懇親会でただ飯を食べようという作戦だ。しかし2回も行けば顔を覚えられ、一向にサークルには加入しないのでただ飯目当てがばれてしまう。

サークルに加入すればいいのに、なんて野暮なことは言わないでほしい。日本人の学生と違い、サークルや部活を楽しむような悠長な生活はできない。その時間で生活費を、そして授業料を稼がねば。それに今、僕はメシが食べたいのだ。

メシのための求人情報を求め、町中を歩き回る。どこからともなく、パンを焼くいい匂いがする。匂いを辿れば当然そこには1軒のパン屋があった。「ＨＯＫＵＯ」の看板が見える。そこは地下鉄南北線の北十八条駅からすぐ。行き交う人も多い店頭のガラス越しに、焼きたてで美味しそうなパンたちを眺める。でも値札を見てがっかりする。一つ１００円以上がほとんどだ。一番安いクロワッサンでさえ1個70円。

たった70円すら惜しかった。今の僕には大金だ。諦めて立ち去ろうと思った時、店の隅に置かれたビニール袋詰めの茶色い塊が目に入った。顔くらいの大きさのビニールに何かがぎっしりと詰まっている。そこから目が離せず、思わずパン屋の自動ドアをくぐってその袋に近寄った。

それは、パンの耳。一袋30円。こんなに大量のパンが30円！「耳」がどうした、僕にとっては立派なパンそのものだった！僕のズボンのポケットには、５００円玉が一つ。思わず出たガッツポーズをごまかしながら、この貴重な食糧を誰にも奪われぬようにと素早くその袋を手にし、レジへ向かう。残りは４４０円。陳列されていた2袋を買い、60円使ったからだ。思わぬ戦利品を手に入れた僕はその足でスーパーへと急ぐ。

この素敵なパンの耳たちをどう料理しよう。もちろんバターやジャムは贅沢品。何かパンをより美味しくするお得なものは…。乳製品コーナーで目に飛び込んできたのは、１００円のマーガリン。これならポケットの残金も許してくれそうだ。さらに1キロの白砂糖を選ぶ。これも１００円だ。残りは２４０円。安くなっていた白菜1玉と、卵1パックを手に、会計を済ませる。ちょうど５００円を使い切った僕は、あまりの有意義な買い物に少し舞い上がりながら家路を急いだ。

メシだ。メシを作らねば。家に着くと、僕の胃は食材を目の前にぐうぐうと音を鳴らし始めた。鳴り止まない胃をなだめながら、さっそく調理に取り掛かる。白菜を水と塩で柔らかく煮込み、仕上げに溶き卵を入れる。これだけでふんわり卵と白菜スープの出来上がりだ。お次はパン。ぎゅうぎゅうの袋詰めから解放したパン耳たちに分厚くマーガリンを塗り、その上に白砂糖を撒く。それをバザーで100円だった錆びかけのトースターに入れ、きつね色になるまで焼く。マーガリンと白砂糖が高温で溶け合い、ラスクのような甘くてサクサクのトーストスティックが完成した。香ばしく焼きあがったパンの耳と、卵でコクを出した白菜スープ。盛り付けもそこそこに、僕は特製メニューをすごい勢いで口に放り込んだ。

まずパンを噛めば、小麦の香りが鼻に抜け、マーガリンの塩気と砂糖の甘さが口の中に一気に広がる。ああ。思わず声が出た。美味い。唾液がだくだくと口内に溢れ出し、もっともっと、と食べ物を求めている。その勢いのまま白菜スープの入った器を口に運ぶ。白菜の肉厚な繊維と溶き卵が絡まりあった温かい塊が、ゆっくりと胃の中に落ちて行くのがわかる。次はほっと息が漏れた。我ながら、コストパフォーマンスも調理も完璧だった。これでこの先1週間の食糧は確保できた。同じメニューでもいい、とにかく食べられれば。

そう思ったものの、さすがに1週間ずっとパンの耳生活が続けば、当然無性にあれが食べたくなる。お米だ。白くて艶のある、湯気立ち上るご飯。一口食べると広がる、お米特有の甘み――。しかし今のお米など高くて買えない。そしてアルバイトはまだ見つかっていなかった。

結局そのまま1週間が経ち、僕はまた財布に優しい食糧探しの旅を余儀なくされる。さすがに飽きてきたが、再び一袋30円のパン耳を求めてパン屋へ向かった。

ない。パン耳の袋詰めはなかった。僕はこれから一体何を食べて生きて行けば――？　他のパンには目もくれず、僕はあまりのショックに店を後にした。目もくれず、と言えばかっこいいが、一袋30円の塊以外、まして100円以上もする惣菜パンや菓子パンなどを買えない僕は、普段からパン耳以外は見ないことにしていただけだ。その方が精神衛生上によい。その涙ぐましい努力が打ち砕かれ、呆然と町を歩いていると、近所の公園に着いた。一人のおばあさんが鳩に囲まれてベンチに座っている。その手には、パンの耳。

さっきとは比較にならないほどの衝撃が僕を襲う。僕の命綱が鳩の餌に。それは僕のエサだ！　そう脳内で叫んだ僕は絶望のあまり、この鳩を捕まえて焼けば高級フランス料理さながらの焼き鳩だ、お米どころか肉が食べられる、と本気で考えた。しかし、歩き回ったせいで余計に空腹感を増した僕の身体は、全く動く気配がない。虚しい。この無力さでお腹がいっぱいになれば、どれほど良いか――。

公園の隅を見ると、サークルや部活動のイベントなのだろう、花見をしている大学生の集団があった。日本人の学生はいいな、お金や食糧に悩まなくていい。同じ大学生だというのに、僕は人間らしい生活さえ送れない。力なくベンチに座り、なけなしの所持金で買った求人誌をパラパラとめくる。電話する気力さえない。どうせまた断られるだろう。それでも僕は、お米が食べたいんだ。その時、不意に誌面に目が留まった。

「時給650円、日払い制」

当時の札幌では、最低賃金が1時間550円。650円は比較的高給だ。何より惹かれたのは「日払い」の3文字。僕の両目はこの3文字を捉えて離さなかった。

今僕がアルバイトを見つけても、給料をもらえるのは数週間後の給料日。その日までは残りの2、3000円で生活しなければならない。でも日払いであれば生き延びられる。救世主が現れた！　すがるように店の情報を見ると

「すすきの、疲れた彼女たちを癒す、新型ボーイズバー、レディース パラダイス M」

と書いてある。前言撤回。どうせホストクラブなどの類だ、うさんくさい。バブルが崩壊して、低価格で女性をターゲットに稼ごうという飲食店だろう。

まだ20歳、今まで勉強と受験しかしてこなかった僕は、女性との恋愛経験もない。ドラマや小説では、夜間の飲食店は異性を騙す場所。夜間の飲食業とは、女性客を騙して肉体関係を持つような軽蔑すべき仕事だと思っていた。そんな仕事なんてとんでもない。

でも「日払い」の文字が僕を捉える。お米が食べたい。働いた翌日にお米が買えるかもしれない。ぐうう、とお腹が鳴く。もう理性など残っていない。ホストクラブであろうと、法に触れなければ、お米さえ買えれば、僕はなんでもやる。また外国人だからと断られるかもしれないんだ、当たって砕けよう。半ばやけになり、公園内の公衆電話のボタンを押した。

「はい、レディースパラダイスMです」

しゃきっとした声が返ってきた。たどたどしい日本語で話す僕にも、その声は全く動じない。

「外国人留学生？　まあ、まず一度面接に来てみてください。軽く顔合わせ、ぐらいの心構えで大丈夫だから」

何軒も相手にされなかった僕が、もう面接の話をされている！　声の主はこう続けた。

「じゃあ水曜日、お店で待ってます」

あっという間に、面接の日が決定した。受話器を置いてしばらく、緑色の電話を呆然と見つめていた。ようやく稼ぎ口が見つかるのでは、という淡い期待を抱き始めていた。

面接当日の水曜日。求人誌片手にたどり着いたのは、ネオンの眩しい一大歓楽街・ススキノ。古い大型雑居ビルの一つ、飲み屋の密集した第Yグリーンビルにその店は入っていた。飲み屋独特のアルコール臭、香水の香り、食べ物の匂い、そして男性たちの放つ体臭が混ざり合って、ビル全体に充満している。店は建物の奥、目立たず暗い隅にあった。本当にここか。恐る恐る店の扉を押し開きながら「失礼します」と声をかける。開店前の、暗くひっそりとした空気が、より強く僕の緊張感を刺激する。薬学部の入試とはまた違う、未知のヒリついた空気。僕が札幌で稼ぐことは果たしてできるのか――。

面接は、オーナーと店長の二人が担当してくれた。オーナーは長渕剛に似た細身の人。店長は30代、いかにもマリンスポーツをやっていそうな爽やかな雰囲気。想像していたケバケバしい人たちとは違った。僕が抱いていた夜の飲食店に対するイメージを、この店は今のところすべて裏切っている。店の営業形態は、普通の主婦やO

しも利用しやすい料金で男性接客担当がつくバー、つまりホストクラブのお手頃価格バージョン。女性を楽しませることが仕事。そこで僕が気になることが一つあった。言葉の壁だ。おずおずと尋ねると、店長は笑顔でこう答えてくれた。

「君は外国人、それが逆に面白いよ。外見はちょっと光ＧＥＮＪＩの諸星くん、いや『笑っていいとも！』の神田利則くんに似てるかなぁ。言葉は気にしなくても大丈夫」

まさか、外国人である僕を必要としてくれている…？　半信半疑で店長の言葉を聞いていると、さらにこう投げかけられた。

「明日にでも来て、一度やってみる？」

こうして気がつけば、僕の札幌での「初仕事」が決定していた。あまりにあっけなくアルバイトにありつけた。その日は実感がほとんどないまま布団に潜り込んだ。

翌日。ついに働ける！　おまけに日払い！　前日に感じていなかった分、僕は喜びと緊張に満ち溢れていた。浮き足立つのを抑えるのに必死で、道中変な歩き方になっていたのは内緒だ。出勤は夕方６時。まずは店の掃除から、掃除は仕事の基本だ。採用が決まった時、店長が僕にアドバイスをくれた。

「お客さんと肉体関係を持つなよ」

パンチの効いたアドバイス。それが目的で来るお客さんが結構いるらしい。しかし欲望が満たされればそこで満足し、逆に店に来なくなるから、とのことだった。僕の想像と真逆のアドバイスを反芻し、相変わらずこの店は予想もしないところで裏切るなぁ、と思いながらテーブルを磨いた。

他の店員たちが出勤してくると、僕はぎこちない挨拶を繰り返した。かっこいい人が多かった。全く容姿に自信のない僕が、こんなに眉目秀麗な人たちの中で働けるのか。自分の日本語が通用するかどうかさえ不安だ。きょろきょろ泳ごうとする目玉を、目の前の磨くべきテーブルに戻すので必死だった。本当に僕はここにいていいのだろうか？　今さらそんなことが脳内を占領する。

7時くらいになると、少しずつお客さんが入って来た。開店直後は水商売や風俗業で働く女性の来店が多い。仕事前にボーイズバーで軽く飲んで、テンションを高めてから出勤するのだ。8時、9時以降はOLや主婦が増える。仕事や同窓会の後に一杯飲んでいく人が多い。12時すぎになると再び、水商売や風俗業の女性が増えてくる。

「あのおっさんは最低だった」「今日はいい稼ぎだった」

仕事の愚痴や聞いてほしい話が止まらない。どのお客さんの話にも、聞くことしかできない僕はじっくりと耳を傾けた。ときどき日本語の歌を歌った。言葉がぎこちなくても、歌ならば意外と気にならないものだ。そしてたまに英語の曲をリクエストされると、ちょっと得意気に歌ってみた。日本語より幾分かはうまく歌える僕に、お客さんたちは喜んで拍手をくれた。心配していたコミュニケーションも、外国人だからと逆に皆が面白がって色々と尋ねてくれ、なんとか成り立っている。「どこから来たの？」「今は何をしてるの？」「日本のどこが好き？」、などありきたりな質問だったが、それが嬉しかった。僕がガイコクジンであることが歓迎されている、その事実だけで僕も救われた気がした。

しかしここで、また一つ問題が立ちはだかる。僕はお酒に弱いのだ。ボーイズバーのウェイターとしては致命的だ。しかし自分が飲んだ分も店の売り上げになる仕組みだった。

弱音は吐けない。勧められたお酒をどんどん飲む。当然酔う。吐き気とめまいが襲い、ついには僕が回っているのか天井が回っているのか、それすらわからなくなってしまった。トイレに駆け込み、口の奥に指を突っ込んで吐く。ひとしきり吐いた後、何事もなかったように笑顔を作りフロアへ出て行く。しばらくしてまたトイレへ駆け込む、吐く、笑顔で戻る。一晩でそれを5、6回は繰り返しただろうか。胃がきゅうきゅうと泣いているのがわかった。空腹に苦しんだ後はアルコール責めか。自分の胃に申し訳なかった。

閉店時間は、春の空がうっすら白み始めた朝の4時頃。お客さんたちはぱらぱらと帰っていく。片付けと掃除をして、店を出たのは5時を回っていた。フラフラで、ムカムカで、ヘロヘロ。半ば朦朧としながら外へ出ると、店の前に残っていたお客さんに「うちで朝食でも一緒に食べよう」と誘われたが、力無い笑顔でなんとか断った。「朝食」の響きだけで吐き気がするほど、僕の胃は弱り切っていた。まだ初日にも関わらず！　しかし僕の手には日払いの7000円ほどが握られていた。札幌での初の給料をようやく手にして家に帰ると思えば、少しだけ身体が軽くなった気がした。

落としても取られてもいけない、と大切に給料をポケットに仕舞い、この給料を少しでも減らすまいと、家まで45分の道のりを歩いた。学生寮の部屋に入った瞬間に倒れる。夢すら見ない、深い深い眠り。もはや気絶に近い。目が覚めると昼の3時だった。二日酔いで相変わらずムカムカする胃も、さすがに空腹を感じ始めている。何を食べよう。僕は数日間恋い焦がれたあの食糧を買いに、疲れの残る身体を引きずりスーパーへと急いだ。念願の、お米。これほどまでにお金とお米のありがたみを感じた日があっただろうか。

家に帰ると、急いで炊飯器にお米と水をセットし、炊飯ボタンを押した。炊きあがりがあまりにも待ち遠しく、僕は炊飯器の前でそわそわと立っていた。しばらくすると、あの甘い匂いが湯気とともに立ち上り始めた。ああ、もうすぐだ、もうすぐで炊きたての白飯が食べられる。パブロフの犬さながら、僕の口内は唾液でいっぱいになった。炊きあがりの音がなるや否や、僕は炊飯器を開ける。炊き上がった米たちは、つやつやと僕を見つめていた。しゃもじでそっと茶碗にご飯をよそう。湯気をまとった白く美しいご飯を、大切に箸で掬って口に運んだ。目に涙がじゅっと滲む。甘い、なんて甘いんだろう。舌の付け根がぎゅんとする。こんなにも甘くて温かい白ご飯は初めてだった。まさに至福の時。久しぶりのご飯はもったいなくていつまでも口の中に置いておきたい。しかし空腹とアルコールで疲れ切った胃は、食べたそばからぐうぐうと音を立てて追加エネルギーを要求する。あっという間に、炊いた分をすべて平らげてしまった。食後の血糖値上昇だけでなく、いろんな満足感が僕を支配する。気がつけばぼうっとしていた。白いご飯は、人を幸せにするんだ。

はっと時計を見ると、もう夕方の5時に近い。出勤の時間だ。初日に多少はお店を盛り上げられたことで、今日以降も雇ってもらえることになっていた。空の茶碗と箸をシンクに投げ入れ、慌ただしく家を飛び出し店へと向かった。

そして僕はこの日も、また回る天井を見る羽目になる。

1週間で3キロくらい痩せただろうか。しばらくこんな日が続いたが、仕事はそれなりに楽しかった。いろんな人といろんな話ができたからだ。日本語の曲をお客さんに教えてもらい、カラオケのレパートリーはどんどん増えていった。カラオケと言われれば声がかかるようになったのはいつからだっただろう。

1か月もすれば少しずつ馴染みのお客さんも増えてきて、僕は店で認知され始めていた。

ある日お客さんが、牛レバーの刺身を差し入れに持って来た。初めて見る生の牛レバー。僕は生ものが苦手だった。故郷のマレーシアでは日本とは違い、生ものを食べる習慣がない。しかしそのお客さんは僕が生ものを食べられないと知りながら、いたずら半分で僕の元へとレバ刺しを持って来たのだ。なぜかそこでプライドが疼いた僕は、自ら生レバーを口の中に押し込んだ。無理やり噛み潰すと案の定、独特の臭みが一気に僕を襲う。気持ち悪い、吐きそう。これはアルコール以上の破壊力――！　お客さんがにやにやしながら僕を見ている。僕は吐き出すのを必死にこらえた。ここで負けたくない、その思いだけでレバーの塊を飲み込んだ。もう勘弁して、生ものは絶対に食べない、そう誓う。

しかし僕がつらそうにしながらも生ものを食べたことが、お客さんを面白がらせたらしい。もう1回、もう1回、と全く喜べない僕をよそに、アンコールがかかった。負けてたまるか。さらにもう一切れ、口にぐっと押し込む。もう1回、もう1回。押し込む僕。また1回――。そう何回も繰り返すうち、突然それを感じた。

甘い。牛レバーの甘みを感じたのだ。白ご飯とは違う、なんだかクセになりそうな、生もの独特の甘み――。そのうちその甘みをたまらなく美味しいと感じてきた僕は、喜んで食べるようになった。

負けん気が功を奏したのだ。以来、「レバ刺し」は僕の大好物となった。お客さんはとても驚いていたが、以降は「僕のため」にレバ刺しを持って来てくれるように。プライドを守れたことも光栄だったが、それ以上に仕事が人間関係を作ってくれることがとても嬉しかった。

そしてこの仕事は日本語の勉強に一役も二役も買っていた。毎日いろんな人と会話する。それもじっくりと長時間。これほどいい特訓はなかった。それに皆親切で、僕が言葉を間違えると優しく教えてくれる。どこかの教室に入るよりもはるかに実践的で、実用的な日本語が学べたのだ。書き言葉とのギャップは、どんどん埋まり、日に日に上達する僕の日本語を皆喜んでくれた。自分でも上達を実感していた。すると大学での授業の理解度も格段に上がる。しかし何よりも、お店の人やお客さんたちとたくさん話せるようになることが嬉しかった。

この仕事を始めて、ホストや水商売の人に対する考えが変わった。皆異性好きで、いやらしいことばかり考えているのだろう、という偏見が消し飛んだ。同僚の中には、2児の父で養育費のために日中は建設現場、夜は水商売を掛け持ちしている人もいれば、専門学校の授業料を貯めるため地方から出て来て水商売を選んだ人もいる。皆仕事に誇りを持ち、一生懸命頑張っているのだ。僕だけではない、それが何よりも支えになる。そして、よりこの仕事を好きになった。

大学では部活動やサークルに勧誘されたが、すべて断った。お金のかかることはできないし、そうした活動の時間が惜しかったからだ。「人生の夏休み」である大学生生活をエンジョイしたい気持ちはやまやまだったが、僕にそれは許されなかった。日本の恵まれた大学生たちと僕は違うのだ、それが突きつけられる現実。それでも僕は、とても充実した日々を送っていた。

ある日、大学のキャンパスで部活動の勧誘にあった。聞けば「競技ダンス部」だという。競技ダンスとは、いわゆる社交ダンスを競技化したものだ。最初はもちろん、他のサークル勧誘と同じように断った。しかしとある誘い文句に引っかかった。

「ダンスできるといいバイトがあるよ」

いいバイト？　とにかく働きたかった僕は、気になって仕方がない。踊れるとバイトができる、その理屈を知りたくてたまらなくなった僕は、体験入部を決めた。想像と違えばすぐに辞めよう、とお試しのつもりで。

日本で社交ダンスを楽しむ人は、圧倒的に年配の女性が多い。ダンスパーティーなどのイベントでは相手の男性が足りないことが多く、ダンスができる男子大学生はアルバイトパートナーとして声がかかるのだ。そして給料は日払い。北海道サバイバルの新しい武器がまた手に入る。そんな邪な動機で競技ダンスを始めた僕は、日々練習に励んだ。

大学での競技ダンスは入学後に始める人がほとんどで、スタート位置はほぼ横並び。練習すればするほど上手くなる上に、大会での上位入賞も狙える。そうすれば知名度が上がって多くのイベントに呼ばれ、収入が増える。とはいえ音痴で体が硬い僕は、初心者向けの動きですら苦労した。しかし踊れるようになってくると、純粋にダンスする楽しさも増してきた。もっと上手く、もっとかっこよく踊りたい。基礎練習を終えれば、カップルでの練習も増える。二人でなければ生み出せない動きやリズムの面白さ。当初の入部目的を忘れるほど、僕は競技ダンスの魅力に取り憑かれ始めていた。

部活に入り、初めて同じ大学の友達ができたことも何にも代えがたかった。毎週同じ場所で同じ顔と会い、楽しい時間を過ごす。そんな他愛もないことが、少しは僕も学生らしい生活を送れている気分にさせてくれる。ダンスのおかげで、日々の暮らしに充実感が溢れ、明るい時間が増えていく。

踊れるようになると、ボーイズバーでお客さんともダンスをし

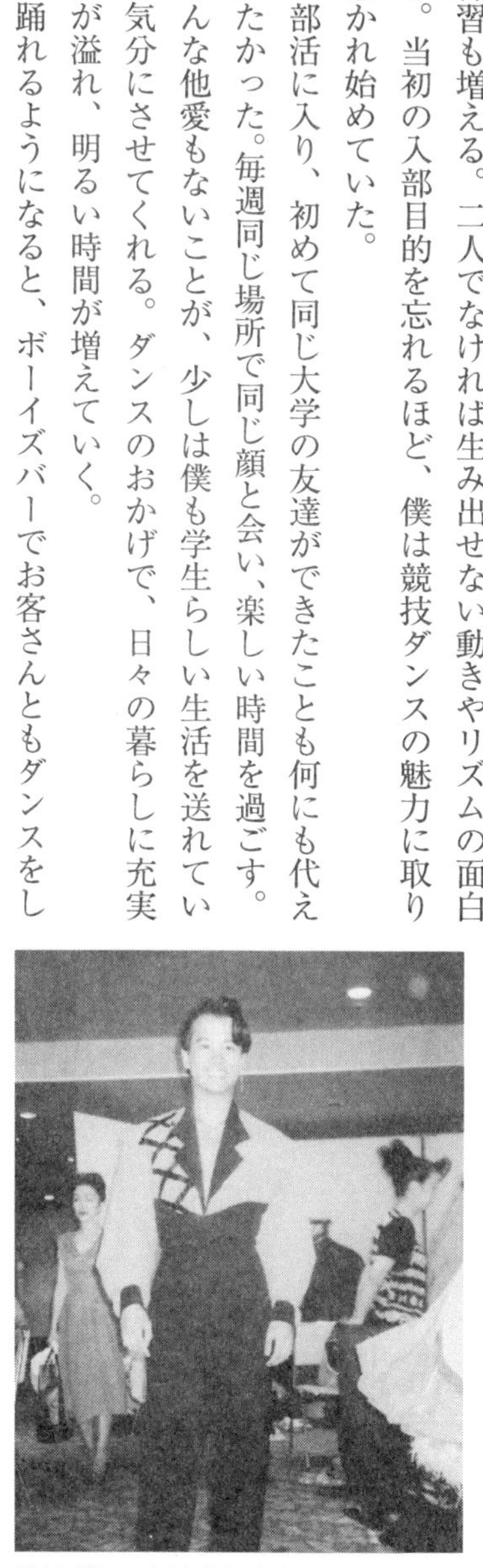
競技ダンスを始めたネルソン

た。とても好評だった。若くして社交ダンスができる男性は多くない。僕はダンスで指名されるようになっていった。しかし、お店ではお酒を飲む。飲んで踊れば余計にお酒のまわりは早くなる。それでも指名されるのが嬉しくて、踊っては飲み、飲んでは吐く、吐いては再び笑顔を作り直す、を繰り返していた。

ある日、いつものように無理やり吐いていると吐血した。自分の口から出たあまりにも鮮やかな血に慌てて救急病院へ行くと、「マロリーワイス症候群」と診断された。何度も激しい嘔吐を繰り返すと、食道と胃の境目が縦に裂けて出血するのだ。幸い安静にしているだけで治り、大事には至らなかった。しかしこれ以上、ボーイズバーでずっと働き続けるわけにはいかないとも感じていた。昼夜逆転生活のために、その頃には学校にもほとんど行けなくなっていたのだ。僕は何のために北の大地にやってきたのだろう。酒を飲んで血を吐くためではない、薬について学ぶためだ。ようやく学生の本分を思い出すことになった。勉強しなくては。

ある日求人誌を何気なく見ていると、札幌駅にほど近いビジネスホテル・北栄館でのフロント求人に目が止まった。徹夜の仕事だが、ボーイズバーのようにお酒は飲まなくていい。すぐにホテルに電話をすると、さっそく面接に呼ばれた。外国人に対してあまり抵抗がなさそうだ。

久しぶりの面接、しかもホテルのフロントというきちんとした業務の面接に緊張は隠せない。ホテルへ向かうと、温厚そうな社長の北村さんが迎えてくれた。北村社長は大学時代、アメリカ留学の経験があり、留学生の心境はよくわかる、と共感してもらえた。どうりで僕を抵抗なく呼んでくれたわけだ。またこうも言ってくれた。

「お客さんは外国人観光客が多いから、君のように英語、中国語と何か国語も話せる人がいてくれると本当に助かるんだ。大歓迎だよ」

初めてアルバイトで「歓迎する」と言われた。外国人だからこそ必要とされている。嬉しくて目の周りがじわっと熱くなる。

何度も何度も「ありがとうございます」と頭を下げた。いつ頭を上げればいいのかわからないほどだった。

こうして僕は、ボーイズバーを辞めた。大好きなオーナーや店長、同僚やお客さんと離れるのは寂しかったが、お酒に飲まれる生活との訣別が必要だった。少しでも健全な生活に戻れるという安堵が、うっすら心に残るボーイズバーへの未練を少し中和してくれていた。体内のアルコールは消えても、あの日々の思い出は消えないだろう。

それ以降僕はホテルで週2回以上の徹夜勤務をした。徹夜明けの授業は、当然寝てばかり。情けないことに、どう机に突っ伏して寝れば快適か、まで把握していた。でも北栄館で働けたおかげでご飯にも困らず、授業料も払える。おおむね留学と呼べる生活を自力で送ることができた。故郷の両親にも少しは胸を張れるかもしれない。そう思えば、ますます頑張ろうと奮い立つ。僕はバイトにダンスに、そして学生の本分・勉強にも大いに力を入れた。

大学3年生の時、北村社長のお父さんが僕をロータリークラブの米山奨学金に推薦してくれた。幸いにも採用され、より勉強に割ける時間が増えた。こんなに運が良いことがあるだろうか。僕は北海道大学薬学部で十分に勉強しながら、ダンスで仲間を得て、アルバイトで味方を得て、さらに奨学金まで得たのだ。自分のためはもちろん、僕を応援してくれる人たちのためにも、頑張らねばならなかった。

毎日必死に学生の本分に励んだ僕は、無事に薬学部を卒業。同時に、修士課程への入学試験にも合格し、北大大学院への進学が決まっていた。さらに当時の文部省の国費留学生に採用された。授業料が免除される上、毎月奨学金をもらえる。この上ない環境で研究に励んだ。吐血も二日酔いもせず、ただ勉学に励める環境。夢の国日本で、国に認められて勉強に没頭できる。これ以上のことはなかった。

しかし何か物足りない、そんな思いが頭を過ぎる。それは何だ。浮かぶものは一つだけ、臨床医学への未練だった。薬学で学ぶのは分子レベルのこと。顕微鏡を覗き、データを集め、論文を書く。机の上で完結してしまう。薬が臨床でどのように応用されているのか、ほとんど知らない。患者さんと接するチャンスもない。自分の研究が活かされている場所を知らないのだ。

　そして僕の臨床医学への憧れは、やはりマレーシア時代に遡る。国民健康保険がなく高額になる医療費のため、病院に行けない人の多いマレーシア。我が家も同様に、母は家計を気にして痛みを我慢していた。いつか僕が医者になって治してやりたい。ずっとずっとそう思ってきたのだ。しかし母国では医学部に進学できるような裕福な家庭ではなく、来日後も生活費のためのアルバイトを優先させ、勉強時間を確保できなかった。そうして医学を諦めた。でもそのお金と時間があれば――。日々机に向き合う度、薬学に向き合う度に、臨床医学に対する好奇心が増していく。この薬はどう使われているのか。どうすれば人の命を救えるのか。知りたい――知りたい！その気持ちは萎むことなく、日々ぷくぷくと太っていく。

　悶々とその思いを抱え続けるうち、修士課程の修了も近づいて来た。臨床医学への憧れは膨れ上がる一方。医学部再受験の選択肢も浮かんでくるが、まともじゃない、と自ら打ち消していた。その時すでに薬学部の博士課程へ進学が決まっていたのだ。修士論文が名のある専門誌に掲載され、博士号を取れるレベルだと評価を受けた。そして博士課程への試験合格と同時に、学術振興会から特別研究員の待遇と給与を受けられることにもなっていた。特別研究員は月給22万円の好待遇。当時のマレーシアの初任給は月給5万円程度だ。母国の両親がこれをどれほど喜んだことだろう。僕も本当に誇らしかった。日本に行けば留学なんて形だけだ、そう言われた高校生の僕がこれを聞けばひっくり返るに違いない。この上なく恵まれた環境だった。しかし医学部を再受験しようものなら、僕は特別研究員の席も給与も博士号も失い、大学1年生からすべてをやり直すことになる。そもそも医学部に受かる保証もない。葛藤が続く。

　何が正しい？　僕はどうすべきだ？

　答えが一向に出ないまま、ひたすら自問を繰り返す日々の中、ある一日のある出来事が僕の背中を思い切り押すことになる。

町を歩いていると、交通事故を目撃した。加害者も被害者も、文字通り血まみれだった。何かしなければ――。震える膝を抑えながら倒れる二人に近づいた僕が、何をしたか。

何もできず、ただ野次馬の頭数を増やしただけだった。僕の手は、ただ身体の横で行き場もなく垂れ下がるだけ。耳は、救急車のサイレンが近づくのを待つだけ。目は、ただ彼らが運ばれていくのを見ているだけ。遠ざかるサイレンと赤色灯の光は僕の無能さを笑っているようで、鼓膜と網膜にいつまでも張り付いて消えなかった。自分に腹が立って仕方なかった。どうしようもないほどの、己への怒り。今の僕は、目の前で血を流す人を助ける術も、身体を動かす勇気すらも持ち合わせていなかった。

脳裏に浮かぶのは東京にいた頃の自分。日本語も話せず専門資格も持っていない、ただの留学生。それでも生きるため、勉強するために、必死の思いで挑戦の毎日を過ごしてきた。今の自分はどうだ。日本語を使いこなし、薬剤師という日本の国家資格まである。より好条件を備えた今の自分はなぜ挑戦しないのか。スーツケース一つで日本へやってきた時のチャレンジングスピリットはどこへ行った。なぜ自分のやりたいことから目を背けるのか。守りたいのは安定した生活か、それとも自分の素直な心か。

そこまで自分に問いかければ、答えは決まっていた。もう揺らがない。

両親に思いを伝えると、父は猛反対し、そのまま薬学博士課程に進学することを強く勧めた。僕も自分が親ならきっとそうするだろう。経済的な苦労を痛いほど重ねてきた僕の両親が、子どもには経済的安定を得てほしいと願うのは当然のことだ。しかし僕はその言葉を素直に聞けなかった。なぜ自分の挑戦を邪魔するのか、そう言って父と大げんかした。本心から目を背けることはできない。もう目の前で誰かを助けることを諦めたくない。あの葛藤の日々が嘘のように、僕の決意は固まっていた。

僕が臨床医学を学ぶにはどこが適しているのか。北海道では広大な大地と温かい人たちに受け入れられ、安心感に包み込まれる幸せな生活だった。次は、人々が明るくてエネルギッシュな街でチャレンジをしてみたい。そんなイメージに合ったのは、大阪。関西人の多い北大では大阪出身者も多く、大阪の話はよく聞いていた。泉のようにパワーが湧き続ける大阪なら、僕の挑戦もどんと受け止めてくれるかもしれない。そして僕は何を隠そう、手塚治虫の大ファンだった。数々の名作を送り出した偉大な漫画家であり医学博士。彼の出身は、大阪大学医学部。いよいよ大阪に行かない理由を探す方が難しくなってきた。

僕の人生を大阪に賭けよう。

大阪大学、ましてや医学部は超難関だ。たとえ受かる確率が低くても、もう僕は引き下がらない。東京に初めて降り立ったあの日の自分に胸を張るための、人生最大の挑戦だった。

阪大医学部を受けると決めてから、僕は何かに取り憑かれたように受験勉強に没頭した。北海道を去ろうとしてもなお、その温かさと大きな包容力が僕を励ましてくれる。僕を助け、僕と繋がってくれた人たちの顔が浮かぶ。北海道に来て本当によかったな。勉強の合間に、ふとそんな言葉が口をついた。しかし僕の大きすぎる目標は大阪にあった。この挑戦に、今までの僕の人生、そのすべてを賭ける。

## 大部会を目指して

医学部受験を決意するまでに散々悩んだ僕は、これ以上悩むことなどないと思っていた。ところが決意した側からさらに大きな悩みが僕を苦しめた。担当教官にいつ医学部受験を打ち明けるか、だ。何も言わずに受験し、落ちたら黙っている、ということもできた。夢を追いかけて敗れたことを知るのは僕だけでいい。しかし万が一受かった場合、医学部進学するので薬学博士への道は選びません、ではさようなら、とはいかない。特別研究員の席を何の前触れもなく空けることは憚られた。言うべきか、言わぬべきか。医学部受験の準備をしながら、脳裏では何度もこの問答が繰り返された。

年が明け、1月。医学部受験を決意してから1か月経った日。僕は持ち得る勇気をすべて振り絞り、担当教官に声をかけた。しかし口を開いてもなかなか言葉が出てこない。あの、えっと、そんな意味のない単語たちがしばらく並ぶ。担当教官の頭上には「?」が浮かんでいるようだ。ようやく僕は、かすれそうな声で一息に告げた。

「大阪大学の医学部を受験しようと思っています」

担当教官の頭上は夥しい数の「!」に変わっている。

「医学部？　日本の医学部のレベル、知ってる？」

僕は何も答えられない。

「しかも阪大？　自分が何言ってるかわかってる？」

教官の口調に、僕はとんでもないことを決意してしまったんだ、と改めて思い知らされる。

その後教官と何を話したのかは全く覚えていない。覚えているのは、もう誰にもこのことは言うまい、そう決意したことだけ。自分の一世一代の賭けが誰かに知られることが怖くなった。

担当教官に医学部受験を打ち明けてからは、その恐怖を拭い去りたいあまり、さらに勉強に没頭した。高校生用のテキストを、大学別入試過去問題集のいわゆる「赤本」を買ってはひたすら解いた。

実は1年前くらいから、この勉強はコツコツと重ねていた。決心をつけかねていたものの、ずっと医学部への挑戦は視野に入れていたのだ。決めたからには、そして教官に言ってしまったからには、とにかく勉強するしかない。しかし僕は受験生かつ、薬学修士課程の大学院生。受験勉強だけが許される身分ではなく、修士論文の仕上げと発表が待ち構えていた。さらにもう一つ、貧乏留学生というありがたくない身分もある。生活費と人生を賭けた受験費用を稼がぬわけにはいかず、1分1秒の勉強時間が惜しい毎日でもアルバイトを余儀なくされた。

自分でも無謀で、向こう見ずな挑戦だとは痛いほどわかっている。まして阪大医学部志望だなんて、どうかしている。それでも阪大に進学したい理由があった。エネルギッシュな街と手塚治虫への憧れももちろん本心だが、もっと冷静に判断するに至った理由だ。

一つ目は、大学が大都市にあること。僕が札幌で最も苦労したのは、アルバイト探しだった。働かねば食えないどころか、留学を継続できない。立派な都会である札幌ですら、外国人がいかに仕事を見つけにくいかを痛感した。1990年代後半、日本に外国人は今ほど多くなく、東京や大阪の大都市でようやく見慣れてきただろう頃だ。医学部に進学できた場合、時間をかけて職探しする余裕はないだろう。一から医学を学ぶ上で、勉強以外の苦労はできればしたくない。その点、大阪は日本で2番目の大都会、文句なしだ。すぐに仕事にもありつけるだろうと考えたのだ。

二つ目は、入試の内容。お金のない僕が私立大学医学部に進学などできるわけがない。そうすると北大薬学部を選んだ時と同じく、授業料の安い国公立大学だけが選択肢となる。大都会中心部にある国公立大医学部は、東京大学、東京医科歯科大学、そして大阪大学と難関大学ばかりだ。その中で大阪大学医学部の後期試験科目は、小論文と面接だった。小論文では数学、理科、社会環境などのテーマが4問、すべて英語で出題される。日本語で回答するものの、薬学部、大学院と数々の英語論文を読み書きし、もともと英語教育を受けた僕に少し分があるような気がした。ちなみに前期試験は、予備校でバリバリと受験対策した日本人学生にしか勝ち目がない科目数と範囲だ。目の前の勉学だけに集中できる日本の受験生の環境を心底羨ましいと思ったが、自分のやれることをやるしかない。

この一縷の望みに賭け、僕は「大阪大学医学部受験」という大それた決意をしたのだった。

受験勉強と修士論文の仕上げ、そしてアルバイト、そんな怒涛の日々はほとんど記憶にない。気がつけば僕は入試前日を迎えていた。お金と時間がなく下見などできず、いきなりの大阪だ。必死に貯めた軍資金で航空券を買い、新千歳空港から伊丹空港へ降り立つ。伊丹空港から大阪モノレールに乗り、千里中央駅で地下鉄（現大阪メトロ）御堂筋線に乗り換えて三つ目、江坂駅に到着した。阪大のキャンパスにアクセスしやすく、安いというだけで江坂のビジネスホテルを予約していた僕は、駅の案内板を頼りになんとか地上に出た。

そして立ち尽くした。これは、大都会だ！　行き交う人たちの活気溢れる息遣い、止まることのない人の波、明るく弾けるように聞こえてくるネイティブ大阪弁――。ああ、僕は大阪にやってきたんだ！　受験前日という事実を一瞬忘れ去り、僕は完全に「お上りさん」と化していた。今となれば、御堂筋線は大阪の大動脈、鉄道各線のターミナル駅にも接続するため、人も電車の発着本数も多いとわかる。しかしその当時は、何気なく選んだ街ですらこれほどの活気に溢れていると、より強く「都会感」を覚えたのだ。同時に、僕の大阪へのイメージは間違っていなかったと確信した。この街で、新しい一歩を踏み出してみたい。瞬間的にそう思わせる大阪のエネルギーに圧倒されながら、僕の心臓は躍り出しそうだった。この興奮状態では明日まともに問題を解けないかもしれない、そんな懸念が頭をよぎり、なんとか気持ちを落ち着かせる。それでもこの後をどう過ごしたか、どうしても思い出せない。脳内アドレナリンのバルブが壊れていたのだろう。かろうじてベッドに身体を横たえ朝を迎えたが、頭は冴えていた。大都会・大阪のパワーがそうさせたのだと、僕は信じて疑わなかった。

試験当日、御堂筋線で江坂から終点の千里中央駅へ向かい、モノレールに乗り換えて目指すのは阪大病院前駅。モノレールが目的地に近づくにつれ、どんどん大きく見えてくる大阪大学医学部附属病院、そして医学部棟の神々しさ。自分が目指すものの大きさを改めて感じながらも、憧れが一気に膨張するのがわかった。そして駅に降り立ち吹田キャンパスの門をくぐれば、その憧れの塊はそこに鎮座していた。心の中で拝むようにして巨大な病院の横を通り過ぎる。会場に向かう道すがら、そして試験会場に入ってからも周囲は賢そうな学生ばかりだった。まだ肌寒い季節にも関わらず汗が止まらない。萎縮してはダメだ、とにかく落ち着こう、今日が人生の大一番でなくていつなんだ。自分にそう言い聞かせては、相変わらず壊れっぱなしのアドレナリンのバルブを締めようと必死だった。

着席時間を過ぎてしばらくすると、試験監督が何か分厚い本を配り始めた。手元に届き、ようやくそれが英和辞書だとわかる。辞書が必要なほどの小論文が出されるのか。僕のカラカラの喉を、つばの塊がごろごろと落ちていった。実際は辞書を使う時間的な余裕などないのだが、この辞書すら阪大医学部のレベルの高さを表すアイテムのように思える。しまいには辞書を配っている若い試験監督さえも、医学部関係者や研修医かもしれない、と思えば輝いて見え始めた。この人たちの仲間に入りたい、その思いがどんどん増幅する。自分の体内に響き渡る心臓の音がうるさくて、試験スタートの合図を聞き逃しそうだった僕は、集中力をかき集め会場に耳を澄ませる。

「始め」

耳が号令を拾った瞬間、ほぼ反射的に試験問題をめくった。

神様はいるかもしれない。そんな言葉がよぎった。ヤマを張っていたテーマがいくつかヒットしていたのだ。薬学部、薬学修士と、誰にも負けないほど読み書きした論文。その論文の中で、今の時代きっと避けられないだろう、大切になるだろう、そう感じたテーマたちだった。小論文4問のうち1問は、環境ホルモンに関する問題。まさに薬学で培った知識・経験が活きた。薬学部進学は回り道ではない、僕にとって必要な道だったと、心からそう思えた瞬間だった。それ以外の問題は、実のところ記憶にない。解答に没頭しすぎたからか、気がつけば数時間にわたる試験は終わっていた。アドレナリンのバルブは相変わらず壊れたままだった。

小論文が終われば、面接だ。北大薬学部の試験のように日本語で詰まることはないだろうが、試験中にも膨らみ続ける憧れをコントロールできるかが問題だった。医学への純粋な思いと、母との遠い約束を果たすため、そして自分の力で学び生きるため。しっかりと面接官に伝えなければならないのはそこだった。面接の待ち時間は、何度経験しても苦しい。賭けるものが大きければ大きいほど苦しみも増す。もう茶色のダブルスーツは着ていない、恥ずかしい思いはしないはずだ、と上がりっ放しの自分に言い聞かせる。

名前を呼ばれて面接に入ると、部屋は思ったよりも柔らかい雰囲気に満ちていた。教授たちは優しい口調で僕に質問を投げかける。

「あんた、勉強好きやねんなぁ。博士行った方がええんちゃう?」

きっと聞かれるだろうと思ったことだ。僕はこれ以上ないくらいに気持ちを込めて話した。

「薬学を修める中で、薬がどう臨床に使われているか全く知らないことが物足りなくなり、どうしても臨床医学を学びたくなりました」

すると教授から
「今の大学ではどんな位置?」と返ってきた。

「博士に進んだら学術振興会の研究員待遇が決まっています。この入試に受かれば辞退します」

僕のこの返答に教授たちは本当に驚いたようだ。

「君、そんなに本気なん!」

そこから少し、風向きが良くなった気がした。

「もし合格したら、何を研究したいの?」

合格、という単語に思わず身体がぴくりと反応する。それでも努めて冷静に僕は返答した。

「今研究中の、神経細胞に興味があります。神経学の雑誌『Ｊｏｕｒｎａｌ ｏｆ Ｎｅｕｒｏｓｃｉｅｎｃｅ』にも論文が載りました」

「すごいな! うちの大学院生の医学博士号論文でも掲載されるのは難しいのに、修士課程で載るなんて!」

医学界でも名の知れた雑誌への論文掲載を評価され、僕は手応えを感じ始めていた。もっと殺伐とした雰囲気を想像していたが、軽やかに問答が続き、想いは受け止められていそうだ。

これはいけるかもしれないぞ。過度な期待は良くないと思いつつ、そう考えずにはいられないほどの感触だった。和やかな雰囲気のまま面接は終了した。あっという間の受験だった。僕は、やりきったのだ。

試験の後、会場を出た僕は、北大ほどではないが広いキャンパスに立ち尽くしていた。アドレナリンのバルブがようやく締まったらしく、しばらく上手く動けないままだった。

面接が何時に終わるか読めず、帰りの飛行機は翌日のお昼に予約していたので、急いで大阪市内へ戻る必要もない。阪大に来たら訪ねてみたかった場所へ行ってみよう。僕はキャンパスの案内板を探し、目的地へと歩き始めた。

医学部研究棟の横に建つ大阪大学医学部学友会館、通称「銀杏会館」。阪大医学部の歴史的な資料が展示されており、その上階にはレストランやホールも併設されている立派な建物だ。僕の目当ては展示資料の中。1階の展示室へ一目散に向かうと、燦然と輝くそれはあった。尊敬する手塚治虫先生の学生時代の手書きノートだ。綺麗に写された板書、そしてノートの隅にあるイラスト。どれをとっても「手塚治虫らしさ」を感じる展示で、僕は試験後の開放感をようやく感じ始めて夢心地だった。ああ、手塚先生の後輩として阪大医学部で学べたら、どれほど幸せだろうか。偉大なる大先輩の痕跡を目の当たりにすると、阪大医学部に僕が合格するなんて無理かもしれない、と急に弱気になった。また2か月後、ここへ来られるだろうか。これが最後の大阪探訪になるかもしれない。一度現れた後ろ向きな自分は、なかなか退いてくれなかった。どうせ明日帰るんだ、大阪観光を楽しもう。無理やり気分を切り替え大阪市内へ出ることにした僕は、再び千里中央駅へと歩みを進めた。

医学部附属病院に見下ろされながら、諦めの悪い僕はそっと最後の願掛けをする。精一杯学びます、だからどうか、僕を受け入れてください、と。モノレールに乗り込むと、遠ざかるキャンパスが点になるまで、いつまでも見つめていた。

目的もなく大阪市内へやってきた僕は、とりあえず大阪ミナミ・難波に降り立った。飛行機は翌日でも、お金のない僕はホテルを取っていなかった。大阪ほどの都会なら、24時間営業のファストフード店で夜を明かせるのでは？　と考えたのだ。夜になって一層人出の増えたミナミの街を、あてもなく歩く。とにかく明るい。ネオンも人も。途切れない店々、そして人波。大きな大阪弁のうねりに飲み込まれながら、僕は街の活気に魅了されていた。どことなく母国マレーシアや東南アジア諸国と雰囲気が似ている気がしたのだ。疲れはあったが、気持ちが元気になってきた気がする。そう思ったところで、僕の胃がぐう、と音を立てた。

頭を散々使い、足をずっと動かしていれば腹も減る。何を食べようか、貧乏学生には入試並みに難しい問題だったが、そこに鼻先をかすめた匂いがあった。豚骨スープの芳しい香り。ラーメンだ。まだ肌寒い3月、これ以上にない魅力的な選択肢だった。見回すと、赤い壁から龍が突き出ている店が目に留まる。店先には立ち食いでラーメンをすする人たちの後ろ姿。大阪の老舗ラーメン店「金龍ラーメン」だった。お金がないとはわかっていつつも、思わず店先に吸い寄せられる。なけなしの所持金で、ラーメン1杯を注文した。目の前に差し出されたラーメンを、堪能する間もなく胃に収める。旨い。人生最大の賭けを終え、必死に捻出した大阪遠征費で食べる1杯。指先までじわじわと豚骨スープが行き渡るように身体も心も温めてくれたラーメンの味を、僕は一生忘れないだろう。

金龍ラーメンを出ると、夜を明かすファストフード店を本格的に探し始めた。これだけ活気溢れる大阪ミナミの街だ、24時間営業店はすぐに見つかるだろう。そう思っていたが、心斎橋まで歩いても1軒も見当たらない。夜が深まり寒さも増し、焦りが僕を襲う。大阪といえども、3月の夜はまだまだ寒い。ホテルに泊まるお金など持ち合わせておらず、入れる店がなければ野宿しかない。ここで野宿して、僕は生きて帰れるだろうか。まさか命の心配までするとは。僕は自分の読みの甘さを心の底から悔いた。こんなことなら先に空港へ行き、屋根と壁のある夜を過ごせばよかった。そう思った時にはもう、終電も終わっていた。さすがに心斎橋から伊丹空港まで歩けるはずもなく、タクシーは論外。困った。そしてラーメンで暖まった反動か、急に強い寒さを感じ始めた。夜の心斎橋で立ち尽くす僕は、夜中になってより一層眩しさを増すネオン群を見上げた。するとある看板が目に入った。

「カプセルホテル　1泊2000円」

そこが安いホテルであることはわかった。でも「カプセル」ってなんだろう。ホテルでのアルバイト経験はあるが初めて聞く言葉だった。そして、2000円は今の僕には大金だが、野宿して明日の朝目覚めないよりはいいかもしれない。とにかく暖を取れる場所を欲していた僕は、そのネオンの張り付く建物に小走りで向かった。フロントへ入ると幸い「一部屋」空いていた。すぐにチェックインして「部屋」へ向かうと「カプセル」の意味はすぐにわかった。かろうじて大人一人が寝られるスペース、これはまさに「カプセル」だ。暖かい場所に心底ほっとしたからか、日本人は相変わらず発想力があるなぁ、と感心する。僕は荷物を置くと、もう一つの思わぬ特典にあずかるため別のフロアへと向かった。共用風呂だ。大きな湯船にざぶんと浸かれば、冷え切っていた身体がどんどん温まる。そして一日中フル稼働して身体中に蓄積した疲労も、おそらく湯に溶けて消えたはずだ。2000円がこれほどの価値に化けるとは思いもせず、僕は深夜の共用風呂で「ありがとう」と誰に言うでもなく口走った。カプセルに戻った僕は、あっという間に深い眠りに落ちた。

翌朝、思いの外軽くなった身体でバスへ乗り込み、空港へと向かう。初めての大阪、そして人生の分岐点となるかもしれない阪大医学部受験。なんて濃い2泊3日。

実は大阪に降り立つまでは、自分で選んだとはいえ大阪に怖いイメージを持っていた。日本語学校の先生が「大阪にはヤクザと暴走族しかいない！」と偏見に満ちた大阪像を語っていたからだ。でも実際に見た大阪は、人も街も明るかった。東京ではあれほど殺伐としていた地下鉄の車両内でさえ、終始聞こえる大阪弁のせいか明るく感じたほどだ。同じ大都会でも、まるで無表情だった東京とは全く異なり、昼も夜も活気にあふれた元気な街。難波から心斎橋を彷徨う中で通りすがった戎橋、俗称・ひっかけ橋で人待ちをするホストからも「大阪らしさ」を感じていた僕は、すっかり大阪のトリコになっていた。やはり東南アジアにどこか似た喧騒が、大阪を初めての街だとは思わせないようだ。

また大阪に来たい。できることならば阪大医学部の学生として、この街に住みたい。膨らむ大阪への思いが僕をいっぱいにした頃、バスは伊丹空港へ到着した。

受験が終わっても、僕にひと息つく暇はない。受験生という肩書きが一つ減るだけで、修士論文の仕上げとアルバイト生活が札幌で待っている。搭乗手続きをしながら大阪の思い出を丁寧に心へ仕舞い、札幌での生活に集中するんだ、と自分に言い聞かせた。

札幌へ戻ってから、僕はひたすら修士論文の実験とデータ集めに明け暮れた。実験の合間に頭をかすめるのは「受かったかな、落ちたかな」と合否のことばかり。やっぱり僕はここで博士課程に進学する運命だ。いやでも面接の感触は良かったし小論文も書けたし…。実験と合否への期待と不安で、僕の頭は四六時中動かされていた。

合格発表は3月下旬、郵送での通知予定だった。札幌の3月はまだ雪深く、その年も毎日雪は降り続いていた。合否を載せた郵便物を指折り数えて待つ日もあれば、カレンダーを破ってやりたい衝動にかられる日もある。どっちでもいいから早く答えが欲しい、いつからかそう思うようになった頃、発表予定日を過ぎた。まだ阪大からはなんの音沙汰もない。これはもうダメだ、落ちたんだ。合格ならば分厚い封筒が送られて来て、すぐにでも入学手続きを進めなくてはいけないはずだ。予定日を過ぎて何も来ないなんて、落ちた以外に考えられない。アパートの入り口で空っぽのポストを確認すると、心では冷静に受け入れたつもりでも、身体はガクガクと震え始めた。人生最大の賭けに負けたのだ。いくらか期待してしまった分、悔しさと悲しさが洪水のように押し寄せる。自室の扉を開けてその場にへたり込むと、身体はすっかり動かなくなっていた。ああ、ダメだった。涙すら出ない。

その時。軽いエンジン音を僕の耳が捉えた。郵便バイクの音。そして雪の上を誰かが歩き、何かがぽすりと落ちるかすかな音。僕は気がつけばポスト前へと引き返していた。自分のポストを開けると、縦長の薄い封筒が1

通。大阪大学のロゴが見えた。目にも留まらぬ速さで封筒を掴んだが、ふと我に帰る。

合格通知なら、入学書類の束の入るA4サイズではないか。これはどう見てもA4よりもっと小さく、薄い。ああ、不合格に違いない。1周回って腹が立って来た。「残念ながら不合格でした」の一文をご丁寧に印刷し、折り畳んで送って来たのだ。こっちは、人生最大の賭けだったのに！　教官の言う通り、自分には不相応な夢を見てしまったんだ。こんな手紙、破ってやる。そう思って両手で封筒を持った。

いや待てよ。「不合格」の文字を直視すれば諦めもつくかもしれない。僕は、集合ポストの上で力なく灯る細い蛍光灯に封筒をかざした。文字がぎちぎちに詰まり、折り畳まれたことで重なっている。「残念ながら不合格でした」の一文だけではなさそうだ。一度開けてみよう。僕はあっという間にさっきまでの感情を忘れ、慌てて封を切り、中の紙を取り出し、広げた。びっしりと書き込まれた文章の中にその言葉はあった。

「合格」

信じられないほど大きな声がボロアパート中に響き渡っていた。もちろんそれは僕の声だ。

「よっしゃあーーーーーーーーーーー！」

そう何度叫んだだろうか。信じられない。この僕が、阪大医学部に、合格した！　言い知れないほどの興奮が僕の身体中を駆け巡る。

しばらくその興奮に浸っていたが、ようやく地に足の着いてきた僕は改めて、合格通知だったその手紙を読み返してみた。入学手続きの方法、その期限についてびっしりと書いてある。なんと手続きの期限まで二日しかない。しかも大阪に行っての手続きだ。どうしてこんなギリギリに送ってくるんだ！　そう独り言ちる口元すら思わず緩んでしまう。いや、浮かれている時間はない。興奮にふらつきながら急いで自室に戻り、記載されていた入試事務局の電話番号を押した。まだ高揚しているのがバレたかもしれないが、この際そんなことはどうでも良い。必死に状況を説明した。

「今日合格通知をいただいたんですが、雪が深くて二日後に飛行機が飛ばないかもしれません、どうしたらいいでしょうか」

するとと事務局の担当者は驚いたようだ。

「え、今日着いたんですか？」

飛行機が雪で飛ばないこと、ではなく、合格通知の到着の遅さに驚いたのだ。雪の季節の北海道ではよくあることだが、実はこのときも郵便配達が数日遅れていた。もっと遅れていれば、期限切れで合格を失っていたかもしれない――本当にギリギリだった。

事情を理解した事務局の人は、万が一飛行機が飛ばない場合は必ず連絡をください、と言い、僕の首の皮を繋げてくれた。そこから僕は急いで大学生協で割安の往復航空券を予約し、翌日すぐに大阪へ飛んだ。

待ちに待った2度目の大阪、そして大阪大学のキャンパス。

阪大医学部の事務局へ行き手続きを無事に終えた僕は、余韻に浸る間もなくその足で飛行機に飛び乗り札幌へ帰った。本当なら一人合格祝いとでも称してゆっくり大阪に1泊したいところだが、いくら国立大学といえども、阪大への進学費用がどれほどかかるかわからず、ホテルなど取れなかった。少しでも節約しなければ。その一心だった。

そして札幌へ帰ると、僕はとんでもないことに気がつく。

大阪で家を探して来なかった。このままでは行き先がないまま北海道を出る羽目になる！

受験・入学シーズンは大学周辺の学生向け物件などあっという間に埋まってしまう。たった1日で探せるはずもなかっただろうが、全く家の情報がないのはあまりにもまずい。

大阪から持ち帰って来た入学手続き書類をひっくり返し、なんとか見つけた「内外学生センター」へ急いで電話をした。同センターは学生の生活サポートをしている団体で、慣れない大阪で部屋を探す学生にも力を貸してくれる。あのカプセルホテルに住むわけにもいかない、と焦った僕は、電話口に向かって早口で状況を話した。

阪大医学部に後期受験で合格し、今は札幌に住んでいること。4月の入学までに大阪へはもう行けず、部屋を探せないこと。希望は家賃2万円以下、できれば1万5000円前後で住める部屋であること。こんな無茶なお願いも快く聞いてくれた上、さらには部屋をリストアップして送ってくれるという。翌日にメールで送られてきた部屋の一覧を見ていると、破格の部屋が目に入った。4畳半でバストイレは共用、家賃は1万2000円。医学部のある吹田キャンパスへもアクセスしやすい箕面市の171号線沿い、阪急宝塚線の石橋駅（現石橋阪大前駅）から徒歩10分で、立地も悪くない。すぐに学生センターへ電話をし、ここに住みたいと伝えた。

「見に来ないまま決めて大丈夫？」

何度も念押しされたが、見に行くお金も時間もなく、今決めるしかない。

「人が住めるところならどこでもいいです！」

おそらく担当者が一度も聞いたことのないであろう言葉で押し切り、僕は無事に大阪での住まいを確保した。

数日間は引っ越しの準備でてんてこ舞いだったが、阪大の合格は北大の人たちにも当然報告しなくてはならない。合格は、博士課程での特別研究員の席を捨てて北大を去ることを指す。覚悟はしていたが、自分を育ててくれた北海道、そして北大を離れることは思った以上に寂しく感じた。

担当教官、そして研究室のメンバーに報告をすると、研究室中の本が本棚から落ちるほどのどよめき、そして歓声が起きた。誰一人として思いもしなかった、僕の阪大医学部合格。僕だって最後の最後まで信じられなかった奇跡を、みんな心の底から祝福してくれた。おめでとう、すごいな。違う分野でも頑張って。会うたびにそんな言葉をかけてくれる。薬学と医学は、違えども近しい分野だ。研究者として純粋にエールを送ってくれる仲間たちに、思わず胸と目頭が熱くなった。

しかしその頃の僕は、合格の喜びを纏うどころか、みんなが不思議がるほど悲壮感を漂わせていた。なぜなら、あと2週間足らずで大阪へ転居するにあたり、費用の工面が大変だったから。この事態に備えてアルバイトを続けていたものの、入学手続きや準備でどんどん現金はなくなっていく。もし大阪ですぐに仕事が見つからなければ、北大入学の時よりも厳しくなるだろう。そんな折、研究室前の廊下をとぼとぼ歩いていると、突然話しかけられた。

「ネル、阪大医学部受かったのに暗いね、どうした？」

隣の研究室の稲村先輩だ。講座の若手の中でも群を抜いて優秀で、研究成果が高レベルな論文に採用されるほどの実績を持った人。それなのにいつもフード付きトレーナーにジーパンという質素な服装で、きらびやかさとは無縁の人だ。そんな人が気にかけてくれている、と嬉しくなり、思わず本音が漏れた。

「入学金、前期の授業料、引越し費用とお金ばっかりかかって…。まさか受かると思わなくて、金銭面が不安で…」

稲村先輩は優しい笑顔で「そうか、大変だなぁ」と話を聞いてくれた。それだけでどこか気持ちが楽になったような気がする。それにしても、隣の研究室でそれほど関わりのなかった先輩が、どうして僕を気にかけてくれたんだろうか。

すると翌日また、フード付きトレーナーを着た稲村先輩に呼び止められた。

「ネル、これ合格のお祝い。頑張れよ！」

差し出されたのは少し膨らんだ封筒。思わず訝しげに受け取ってしまった僕は、まさかと思いその場で中身を確認した。

20万円。驚きすぎて言葉の出ない僕を、稲村先輩はにこにこと見つめながらこう言った。

「普通の人は阪大医学部なんて合格できないよ。だから、これで頑張れ」

言葉より先に涙が出そうだったが、ようやく返す言葉を見つける。

「ありがとうございます、本当にありがとうございます。大阪でバイトして、月1万円ずつ必ずお返しします」

「お祝いなんだから返さなくていいよ。困った時はいつでも言って。ネルには稲村銀行があるから」

稲村先輩も決して余裕のある生活ではないだろうに、それほど親しい間柄ではない僕に、こんな大金を。「稲村銀行」というユーモアセンス溢れる表現が、僕に負い目を感じさせまいとする稲村先輩の優しさを象徴していた。これほどまでに温かく手を差し伸べてくれる人がいる。何度その場で稲村先輩に頭を下げ、お礼を言ったかわからない。

稲村銀行のおかげで引っ越し代を捻出できた僕は、一生稲村先輩に足を向けて寝ないと誓った。僕を助け、明るく送り出してくれる人たちに恥じないように最後まで頑張ろう、と修士論文の発表にも力が入る。その後無事に薬学修士を修めた僕は、少ない荷物をスーツケースに詰め込み、大阪へと飛び立った。

北海道に来てよかったな。何度目かわからないこの言葉を、大阪行きの飛行機が離陸する瞬間も心に思い浮かべていた。ただ日本と医学に憧れた少年を、薬剤師、そして薬学修士にまでしてくれた北海道大学。苦労も多かったけれど、外国人の僕をいつだって受け入れ優しく包み込んでくれた北海道の人たち。人生の中で最も濃い6年間を過ごした北の大地から、さらに濃密な人生を過ごすだろう西の大都会へと僕は向かう。

また、すべてを一から始める。でもそれは自分が決めたこと。今度は片道分しかない伊丹空港行きの格安航空券を握りしめて、僕はずっと窓の外を見つめていた。

ありがとう、北海道と、そこで出会った大切な人たち。

何度もなんども、そう心のうちで繰り返しながら。

## モノクロームの入学式

飛行機が離陸して2時間が経とうかという頃、機体に大きな重力を感じ始めた。期待と不安がないまぜになった感情を抱えて空を飛んだのは、日本へ来て何度目だろうか。ずん、という鈍い音と軽い衝撃が、着陸を知らせる。機内スタッフの笑顔にうまく応えられずに飛行機を降りた僕は、たった一つのスーツケースをターンテーブルから受け取った。

本当に大阪に来たんだな。そういえば少し暖かい気がする。聞こえるのは大阪弁。もう北海道には引き返せないと、改めて実感する。ここ大阪で僕は、勉強も生活も一から始めるんだ。そう思いながら到着ロビーに出る自動ドアをくぐると、予想外の光景が目に飛び込んできた。

〈ネルソンさん〉

僕の名前が見える。その小さな看板状の厚紙を揺らして、ロビーに出てくる人々を見つめる男性がいた。僕がおずおずと近づくと、はっと顔をこちらへ向けたその男性は心配そうな声で言った。

「ネルソンさん…？」

「はい、ネルソンです。えっと…」

「よかったよかった！　大家の鈴木です！」

なんと、大家さんが心配して空港にまで迎えに来てくれたのだ。思いもよらない歓迎に、嬉しさと戸惑いがこみ上げる。

「留学生って聞いたから、心配でつい来てしまって…。荷物、これだけ？」

笑顔の鈴木さんが一転、とても不安そうな顔つきになり僕に尋ねた。

「こっちで買う方が安いと思って、ほとんど置いて来ました」

「夜、まだまだ寒いよ？　大丈夫？」

「きっと北海道より暖かいから、上着を着て寝れば大丈夫です」

「布団もないんか…。まあとりあえず行こか。疲れたやろ」

わざわざ奥様と車で迎えに来てくれたと言う。車は大きなワンボックスカー。日本に来てタクシーにもほとんど乗っていない僕は、大きな迎えの車に乗り込む、というだけですっかりセレブ気分だった。ただの貧乏学生が想定外のＶＩＰ待遇。北海道から飛んでくる間に違う時空に入り込んでしまったんじゃないだろうか、と心配になったほどだ。車中、大家さんと奥様は僕の緊張をほぐすようにいろいろと話しかけてくれた。それに答えていると、十数分で下宿へと到着した。

大阪での僕の新しい家は、阪急宝塚線の石橋駅（現石橋阪大前駅）から徒歩10分。石橋駅は、大阪大学豊中キャンパスの最寄り駅で、学生街だ。医学部のある吹田キャンパスは理系学部がほとんどだが、豊中キャンパスは文系学部が多く、吹田とはまた学生の雰囲気が違う。１回生の受ける一般教養授業は豊中キャンパスで行われることが多く、吹田キャンパスへの学内連絡バスもある。石橋駅からは吹田キャンパス方面への路線バスが出ている。つまり、下宿はとても好立地だった。これであの家賃なのは大家さんの良心からなのだろう。大家さんに出会って数十分で確信した。

車を降り、大家さんに案内されていざ部屋に足を踏み入れる。４畳半一間の部屋には、何もなかった。家具も冷暖房器具もない。ちなみに風呂・トイレは事前情報の通り共同で、風呂といっても湯船はなくシャワーのみ。さらにシャワーは有料で、１００円でお湯が7分間出る仕組みだ。だから家賃が1万２０００円なんだ…と、さっきの確信をあっという間に翻して納得した。大家さんは簡単に部屋の説明を終えると、何かあったらいつでも言ってや、と立ち去った。

何もない部屋の真ん中にスーツケースを転がす。もう今日は寝るだけだ。畳の上に直接寝転がった。…寒い。ここは北海道より緯度が低く、季節は春。しかし何もない安アパートの夜はまだまだ寒かった。まだ上着も脱いでいないのに、この寒さ。僕は完全に大阪を舐めていた。寒さで青くなってきた指先で慌ててスーツケースを開き、毛布代わりにロングコートを取り出す。上着の上からロングコートを被って寝てみたが、ダメだ。畳から伝わる冷たさは増すばかりで、寒さはしつこく身体にまとわりつく。とはいえ今布団を買うお金もない。なぜ6年間連れ添った布団たちを北海道に置く決断をしたのか、数日前の自分を恨む羽目になった。僕はおもむろに立ち上がり、狭い部屋の中をぐるぐると歩き回ってみる。少しでも動けば暖かくなるのでは…と思ったが、花冷えの寒さはそう簡単に攻略できない。動き回る僕の足裏からも寒さは少しずつ侵食してくる。入学の前に凍え死ぬのか…？　僕は臨床医学を学びにきたのに…？　ついにそんなことを考え始めたその時。

「ネルソンさん、これ、よかったら使う？」

大家さんの声だ。自分でも驚くほどのスピードで扉を開けると、大家さんが何か大きなものを抱えて立っていた。こたつだった。

「使います！　ありがとうございます！」

僕は反射で返事をする。こたつを見ただけで身体が温まったかと思ったほどだ。大家さんは畳の上に転がるロングコートを見て言った。

「やっぱり寒かったやろ、布団なしじゃ。この部屋、暖房なくてごめんな。こたつはしばらく使っていいからね」

こたつのセッティングまでしてくれた大家さんは、今日はゆっくり休みや、と僕を労い去っていった。神様がいた…。大阪の神様がこんなところに…。僕は去っていった大家さんに何度も頭を下げてお礼を言い、さっそく温まったこたつに潜り込んだ。

ああ。思わず声が出る。日本に来てから、人は温かいものに包まれるとなぜか声が出るのだと知った。湯船とこたつは、日本が誇る素晴らしい文化だ。今ならこたつの良さを語り尽くす営業マン、いや、もはやこたつ大使にすらなれそうな気がする。それまでの寒さが嘘のように消え、僕はこたつ布団の温もりから動けなくなった。この暖かさは間違いなく大家さんの優しさだろうな。家賃の安さもやっぱり大家さんの優しさか…。そうぼんやり考えていると、北海道を旅立った緊張感と大阪に到着した安堵感が押し寄せ、僕は気がつけば寝てしまっていた。翌朝、こたつの中で寝たとき特有の気だるさで目が覚めた。ああ、無事に一夜を明かせた。神様、仏様、大家様、本当にありがとう。

とはいえ、いつまでもこんな思いに浸っている暇はなかった。僕にはさっそく取り掛からねばならないことがある。アルバイト探しだ。これからの僕の大阪生活は、おそらく想像以上に過酷だろう。初めての臨床医学への挑戦に加え、この何もない部屋を生活できるレベルに整えて、食いっぱぐれずに生き延びなければ。高難度ミッションの連続だ。クリアできるかどうかは、条件の良いアルバイトをいかに早く見つけられるかにかかっている。僕はスーツケースの中で潰れていたパンを口に詰め込むと、支度をしてさっそく石橋駅へと向かった。

石橋駅前はまさに学生街そのもの、商店街を中心に飲食店がひしめき合っていた。まかないを目当てに飲食店で働くと決め込んでいた僕は、駅近くの居酒屋に狙いを定める。数十分後には面接も終え、あっという間にアルバイト先が決まった。大阪大学は留学生も多く、お店も外国人学生にほとんど抵抗がないようだった。時給は800円。正直、大都会にしては期待したほどの金額ではない。だが、それよりもっと魅力的な条件があったのだ。まず、給与が日払いであること。手元にすぐお金が入ることの重要性は、北海道時代に痛いほど感じていた。残金を数え、鳩とパン耳を争う日々はもうごめんだ。次に、まかないが出ること。飲食店ではほぼ当たり前かもしれないが、確約されると途端に安心感が増す。そしてなによりもの決め手は、店で余ったご飯やおかずを持って帰って良いこと。炊飯器も冷蔵庫も買う見通しの立たない僕にとって、ご飯を持って帰れることはあまりにも嬉しい福利厚生だった。ただし冷蔵庫のない間は持ち帰ったものは傷みやすく、春夏に冷房がなければ一気に腐ってしまうだろう。それでもまかないとは別に1食あれば、飢え死にはしないはずだ。家からも学校からも近く、時給も悪くなく、ご飯にもありつける。ここで働かない理由を探す方が難しい、と即決だった。北海道ではあれほど苦労したのに…と、食い扶持が決まると急に過去を振り返る余裕が生まれてくるから不思議だ。

バイトが決まって、ようやく大阪で財布の口を開く。商店街の安いスーパーで昼ご飯を買い、早く冷蔵庫と布団だけは用意しないと、と思いながら帰路につく。借りっぱなしのこたつであっという間に昼ご飯を平らげ、これからのスケジュールを確認した。

まずやってくるのは、入学式。数日後に控えたその式自体に楽しみは全くなかった。夢にまで見た阪大医学部への入学式も、スーツを着てとりあえず列席するだけだ。僕には入学式に帯同してくれる友人もいなければ、家族もいなかった。

母国の両親に臨床医学を選んだと報告したが、父は激怒した。給与22万円と特別研究員の席を捨てた僕を父は許せず、口も聞いてくれないほど怒っていたのだ。親心はわかるが、どうして僕の選んだ道を応援してくれないんだ、という思いは拭えない。阪大医学部に合格しても祝福されない人など、僕以外にはきっといないだろう。

一般的には晴れ舞台である入学式。周りは明るいムードに包まれた家族ばかりに違いない。慣れないスーツを着た僕は、一人で総長の話を聞いて帰るだけ。いっそ入学式なんてなくても良い、いきなり授業を受けてもいい。そのほうがずっといい。早くアルバイトが始まれば、この不毛な考えを忘れて仕事に没頭できるのに。僕は、シフトに入れそうな日を考えることにした。

下宿先の真裏、国道171号線沿いにある「餃子の王将　箕面半町店」から、厨房に鳴り響く注文のアナウンスが僕の部屋まではっきりと聞こえてくる。ちょうど昼時、隣接するこの部屋には芳しい中華料理の匂いも絶え間なく漂っていた。万が一食料にありつけなくなったら、この部屋の立地を呪ってしまいそうだ。早く働いてきちんと食べてしっかり勉学に励もう。そうして僕は入学式への思いをかき消した。

1999年4月。僕は大阪大学医学部医学科に入学した。入学式は大学のキャンパスでなく、大阪府立体育会館（現エディオンアリーナ大阪）で行われた。入試の日以来の難波・ミナミの街だ。阪大医学部生となってから進むミナミの街並みは、前よりも一層の喧騒に包まれて見えた。もう阪大の医学生だという自信がつき、前よりも街をつぶさに観察できているからか。いや、会場周辺に集まり祝福ムードに包まれた、僕よりずっと若い新入生とその家族たちのせいかもしれない。そう思うと、この喧騒からとにかく逃れたくなった。

僕は会場入り口の「平成十一年度　大阪大学入学式」の看板をできるだけ見ないように、急いで新入生の席へと向かう。看板の横で記念撮影をする新入生と家族たちは実に幸せそうで、直視できなかった。僕には一緒に写真に収まってくれる人などいない。僕の家族が日本へ来られるはずもなく、何より心の距離が果てしなく遠かった。悲しい。寂しい。感じないように、気づかないように、と蓋をしていたそれらの感情が突然にごぼっと溢れ出した。

入学式など、やっぱり来なければよかった。誰が登壇し何を話しても、ただぼんやりと遠く聞こえるだけ。ようやく解放された頃には、アルバイトの時間が迫っていた。一刻も早く日給と食事にありつきたい僕は、家から遠いこの会場を心底恨めしく思っていた。わざわざこんな思いをしに来ただけだなんて。急ぐ僕をよそに、周りの家族たちが、なんのご馳走を食べに行くかを相談している。こちらは仕事後のまかないだけを楽しみにしているのに。

きっと僕だけがあの日、桜の舞う春色の街の中で一人モノクロームだったに違いない。

この虚しさは労働で洗い流してやろう。ついに臨床医学を学べるんだ。この大阪で、人生をかけた勉学をして生きていく。それが僕の願ったことじゃないか。そう何度も、自分に言い聞かせた。

息苦しいのはこいつのせいかもしれないと、僕は慣れないネクタイを緩めながら会場を後にした。

## 臨床医学の扉

憂鬱な入学式を終えると、医学部オリエンテーションを経てあっという間に授業が始まった。1回生の間は、通称「パンキョー」の一般教養講義が中心だ。北大時代にも通った道だが、今度は憧れの臨床医学の扉への道だと思うと、パンキョーの受講にも熱が入る。この先で産婦人科と衝撃的な出会いを果たすとは夢にも思っていなかった頃だ。

早く医学関連の授業を受けたい、と鼻息荒く机に向かったが、想像の遥か何倍も医学は過酷で難解、そして一生をかけるにふさわしい分野だと思い知る。勉強量の多さは当然ながら、臨床医学は僕の様々な概念をことごとく壊し続けたからだ。そして医学部での6年間は、その過酷さに食らいつきながら医師として生きていく覚悟を教えてもくれた。産婦人科の村田教授の心に突き刺さるような授業はもちろんだが、その他にも忘れられない授業がいくつかある。

2回生か3回生のときにあった、解剖学実習の初回授業。指定された部屋に入ると、クラス全員がその場で立ち尽くした。グレーの大きな袋が40近く並んでいる。ごわついて固そうなそれらの袋は、それぞれに輪郭を持っていた。中に何が包まれているかは、袋のジッパーを開けるまでもなく明らかだった。ご遺体だ。これは解剖学実習なのだから。そう自分に言い聞かせるも、見たこともない数のご遺体に僕の思考は完全に止まる。不透明な袋の外からは、ご遺体そのものは見えていない。それでも軽いパニック状態だった。

臨床医学は、命を救うためのもの。しかし、生があれば、死がある。だからこそ、死に触れて、死について学ぶ必要がある。解剖は医学の基礎であり、それは死、つまりご遺体があって初めて成り立つものだ。そんなことはわかりきっているはずなのに、この状況がうまく飲み込めない。自分の心が、魂が萎縮する音が聞こえる気がする。

しばらく動けずにいると、目の違和感と、鼻を刺す刺激が僕を現実に引きずり戻した。ご遺体の袋から漂う防腐剤・ホルマリンの刺激臭だった。慣れぬ独特の臭いは、僕の情報処理速度をさらに下げる。ホルマリンの刺激が僕の気付け薬になったのは一瞬だけ、しばらくすると平衡感覚すら怪しくなり、僕の気持ちも宙に浮いたままになる。

これが解剖学実習の授業だと再び思い出したのは、クラス内のグループごとにご遺体の袋を開けるよう教授が号令を掛けたときだった。誰が袋を開けるのか。無言のまま目配せだけで行われた話し合いを経て、僕はご遺体の前に進み出た。

ジッパーに手をかける。しかし、金具をつまんだ手はそのまま固まって動かなかった。何か得体の知れない、怖い、重い、冷たい、それらの混ざったような感情が一斉に押し寄せてくる。動けない身体の中で、必死に動く心臓の音だけが反響していた。皆同じなのだろう、教室に静寂が張り詰めていた。しかしここは医学生が避けては通れない道。臨床医学に進むと決めた覚悟を忘れたか。そう自分を鼓舞して、ゆっくりとジッパーを下げた。部屋のあちこちから遠慮がちに擦れる金具の音が聞こえ始める。丁寧に袋を開くと、そこにはご遺体のお顔があった。

僕のグループが担当するご遺体は、年配の女性だった。不思議なことに、僕はご遺体のお顔を見て安心感を覚えていた。そこに横たわっていたのは、紛れもなく一人の人間だったからだ。これから、命あった身体、命の仕組みに触れるんだ。そう思うと、何か腹の底からこみ上げるものがあった。臨床医学の扉が、僕の前で音を立てて開いた瞬間だった。

解剖で扱うご遺体の皮膚は、そのほとんどが死後硬直で茶色や黒色に変色し、硬くなっている。教科書の写真で見るような鮮やかな色とは、全くといっていいほど違う色だ。皮膚だけではなく内臓もこげ茶や黒色に近く変色しており、細かい神経や血管などは顔をよく近づけないと判別できない。その度にホルマリンの刺激が僕たちの顔を撫でていく。

解剖実習は1か月間続いた。噂通り、解剖実習の間は肉類が食べられなくなった。それでも日々ご遺体に触れるにつれ、僕たちのために献体してくださったことへの感謝が膨らんでいた。まだ医学の入り口に立ったばかりの僕たちが、ご遺体の構造のすべてから様々な勉強をさせてもらっている。ご遺体の、そしてご遺族のお気持ちを無駄にしないように、学べることはすべて学ばなければ。

　こうした医学生としての責任感を、おそらくクラスの皆が同じように抱いていただろう。解剖室はいつからか初日のような凍りついた空気ではなく、学びへの熱気と感謝で満たされていった。実習期間が終わる頃、僕は「いつか自分が死んだら後輩たちのために献体しよう」と心に決めた。この思いは今も変わっていない。医学は献体のように、いろいろな方の理解と協力があって初めて発展する。医師になることでそれに報い、かつ医学の発展に寄与したい、と心の底から思えた授業だった。

　もう一つ、忘れられない授業がある。法医学実習だ。法医学とは、法的な事実関係の認定を医学的見地に基づいて行う医学分野。その実習は医学関係者だけでなく法律関係者も関わるため、いつもの医学実習とは少し趣が違っていた。

　検視に立ち会う実習の日、検視官と呼ばれる検視担当の警察官と共にパトカーで警察署へと向かった。何も後ろ暗いことはないはずなのに、パトカーに乗るだけで妙に緊張する。今からご遺体に相対するという緊張も重なり、僕は後部座席でカチコチになったままだった。警察官の方が少し笑っていたのは、僕が連行される容疑者以上の緊張を見せていたからかもしれない。

　別の日は、監察医事務所での行政解剖に立ち会った。行政解剖とは、事件性はないが変死が疑われるご遺体に対して、監察医のみが行える解剖のこと。監察医は監察医事務所に属する医師で、監察医事務所は全国に数えるほどしかないが、大阪にはそのうちの一つがある。ＪＲ森ノ宮駅からほど近い法円坂の少し手前、そこに大阪府監察医事務所は位置していた。そこで僕が立ち会ったのは、海で自死を図り水死したご遺体の行政解剖。対面したご遺体は緑色でパンパンに膨らんだ状態だった。海で亡くなると、海水中の微生物が遺体に入り込み内部で発酵し、膨張してしまうのだ。皮膚表面もブクブクとしていて、体内組織の発酵時独特の強い臭いが漂う。実際のご遺体は、ドラマや教科書で見るよりもずっと強烈な印象を僕に植え付けた。まさに、百聞は一見に如かず。医学部医学科はとにかく勉強量が多いが、それは机上の勉強だけではない。五感のすべてを使って学ぶべきことが山ほどあるのだ。同時に、体力と精神力を試され、タフさを求められることでもあった。衝撃の「一見」が繰り返される法医学の授業は、まさに修行のような毎日だった。

衝撃の一見といえば、形成外科の授業もそのうちの一つだった。交通事故やスポーツ中の事故など、身体に物理的な衝撃が加わった症例が圧倒的に多いのが形成外科。交通事故で顔の半分が欠損した患者さんに復元手術を施すなど、ダイナミックさも繊細さも求められる診療科だ。その症例を見た時、あまりの技術の高さに「神の手は本当にあるんだな」と思ったほど。驚きと憧れの絶えない授業だった。身体外側の治療に関わることも多い形成外科は、その後の患者さんの日常生活や社会生活、そして精神状況に大きく影響する症例を扱うことも多く、医療技術だけでなく美的センスも必要だ。何より細かい手作業は絶対不可欠。しかし僕は絵が苦手で、復元手術に向けたスケッチが絶望的な出来映え。不器用な僕には無理やな、とあっさり諦めがつくほど、形成外科の教授たちの手技は鮮やかで美しく、確かだった。

臨床医学に身を投じた日々は、あまりの大変さに気を失いそうだったが、同時に喜びもとてつもなく大きかった。これを諦めきれなかった自分の感覚は正しかったんだ、やっぱり僕が人生を賭けるのは臨床医学なんだ。日々そう確信を重ねることで、なんとか苦しい毎日を乗り越えようとしていた。志野とも出会い、競技ダンス部にも入り、アルバイト先にも恵まれ、なんて充実した学部生時代なんだろう。いつか罰が当たりそうだ、と恐怖すら感じた。

6年間はあっという間に過ぎ去っていく。そして最後に待ち構えるのは、医学生の天王山、医師国家試験だ。医学部を卒業しただけでは臨床現場に立つ医師にはなれない。医師国家試験を受け、合格し、さらに厚生局での医籍登録が済んで初めて臨床医として働ける。医師国家試験の合格率は毎年9割前後。高い合格率に思えるが、決して易しい試験ではない。この合格率にはあるカラクリが隠されている。

本試験の前に模擬試験を受けさせ、そこで合格レベルに達した学生しか卒業要件を得られない大学が多くある。つまり、合格レベル未満の学生は受験自体に挑戦できないのだ。難関を突破した医学部医学科生たちの中でも合格見込みの高い学生が多く受験するため、合格率は高くなって当然。しかし受験対策は簡単ではなく、学生たちはもがき苦しみながら試験対策を重ねる。言い換えれば、優秀な学生たちが死力を尽くしても10人に一人が不合格になる、それが医師国家試験なのだ。

とりわけ僕らの受験の年は厳しかった。なんと試験シラバスが大幅変更されたのだ。よりによってなぜこのタイミングで…。多くの受験生が自分の受験年次を恨んだことだろう。シラバスの変更は、過去問での問題形式対策ができなくなったことを意味していた。試験当日、まさに出たとこ勝負。不安で押しつぶされそうになりながら、条件は皆同じだからと自分を慰めつつ、がむしゃらに勉強するしかなかった。

試験は丸三日間かけて行われる。試験範囲は広く、覚えるべきことが多すぎて、受かる気など全くしない毎日。それでも試験は待ってはくれず、その日はあっという間に迫り来ようとしていた。

寒さも厳しさを増す2月の試験前日。試験会場がある大阪・梅田駅に近いビジネスホテルを取り、同級生ら30人ほどで一緒に宿泊した。試験日の朝に絶対寝坊しないよう、地方から大阪へと出てきた一人暮らしの学生同士で互いに起こし合うためだ。翌日に人生の大一番を控えての緊張感は当然あったが、合宿のような一体感が不思議と僕を落ち着けた。共に厳しい6年間をくぐり抜けてきた同志たち。頑張ろうな、と言い合ってドアを閉め、僕は固いベッドに身体を横たえた。

眠りが浅かったのか、試験当日は誰も寝坊などしなかった。同志の顔を見て互いにリラックスし合え、つくづく大阪での出会いに感謝したものだ。簡単に支度を済ませ、いよいよ試験会場へ向かう。席に着き、筆記用具を整え、呼吸も整える。周囲を見回すと年長者の受験生もちらほらと見受けられた。5回、6回とチャレンジを繰り返している人もいるという。試験直前にも関わらず、自分が挑むのはとんでもない難関試験だと嫌でも実感する。お守りに持ってきたテキストを開く間もほとんどなく、試験官の号令で試験問題が配られた。自分の心臓の音がうるさく、試験開始の合図を聞き漏らさないように耳をそばだてた。

「始め」

かろうじて聞き取れたその声を合図に、汗ばんだ指で試験問題の表紙をめくった。今まで戦ってきたどんな試験よりも過酷な、三日間に渡る挑戦が始まった。

ただ夢中で問題を解き切った試験1日目が終わり、僕は呆然としていた。今までと問題傾向が変わりすぎていて、自分が解けていたのか全くわからなかったのだ。高い壁だと思ってはいたが、登って初めてそれが反り立つ崖だったと知る、それくらいの衝撃だった。問題用紙は試験終了当日にすべて回収されるため、自己採点すらできなかった。

この試験には「地雷問題」と言われる問題がある。本来は「禁忌問題」と言うが、その問題を間違えれば他の問題がいくら正解でも不合格となるものだ。その地雷を踏んでいるかどうかは結果発表まで明らかにならない。そんな状態であと二日間も試験が続くなんて――これほど精神状態に悪い試験が他にあるだろうか。

ビジネスホテルに戻って部屋で机に向かうも、試験の出来が気になって全く勉強が手につかなかった。とりあえず脳に栄養だけは送ってやろうか、と空いてもいないお腹に無理やり晩ご飯を詰めていく。全然味がしない。緊張が続きすぎて味覚までおかしくなってしまったようだ。すると、弱々しいノックの音が聞こえた。恐る恐るドアを開けると、そこには阪大医学部医学科を首席で修めたSさんが立っていた。

「ごめん、ちょっと話せる?」

いつもと違う様子のSさんに驚きつつも、ええよ、と僕は部屋に招き入れた。Sさんは部屋の奥にある椅子に座るなり突然こう言った。

「あかん、絶対あかん、受からへん」

そうして泣き出したのだ！　僕も泣きたい。いや、僕に泣かせてくれよ、とすら思う。首席に泣かれたら、我々「フツウ」の学生はどうしたらいいん⁉　しかし、Sさんも普段なら絶対にこんなことはしない。成績優秀者すら簡単に狂わせてしまう、それが医師国家試験の恐ろしさだった。

Sさんの号泣によるダメ押しで心の緊張ゲージが完全に振り切れた僕は、シャワーを浴びるのもそこそこに半ば意識が途切れるように眠りについた。相変わらず眠りは浅く嫌な夢を見た気もするが、それを覚えている脳の容量すら惜しかった。

二日目の朝は当たり前の顔をしてやってきて、ホテルの小さい窓から射す朝日は僕らを手加減無く叩き起こした。会場に行く道すがら考えれば考えるほど、前日の出来が悪かったような気がしてくる。負のスパイラルに陥った僕は意気消沈し、思考回路は半分近く止まっているようだった。モチベーションも下がり、受からんでもしょうがないかな、という泣き言が何度もよぎる。そうして二日目を終えた後には、一日目のように出来の良しあしを考えられないほどに疲弊していた。残るあと1日は耐え抜くしかない、とマイナス思考で埋め尽くされた頭の中。どうホテルへ帰りどう寝たかは今でも思い出せない。

そして最終日の朝。それまでの疲れが最高潮に達し、自分が生きているかどうかすらわからなかった。僕はもはやゾンビ化しているのかもしれない。手の感覚もなく、喉は常にカラカラ、頭はグラグラ。こんな状態で試験を受けても無駄だ、もう辞めよう、家に帰ろう。脳内はこんな思考に完全支配されていた。魂のない抜け殻のような身体。自分自身をコントロールできないまま、机に向かってただただ問題を消化していく。目が文字の上を滑って、何度読んでも脳が処理を拒否する。ああ、もうダメや。こんな試験にした国と厚生労働省を呪い、恨もう。早く帰りたい、どんな結果でもいい、終わらせたい。脳内でそう何度もこだましていた。気がつけば、悪夢の三日間は終わっていた。

「三日間もいらんやろ」

試験が終わった僕の口から出た素直な感想だ。干からびたタンパク質の塊と化した僕は、文字通り身体を引きずって家へと帰った。試験会場から駅へ向かう受験生たちの足取りはゾンビのそれよりも遅く、ズルズルと足を引きずる音が幾重にも鈍く響き合っていた。

その後数日間の記憶は、ない。それから合格発表までの約1か月間、僕はひたすらアルバイトで生活費の捻出に励み、迫り来る審判の日を考えないようにしていた。

医師としてどこかの病院に就職する場合、合格発表の前には就職活動を終えているのが一般的。つまり、試験合格を大前提として就職先が決まっている。先にも述べたように、試験に合格しただけでは医師として仕事ができない。厚生局で医籍登録し、どこかの病院で研修医として臨床研修を受ける必要がある。僕が医師国家資格を受験した前年・平成16年に、2年の臨床研修が義務化された。

僕を研修医、つまりひよっこ医師として受け入れてくれる病院は既に決まっていた。もし不合格なら、あの地獄の三日間の試験に再び臨まなければならない上、就職活動もせねばならない。しかし、一度不合格になった者を同じ病院が受け入れてくれることはないだろう。つまり不合格が続くだけ就職先は減り続けてしまう。そうなれば最終的に医師として働けなくなるのでは。そんな不安が僕の身体に満ちてくる。これを払拭するにはとにかく身体を動かし、銭を稼ぐしかない。そうして僕は受験勉強に費やした時間を埋めるようにアルバイトに明け暮れた。

1か月はあっという間に過ぎ、3月の合格発表日がやってきた。

合否確認の方法は二つ。一つ目は、厚生労働省ホームページ上で結果を確認する方法。ただし、結果掲載時刻の直後から60分近くはアクセスが集中して繋がりにくく、すぐに確認できないことがほとんどだった。パソコンの前で60分も待ち続けるなど身体と精神が持たない、そう思った僕はもう一つの方法を選択した。大阪厚生局に貼り出される合格者番号を直接確認しに行ったのだ。発表時間は13時。遅れたくない一心で厚生局へ向かうと、到着したのはなんと12時だった。自分のあまりの用心深さを恨みながら、腕時計の長針が1分、また1分と時を刻むのをその場で待つしかなかった。

13時が近づくと、僕と同じことを考えたに違いない受験生たちがだんだんと発表場所の前に集まってくる。この中の何人が受かり、何人が落ちているのだろう。考えなくても良いことが頭をよぎって仕方ない。今すぐ逃げ出したいが、合格していればすべての努力が報われる瞬間でもある。僕の靴跡が刻まれてしまいそうなくらい同じ場所をうろうろしていると、気がつけば発表まであと数分に迫っていた。発表を待ちきれない受験生たちが波となって押し寄せる。その場にいるほぼ全員が、手元の時計を凝視している。それぞれの心の中で始まったカウントダウンが滲み出して大合唱になりそうなほど、その場の緊張感はピークに達していた。

13時。部屋の扉が開かれると、解放された水門に向かって流れるダムの水のように、受験生たちが押しかけた。僕も必死に流れに乗り、掲示板の前にたどり着く。意を決して端から順に番号を追っていけば、ところどころ番号が飛んでいると気がついた。落ちている人がいる…。それが自分でない自信などなく、どんどん嫌な汗で覆われる身体を必死になだめながら番号を見進めて行く。

あれ、見つからない。自分の受験番号が一向にやってこない。やっぱりあかんかったか、不合格やったんか。そう思った次の瞬間。

あった！　いや、見間違いかもしれへん――

やっぱりあった！　僕の番号や！

膝から崩れ落ちそうになるのを必死でこらえ、すでに何かで濡れている眼をごまかしながら、僕は何度もその番号を確認した。

受かった。これで医師として一歩を踏み出せる、臨床医学に携われるんや。

その喜びの波は止め処なく押し寄せ、一向に引かない。薬学を経て臨床医学の扉を叩いたあの日から今までが、走馬灯のように頭の中を駆け巡る。

やった、やった。ありがとう、ありがとう。自分を支えてくれたすべてのものに感謝しながら、僕は帰路についた。まさに上の空、足の裏がうまく地面を捉えられていない、ふわふわと浮かんでいるような不思議な感覚。それでもその中に、確かに熱く燃え激る自分の臨床医学への信念があった。

様々な苦境を逆転させ、多くの壁や崖をも乗り越え、ついにここまで来られた。ここからは医師として、今まで以上に厳しい努力を重ねる日々が続くだろう。学生ではなく、職業人の医師として責任も負うことになる。それでも絶対に僕はこの日を忘れない。臨床医学を通じて恩返しをしていくんだ、その覚悟を自分の中で一番強く感じた日だから。

次の扉を開く時が目の前に迫っていた。医師としてのスタートラインを踏み越える日は、すぐそこだった。

阪大病院の前で　(撮影：高山謙吾)

## なぜか看護師の仕事？

悪夢のような国家試験をなんとか切り抜け、無事に僕は医師国家資格を得た。Sさんたちと共に掴み取った念願の資格を携え、晴れて市立豊中病院で勤務できることに。ただし厚生局で医籍登録が終わるまでの2週間は、「医師」としてではなく、一人の医療関係者見習いとしての勤務だ。

そこで僕が従事したのは看護師の仕事の手伝いだった。配属されたのは脳外科・神経内科病棟。そこでの夜勤、それが僕の最初の仕事だった。

病院勤務を始めれば、派手でドラマティックな仕事が待っていると思っていた。救急の重症患者さんを救う、手術で難しい症例をこなす、そんな「THE 医療現場」を想像し、ワクワクしながら病棟に入った初日。僕の甘ったれた想像とは裏腹に、実際の配属は地味に見える仕事の多い病棟だ。正直、少しがっかりしていた。脳外科・神経内科の病棟はベッドのほとんどを脳出血や脳梗塞による手術後の患者さんが占め、入院中は寝たきりであることが多い。ダイナミックな治療や病状の変化も少なく、僕はこんなところで何をするの？　とすら思ったほどだ。ところが、それはとてつもなく大きな誤解だった。

寝たきりの方が多いということは、褥瘡、いわゆる「床ずれ」ができやすい方が多いということ。ベッドに長時間同じ体勢でいると、皮膚の同じ部分がベッドに触れ続け、その箇所の皮膚が腐ってしまう。それを防ぐため、看護者が体位交換（体交）を行う必要がある。それも1日に1度や2度ではなく、2、3時間おきの体交を行わないと褥瘡は防げないのだ。ベッドに接する身体の面は、手先だけの動きではまず変えられず、全身の力を使わなくてはならない。何せ、意識のない患者さんの身体はとにかく重い！　多少意識があり、意思疎通できる患者さんの体交では、体重移動などの協力を得られることもあるが、ほとんどの場合は脱力しきっているなどで協力を得にくい。また術後の患者さんは点滴や導尿をしている人も多く、より扱いや触れ方には気を遣わねばならない。相手は物ではない、血の通った患者さんなのだ。看護師には女性が多く、小柄な人だっている。体力と気遣いを要する、言葉にできないほどの大変さだった。

寝たきりの人のお世話、何が大変なんやろう。病棟も静かやし、少し見回るぐらいかな。そう思っていた数時間前の自分が情けない。あまりの想像力の無さに恥ずかしくなり、泣けてきた。病棟を1周すると、20人から30人の体交をすることになる。終わる頃には僕の身体はガタガタと震えて力が入らず、空調の効いた屋内とは思えないほどの汗で濡れそぼっていた。男性の僕ですらこれなのに、涼しい顔でやってのける女性の看護師たちの体力はどうなっているんだ⁉　それを尋ねる気力すら僕の身体からは失われていた。

だが体交だけが看護師の仕事ではなく、やるべきことは次から次へとやってくる。寝たきりの方は排泄物の処理も必須だ。汚れたおむつを取り替え、排泄物が残らぬよう綺麗に身体を洗浄する。当然そのためには患者さんの腰を持ち上げるが、これも子どものおむつ替えとは比べ物にならないほどの重労働だ。

人の身体、命はこんなにも重いのか。身をもってその「重さ」を知った。

重くてきつい作業だが、医療関係者にはその専門知識や技術がある。しかし現在の高齢化社会において夫婦間、親子間の「老老介護」ではこの「重さ」はどれほどの負担だろうか。技術面・精神面において、看護・介護の問題は今後、より議論されなくてはならないだろう。ただしこれは今だからこそ思えることで、当時の僕はとにかく目の前の患者さんに相対することで必死だったが――。

そして病棟には多少動ける患者さんもいて、その方たちにも看護師による様々な介助が必要となる。主な介助はトイレの付き添いだ。ベッドを降りるところからトイレの中、ベッドに戻るまで付き添う。衣服の裾などが汚れないようにしたり、便座にうまく座れるように身体を支えたり、頑張って身体を動かそうとする患者さんに丁寧に寄り添う。それは自分の思った通りに進められる仕事では全くない。おむつ交換やトイレ介助がやっと終われば、次は患者さんの体調変化や患者さんのご家族からの情報を記録し、医師に伝える。そして再び医師から指示を受けて、次は患者さんを容体確認のための検査へ連れて行くのだ。各検査室は病室とは別階にあることが多いため、寝たきりの方はベッドごと、多少動ける方は車椅子で移動する。検査室に着けば検査台への移動も看護師が行う。決して低いとは言えない検査台の上に80キロ近い患者さんを移動させた僕は、両膝が笑うほどエネルギーを使ってしまっていた。まさにへとへとだった。医師からの指示、患者さんの付き添いをすべてこなしたと思えば、あっという間に次の体交の時間がやってくる。看護師一人で10人から20人の患者さんを受け持つ上、まれに容体の急変による緊急対応もあり、息つく暇など少しもない。それでも笑顔で明るく仕事をこなす看護師たちは、本当に「白衣の天使」に見えた。地味で緻密、かつ体力と精神力をすり減らしながら迅速・確実に行わなければいけない仕事の連続、それが看護師の仕事だった。

たかが2週間、されど2週間。医師が患者さんの治療に専念できるのは、看護師をはじめとするパラメディカルスタッフの存在があるからだ、と痛感した。「命の危機に瀕した血まみれの人を医師がその手で救い出す！」と派手な活躍だけを思い描いていたばかりか、そうして患者さんに感謝されたい、という思い上がりすらあっただろう。過酷な6年間の医学部生活で、すっかり医師の仕事にばかり目が行っていたのだ。しかし実際のところ、いざ医師が手術で執刀しようとしても、専門スタッフや看護師が行う手術機器メンテナンスや手術器具の洗浄・準備などが不可欠であり、術後の患者さんを元の健康な状態に近づけるには、また異なる職種の医療スタッフの存在が欠かせない。多くの医療専門職の知識や技術の提供が揃って初めて、患者さんは完治を目指して療養できるのだ。医師は命を救うヒーローでもなんでもない。ただ医療行為を行える資格を持つだけで、その他のスタッフがいなければ何もできないに等しい。看護師や各検査技師、医療機器専門スタッフに医薬情報担当者、薬剤師、栄養士、社会福祉士や医療事務者、清掃の方――。書ききれないほど幾多の職種にまたがったパラメディカルスタッフたちは、誰一人として欠けてはいけないチームの一員だ。これらすべての人が一丸となって、病棟で患者さんたちと向き合っている。

貴重な2週間の経験で、僕はその職種の一つ、理学療法士のすごさも目の当たりにした。脳梗塞や脳出血の後、寝たきりになってしまう患者さんは決して少なくない。その患者さんたちをリハビリステーションへ連れて行き、手足を少しずつ動かし、曲げ伸ばしを繰り返す。理学療法士たちは、それを来る日も来る日も丁寧に行っていた。地味な作業の繰り返しだが、1、2か月経つと徐々に患者さんに変化が現れ始める。手や足を動かせるようになり、立てるように、そして歩けるようになるのだ！　その場面に立ち会った僕は、心の底から感動していた。歩けるようになった患者さんはもちろん、横に立つ理学療法士たちの溢れるような笑顔が忘れられない。リハビリステーションの照明が一段明るくなったように思えた。理学療法士と患者さんの日々のたゆまぬ努力が報われる瞬間を見届けられた――。それは医師が手術や治療を施すだけでは絶対に成し得ないこと、日々の生活の中で繰り返されるリハビリがあってこその成果だった。まさに水滴石穿（すいてきせきせん）。患者さんが病気を克服して日々の生活を取り戻すためには、様々な角度からの地道なサポートが必要不可欠なのだ。

　医師として働く前のこの2週間で、貴重な経験を通して僕は大きな財産を得た。腕が震えて膝が笑った分、そして患者さんの回復を心から喜び合った分、チームで患者さんと向き合うことの大切さが僕の中に確かに蓄積された。

　たった2週間ではわかり得なかったこともあっただろう。しかし、初期研修医として働けるようになった日に感じた感謝の思いは、今でも僕の中でしっかりと層を成している。それぞれの仕事を全うしてこその医療、という僕の医師としての土壌を作ってくれた忘れがたい2週間。それが僕の看護師見習いの日々だった。

# 第六章

## 勤務医時代の苦悩と選挙出馬、そして落選

## 新しい生命の誕生をみつめて

「先生、先生、ファミタールさん（仮名）はもうお産になります。ちょっと出血が多いです、お願いします」

深夜2時、当直用PHSの凄まじい呼び出し音と、続く助産師の緊張感に満ちた声で現実に引き戻された。重い体を引きずりながら小走りで目的地へと向かう。

分娩室の中は、緊張で張り詰めていた。胎児の心音を知らせるモニター音がぴ、ぴ、ぴ、と急速な音を刻んでいる。1分間に約120回の速い鼓動は次第に分娩室の中に充満し、今すぐにでも生まれたい、そんな胎児の訴えにも聞こえる。助産師はその音に急かされるも、多量の出血にますます焦燥の色を濃くした。ファミタールさんは、我が子の命と自分の命を抱えながら、痛みと恐怖に向かい合っていた。パートナーは、分娩台の上のファミタールさんの手をただ握りしめるしかなかった。ファミタールさんの左手に細く浮き上がった血管には、ピンク色の留置針が繋がれ、その先には細い管が続く。針と管は彼女に水分と栄養を送るだけでなく、万が一の急変時にすぐ処置や投薬を可能にするため確保された、頼みの針と管でもあった。1滴、また1滴、落ちる点滴の回数だけが積み重なっていく。

早く、この小さな命を助けなければ――あと数分で酸素が尽きるかと思うほど、感じる空気は薄い。緊張感で息苦しいうえ、充満する不安で満足に呼吸もできない。目の前が霞む、それでも。今この時間、この病院で、この親子を助けられるのは僕しかいない。鳴り響くモニター音に、なんとか応えたかった。

「先生が当直ですか、よかった。ほかのスタッフたちとは言葉が通じないから、どうしようかなと思った」

ファミタールさんのパートナーは、安堵した顔で僕を迎えてくれた。ファミタールさん夫妻はインドネシア出身、会話は英語だ。僕が、大丈夫、と笑顔を見せると、分娩台の上で真っ青な顔をしていきんでいるファミタールさんも、少しほっとした表情で頷いてくれた。二人の顔が、僕の勇気を奮い立たせてくれる。

分娩台に近づきファミタールさんの下半身を覗くと、膣の周囲に卵大の血の塊がいくつか付着していた。確かに出血がやや多い。どこからの出血だろうか。膣の壁に裂傷ができたのか、それか子宮の出口・頸管が裂けてしまったのか。あるいは早期胎盤剥離、つまり非常に危険な状態による出血の可能性も否定できない。しかしモニターで胎児の心拍数を確認すると、通常の脈拍はある。お腹の中の赤ちゃんは元気で、現時点では極端に危険な状態までは至っていない、という所見だった。滅菌した術着のガウンと手袋を急いで身に着ける。内診すると児頭（胎児の頭）は、母体の恥骨結合の下にある狭い空間を通ろうとしていた。

ちょうどその時だった。胎児の心音が徐々に遅くなり、1分間に70回くらいのスピードまで落ちた。一般的な成人では普通の心拍数だが、胎児にとっては徐脈。つまり、胎児が「酸欠で苦しいよ」とまだ声にならない悲鳴をあげているということだった。陣痛はさらに強くなったようだ。ファミタールさんの顔が痛みで歪んでいる。しかし、児頭は膣内の一番狭いところをなかなかうまく通り抜けられない。5秒、10秒、20秒——時間だけが過ぎていく。隣にいる助産師は、焦る視線を僕に向けた。「どうします？」という合図。そう、医師がどうするかを決めなくては。徐脈から心音が回復しないのは、胎児の苦しい状態が続いているからだ。

どうする。助産師と僕との間に走る緊張感が、ピークに達した。とにかく、早く胎児を娩出させなければ。吸引用のカップを児頭に付け、バキューム機の吸引力で胎児を膣外に牽引する、いわゆる吸引分娩をやってみたい。しかし児頭は膣の出口からまだまだ離れていて、吸引カップが届かない状態だった。もっと気張ってもらうか。母体の気張る力で、胎児をもっと下へと押し出すのも一つの手だ。だが気張っても、胎児が一番狭いところを必ず通り抜ける保証はなく、無理に気張ることで胎児をもっと苦しめる可能性もある。

緊急帝王切開に切り替えるか。もちろん、患者さんの体にメスを入れることはできれば避けたい。手術することは母体にも負担となり、出血のリスクも伴う。でもそれを躊躇すれば、胎児を長時間苦しい状態へ置き続けることになる。それではリスクが増す一方だ。

このような常に緊迫した状況で、瞬時の決断を迫られ続けるのが産婦人科医という職種。今の若手医師や医学生たちが産婦人科を敬遠する要因の一つだ。

内診指で膣内をもう一度診察すると、膣壁の伸びは良さそうだった。児頭が一番狭い箇所さえ通れば、後はうまくいく気がした。やはり気張ってもらおう。ファミタールさんには酸素マスクを付けてもらう。母体に酸素を多く供給することで、胎児に届く酸素も増えるだろうという算段だ。が、それでも、胎児の心音はまだ戻らない。ゆっくりと刻む胎児の心音リズムは、頼りなく分娩室に鳴り響いている。

「大丈夫ですよ、今は楽にしてね。次の陣痛で思い切り気張ってください」

と伝えると、ファミタールさんは力強く頷いた。そしてすぐに、

「先生、すごくお腹が張ってきた！」

というファミタールさんの甲高い叫び声が響く。僕は内診指で、胎児の頭が引っかかった恥骨結合を上げてみる。それを待ち構えていたかのように、胎児は僕の指に向かって少しだけ進んだ。苦しい中で踏み出された一歩だった。今がチャンスだ！　僕は心の中で思わず叫んだ。児頭の周囲の膣壁を広げながら、母体の肛門方向へと児頭を誘導してやる。胎児はまるで僕と意思が通じ合ったかのように、僕の内診指を追いかけてきた。

いいぞ。願うでも祈るでもなく、僕は胎児に心で話しかけた。さらに誘導してやると、黒い髪の毛をかぶった小さい頭が母体の膣からつるんと出てきた。あと一息。

「もう気張らなくていいですよ。はー、はー、と声を出しながら息を吐きましょう」

とファミタールさんに指示をする。

「でも先生、駄目だ、力が入っちゃう！」

ファミタールさんは半狂乱状態だった。

「力を入れたら駄目だよ、僕と一緒に声を出しましょう。はー、はー、絶対できるからね」

僕は一段と力強く、厳しい声で伝える。二つの命にとって、これからが正念場なのだ。赤ちゃんは頭が一番大きい。頭が出た後に気張ると、その小さい胴体は勢いよく母体から飛び出し、怪我をしかねない。児頭が出たからといってほっとする訳にはいかない。半狂乱状態だったファミタールさんは、僕の厳しい声でハッと我に返り、はー、はー、と僕の真似をして声を出しながら、必死に息を吐く。そう、もうすぐ、彼女はその腕に宝物を抱く。児頭をさらに誘導してやると、赤ちゃんは自然と左に向かって90度回転した。この子はいよいよ、この世に出るための最終体勢をとったのだ。

しかしまだ油断はできない。強い陣痛や、狭い産道を通過する際のストレスで低酸素状態となり、赤ちゃんの皮膚は紫色になっていた。新しい命を作り上げる細胞の一つひとつが、色を変えて身の危険を知らせている。苦しい、助けて、早くお母さんに会いたい！　耳を澄ませば、その命の叫びが聞こえてきたかもしれない。僕の頭や、全身の毛孔から、冷たい汗が噴泉のように湧き出した。アドレナリンで反射的に戦闘状態となっていた僕は、自分の体に充満した力を、自分が知る限り世界で一番柔らかい力に変換する。赤ちゃんの顎と首に優しく左の掌を添えると、そのままファミタールさんの肛門の方向に誘導してやった。その動きに沿って、赤ちゃんの左肩の一部が膣の外に露出する。いいぞいいぞ、僕についておいで。それが赤ちゃんに通じたのか、続いて左腕の一部が露出した。よっしゃ、いい子だ、僕は心の中で歓声を上げた。チャンスを逃すまいと、右手で赤ちゃんの首と肩の右側を優しく支え、ファミタールさんのお腹の方向に誘導してやった。

「下を見てごらん、もう生まれるよ」

と僕は大きな声でファミタール夫妻に話しかけた。二人は不安と期待に満ちた顔で、僕の方を覗き込んだ。

その瞬間。赤ちゃんは勢いよくファミタールさんの膣から脱出した。またひとつ、この地球上に尊い命が誕生した瞬間だ。

わあ！　ファミタールさん夫妻の歓声が僕の鼓膜を貫いた。夫妻の声は分娩室中を飛び跳ね、どこまでも続いていた。

でも、まだ安心はできない。赤ちゃんは紫色のままで、泣き声を発していない。啼泣（産声）しないのは、まだ息ができていないからだ。赤ちゃんは両肺が羊水で満たされたまま。啼泣しなければ肺が大きく広がらず、自力で呼吸ができない。酸素を、早く。吸引チューブで、急いで口と鼻の中の羊水を吸ってやった。そして背中を優しくさする。

おぎゃー！　エネルギーに溢れた声が聞こえた。この子が生命を得て、自力で呼吸し、一人の人間として生き始めた瞬間だ。

「あ〜！」

とさらに大きな歓声をあげると同時に、ファミタールさん夫妻は共に涙を流し、お互いに強く抱き合っていた。南国の子らしくこんがりとした色の健康的な皮膚で、目の大きい男の子だ。

カンガルーケア（産後すぐに母親と赤ちゃんが素肌で触れ合うこと）をするために、赤ちゃんをファミタールさんの身体に乗せる。赤ちゃんは手探りでファミタールさんの乳房に向かって顔を向け、口を開いて乳首を吸い込んだ。誰も手助けをしていない、誰にも教えられていない、まさに本能。生命の神秘を目の当たりにする瞬間だ。

ファミタール夫妻は、この世で一番柔らかいピンクのオーラを纏っていた。二人の透き通った視線が赤ちゃんをまっすぐ見据えている。それに気づいてか、赤ちゃんは見下ろす二人に顔を向ける。うっすら開いた赤ちゃんの瞼から覗く、ガラス玉のような瞳に自らを焼きつけようと、両親は代わる代わる赤ちゃんの顔を覗き込んでは、ピンク色の笑顔を注いでいる。

さっきまでの重苦しい空気はどこへ行ってしまったのか。その場にいる全員が、あのモニターの硬い電子音のことなど忘れてしまったかのように、必死で母親にしがみつく赤ちゃんに吸い寄せられていた。心なしか助産師たちの口角も上がっている。そしてもちろん、僕も。ほっとすると同時に、身体は魂の抜けたただの容れ物になりそうだった。

しかし、闘いは終わっていない。母体からの出血がかなり多い。出血の元を同定し、すぐに止めなければ、輸血や緊急手術を要する場合はファミタールさんの命まで危なくなる。

一刻も早く助けなければ。虚脱になりかけた身体に、自ら喝を入れた。内診してみると、頸管の6時方向に4センチ大の裂傷が認められた。そこから噴水のように血が噴き出している。子宮は通常、出産を終えるとすぐに収縮する仕組みがある。その収縮により出血部分は自然に圧迫され、止血の役割を果たすことがほとんどだ。しかし、子宮口や子宮の出口周辺では収縮の仕組みが届かず、一度出血するとなかなか止まらないのだ。助産師にすぐ縫合の準備をしてもらう。ガーゼで裂傷を圧迫し、まずは出血の勢いを和らげる。そして出血の部位を確認すると、用意した縫合針で素早く裂傷の両側をかけていく。合計4針を縫うと、赤い噴水は止まった。

「もう大丈夫ですよ、出血は止まりました。赤ちゃんはとても元気にしているし、安心して。おめでとうございます」

そう伝えると、夫妻は互いを見合ってから、僕に安堵の表情を向けてくれた。砂漠の中でようやくオアシスを見つけた時のような、心底ほっとした顔だった。

残りは助産師たちに任せて、分娩室を後にする。部屋を出ると、眠気と、疲れと、緊張の余波が一気に僕に襲いかかった。しかし同時に達成感も満ち、その充実感にしばらく陶酔した。身体は疲れていたが、生命の誕生に立ち会い分けてもらった幸せの波が、労わるようにゆっくりと、僕の全身に流れ込む。それは暑い夏にかぶる波しぶきのように、興奮状態だった僕の熱い身体を落ち着かせてゆく。僕の心は、春の陽射しや雨上がりの澄んだ空、美しい水を湛えた泉――これらこの世の心地良いものを総動員しても敵わない、生命の誕生が持つ瑞々しい幸福感で溢れていた。産婦人科医だけに与えられる、最高の褒美だ。

多幸感に満たされながらも重い足を引きずりゆっくり歩いていると、分娩室の方からファミタールさんのパートナーが走って追いかけてきた。

「先生、本当にありがとうございました。僕たちは日本語がわからないから、すごく不安でした。ちょうど先生がいてくださって助かりました」

と、明るい声で言ってくれた。そして僕の顔を覗き込み、真剣にこう尋ねた。

「日本語はわからないし、いまだに日本には慣れていないから……これからの生活も、すごく不安なんです。先生は外国籍だったと聞きましたが、日本のことはどう思いますか」

まっすぐな目だった。そうか、日本語がわからないんだね。不安なんだね。親近感を覚える。

「僕もいくつかの国は見てきました。それでも日本ほど素晴らしい国はないと思っていますよ。日本人も、優秀で親切な人がたくさんいる。でも皮肉なことに、多くの日本人は日本の素晴らしさに気がついていないんです。僕たちのような外国から来た人の方が、日本の良さを実感してしまうんです」

幸福感の麻酔効果が切れてきたのか、本格的に襲い来る様々な疲れを退けながら、僕は笑顔でそう答えた。

「そうなんですか。私もいつか先生のように、日本が素晴らしいと思えるといいな」

ファミタールさんのパートナーは苦笑いして言った。そういえばあの頃の僕も、日本語がわからず不安だった。

当直室に戻ってベッドの上に身を放り出すと、いろいろなことが思い出された。

僕もかつてはファミタールさん夫妻のような不安げな顔をしていたことだろう。ただただ必死だった、日本に馴染むまでの毎日。その毎日の積み重ねが、今の僕を作っている。ジャパニーズドリームを掴もうと、様々な逆境を乗り越えるべく日々諦めなかったからこそ、今日ファミタールさんたちの力になれたのかもしれないな。

ちょっと自己評価が高すぎるか、と恥ずかしくなりながら、疲労と睡魔に完全降伏した僕は、静かにベッドへと沈んだ。

## やりがいと苦悩のはざまで

２００５年以降、市立豊中病院の産婦人科研修医として働く毎日は、とてつもなく過酷だった。月に7、8回は24時間どころか36時間勤務をしていた。いや、せざるを得なかった、という方が正確かもしれない。当直勤務明け、休む間もなく手術やお産が入りそのまま通常勤務へ、という流れは全く珍しくなかった。毎日新しい生命の誕生に立ち会い、がん手術で病巣を取り除き、一刻を争う救急対応を行うなど、体力的に負担の多い仕事の連続。そんな中、赤ちゃんやそのご家族の笑顔を見、治療した患者さんから感謝の言葉をいただけたことで、医師になってよかったと思える機会もとても多く、充実感や多幸感を覚えていたのも事実だ。そうして毎日は信じられないスピードで過ぎていった。

医師として働き始めて4年ほど経った頃、1通の連絡があった。阪大産婦人科の木村教授から「そろそろ大学に戻ってきてはどうか」という打診を受けたのだ。

博士課程で医学の研究に邁進できる。それも、教授直々に声をかけてもらうだなんて。研修医にとってこれほど光栄で名誉なことはない。医学部の大学院生のポストはごく少数に限られていて、競争はとてつもなく激しい。医学部内の出世競争を描いたことで名高い『白い巨塔』はまさにそれだ。大学院、ましてその博士課程とは、将来教授や優秀な研究者となることを見込まれた人だけが進める世界。数の限られた椅子に座らないか、そう声をかけられるのはどれほど畏れ多いことか。臨床を離れたいわけではなかったが、研究者として医学の道を極めたい気持ちもあり、僕は院試を受けることに決めた。

目の回るような忙しい毎日の中、なんとか勉強時間を捻出して臨んだ試験。幸いなことに合格し、２０１０年から阪大医学部博士課程への進学が決まった。

しかし、僕が研修医になった2005年から09年頃までの間には、日本の医療界を揺るがす事件、そして僕の心を激しく揺さぶる出来事が相次いでいた。それらを通して膨らむ、やりがいと様々な葛藤。その数々が、僕の医師としてのあり方、医療への関わり方に大きく影響を与えることになる。

一つ目の出来事は、市立豊中病院で同じ産婦人科勤務だった3名の先輩方が立て続けに離職・休職されたこと。原因は全員、体調不良だった。果ては僕の大尊敬するゴッドハンド部長の徳平先生までもが入院されてしまった。同志が次々に倒れ、また去っていくことがショックだったのは言うまでもないが、僕が動揺した理由はそれだけではない。

市立豊中病院は大阪府下でも数少ない周産期センターであり、NICU（新生児集中治療室）と産婦人科を備えた総合病院。大阪北摂地区の産婦人科や妊産婦関係の緊急対応、加えて緊急性の特に高い胎児・新生児の治療や救命を行なっていた。胎児や新生児の対応は、NICUでの新生児治療について専門知識を持つ小児科医でなければ難しい。つまり北摂地区での胎児・新生児に関する案件は、市立豊中病院なしには成り立たない状態だった。

しかし相次ぐ突然の離職・休職で人手が全く足りず、緊急受け入れを断ることが増えた上、取り扱うお産の数すら抑えなくてはならなかった。そうしなければ、今いる医師たちだけでは到底対応しきれず、より重大な事態や事故を引き起こしかねない。この状況は当然、北摂地区の医療へ大きな打撃を与えた。妊娠がわかっても、近くの病院で産む選択肢がない。ことにリスクのある妊娠・出産は周産期センターによる医療介在が欠かせないが、近くに対応病院がなければ、緊急の場合でも遠くの病院まで行かねばならない。

出産の中核的存在だった市立豊中病院が機能しないことは、市民に提供される医療体制が危ういことに他ならなかった。残った常勤医師3、4名で対応していた時期もあるが、大阪府という大きな自治体の一地区を担うにはあまりにもマンパワーが足りない。辛うじて機能を失わないように耐えていた、と言うのが正しいだろう。

そもそも医師が身体を壊すほどに働かねばならない状況があり、それを改善できずに走り続けた結果、完全に負のスパイラルに陥ってしまったのだ。当時残った医師たちが感じていた疲労感は、身体的なものよりも精神的なものの方が圧倒的に勝っていた。僕たちが支えるはずの地域医療を、僕たちが圧迫している。救えるはずの患者さんを救えない。それが何よりも心苦しかったのだ。

しかし医師には医療の提供しかできず、状況そのものの改善は難しかった。いつになれば医師がまともに働けて、正常な地域医療を提供できるのだろう。僕ら医師たちが人間らしい生活を送れ、余裕をもって医療を提供できる日はやってくるのだろうか。全く先の見えない霞がかかったような毎日が、ひたすら続くように感じられていた。

二つ目は、福島県の公立病院で起きた産婦人科を巡る事件、いわゆる福島県立大野病院事件だ。当時40代の医師がたった一人で公立病院の常勤産婦人科医として勤務していた。地域の総合病院の産婦人科を一人で担うことは、一人だけで地域の産婦人科医療を担うことに等しい。自分の毎日、人生、持ちうる時間をすべて差し出す…。信じられないほど凄いことだ。産婦人科は緊急対応も多く、予測できないことの連続。それらを地域の中核を担う総合病院でたった一人でこなすなど、本来あってはならないこと。どれほどの負担であったか、同業者として考えるだけで卒倒しそうだった。そんな状態が数年続いた後、事件は起きてしまった。

２００４年12月、20代の妊婦さんが大野病院の産婦人科でお産に入った。もともと前置胎盤（胎盤が位置する場所が正常よりも低い位置となり、子宮の出口の一部や全部を覆っていること）を疑われ、帝王切開での出産が予定されていた。予定通りに手術は進み赤ちゃんは無事に産まれたが、手術中に「癒着胎盤」であることが発覚した。癒着胎盤とは、通常はお産の後に自然と子宮の外へ排出される胎盤が正常に排出されず、子宮に癒着している状態。大量の出血を伴うことが多く、妊婦さんは命の危険にさらされる可能性が高い。この妊婦さんも、手術途中に出血が止まらず危険な状態となり、最終的に大量出血によるショックで亡くなってしまった。癒着胎盤の事前予測はほぼ不可能で、出産が終わり、胎盤排出がうまく行かず初めて発覚することがほとんど。医師もその場で初めて癒着胎盤を確認し、そこから対応するしかないのだ。大野病院の医師は必死に対応し、緊急で子宮摘出手術も行った。子宮摘出は、癒着胎盤による大量出血が起きた場合、母体からの出血を止めて命を救う唯一の方法と言える。あらゆる手は尽くしたが、病院の立地により輸血が届くまでに時間がかかり、最終的に出血性ショックで亡くなってしまったと考えられている。同じ医師としての見解は、やれることはすべてやった、ということだ。手術には他科の医師が補助でいたものの、産婦人科医師たった一人でよくここまで対応したとすら思える。癒着胎盤は産婦人科医師にとって非常に恐ろしいリスク。厳しい状況の中、何とか救命に繋げようと必死にもがいたことは確かだろう。ただ、ご家族にとっては非常に残念で、どれほど無念なことだろうか。産まれた命に愛情を注ぐことが叶わなかった妊婦さんの無念も計り知れない。心からご冥福をお祈りしたい。

患者さんが亡くなられた場合、医師からその時の状況や原因について説明が尽くされる。今回はその説明の後、医師の対応に問題があったのでは、医療ミスではないか、とご家族から訴えがあり、福島県は事故調査委員会を設置。委員会は調査結果を、「医療側の過失あり」と発表した。輸血の遅れや医師不足などが原因として挙げられ、医師は減給処分を受けている。

原因の究明、ご家族の真実を知りたい気持ちは当然であり、医療現場において問題提起や訴訟は全く起きないわけではない。結果が最悪のものであれば、なおさらご遺族は「なぜ」と思うものだ。しかし大野病院のケースでは、ここから、我々医師が本当の「事件」だととらえる事態に発展してしまう。

委員会の調査結果報告がマスコミに大きく「医療ミス」として取り上げられ、看過できなくなった警察が動き、あろうことか担当医師が逮捕されてしまったのだ。さらにその後、この医師は業務上過失致死と医師法違反の罪で起訴されてしまう。２００６年2月のことだった。

これには全国の産婦人科医、そしてすべての医師が衝撃を受けた。虚しさ、怒り、無力さ、絶望感――。医療業界全体に、言いようのない感情が渦巻いた。

医療行為はリスクを伴うものだ。手術でメスを入れること、治療や投薬に伴う合併症や副反応など、これらには医師をはじめ、医療関係者はある程度の覚悟をもって臨んでいる。そのうえで治療に尽力するが、それでうまくいかない場合に刑法を適用されては、誰も医師になろうとはしないだろう。風邪の治療がうまくいかず患者さんが肺炎になったら、逮捕？　急性心筋梗塞に対する手術を行い、結果として助からなかった場合は起訴？　悪意で患者さんを殺めるなどは言語道断だが、大野病院の場合、あらゆる手を尽くした結果に対して刑事責任を問われた。これは医療業界にあまりにも大きすぎる衝撃を与えた。逮捕起訴された医師はその後2008年の判決で無罪となったが、医療現場に刑法が踏み込んで来たことは今でも議論の対象となっている。

三つ目の事件は、奈良県の大淀町立大淀病院で起きた。2006年、分娩中の妊婦さんが激しい頭痛を訴えて高血圧となり、別の病院への搬送が望まれた。しかし近隣の産科や病院がどこも受け入れできず、結果的に十数箇所の医療機関から断られてしまう。その後ようやく搬送されたが、対応の遅れで重症化した妊婦さんは数日後に亡くなってしまった。

このことを後日マスコミが、産婦人科医院・病院によって妊婦が「たらい回し」にされ死亡、と報道した。世間は産婦人科への批判一色となり、医療従事者の心は深く傷つけられた。心の奥まで細いナイフが刺さって抜けず、痛みが長く残るような出来事だった。

「たらい回し」とはわざと放置、対応しなかったと思われるような表現であり、簡単に誤解を生んでしまう。これには悪意しか感じなかった。

例えば僕の勤めていた市立豊中病院では、年間1200件ほどのお産を取っていた。1日平均で約4件だが、毎日均等に4件ずつお産が発生するわけではない。お産のない日もあれば、1日に集中して8～10数件対応する日もある。そして複数の妊婦さんのお産は綺麗な時間差で始まり終わるわけではなく、2、3件の同時並行は当たり前。お産や関連手術が目一杯詰まる中、それらを少ない常勤の産婦人科医で回し、何とか対応していた。また、市立豊中病院の産婦人科では、17時以降は当直の時間帯。当直医師が一人と、家で待機するオンコール医師が一人という体制だった。当直時間帯は、基本的に当直医師一人が初期対応にあたっていた。このような体制で、救急搬送要請を受け入れるとどうなるだろうか？　受け入れるということは、責任を持って対応すること。だが、通常診療において十分な体制が整っていないのに、責任を持てるとは言い切れない。救急搬送の患者さんはもちろん、すでに診ている患者さんにとっても死活問題となるからだ。もし無理に受け入れて何かあれば、それこそ責任問題となり、「なぜ無理に受け入れた？」と批判されるだろう。

一方で、受け入れなければ「たらい回し」と言われ、その判断を責められる――。いったい、産婦人科はどうすればいいのだろうか。

そもそも産婦人科の医師が不足していると言われて久しいが、それはなぜなのか。僕は国による医療システムの問題だと考えている。まず前提として、日本の医療システムはとにかく素晴らしい。日本でだけ生活していると実感しにくいが、外国出身者からすると信じられないほどありがたいシステムだ。それは「国民皆保険」を基礎としているため。かかりつけ医に気軽に診てもらえるだけでなく、世界でも高水準の医療を安価に受けられる。さらに高額医療費支給制度もあり、国民の医療費負担が限りなく低くなるよう設計運用されている。

僕の母国マレーシアでは皆保険制度がなく、医療費とサービスはかなりばらつきがある、まさに「ピンキリ」だ。支払う金額によって医療の質が変わることなど、日本では考えられないだろう。金額も質も等しく担保されている保険診療を受けられるのは、実に幸せなことなのだ。しかし日本の医療システムには、一種の社会主義的な部分がある。極端に言えば「みんなで平等にお金を出してシステムを維持しましょう。そのために一部が高額負担にならぬよう、医療競争はしないように」という設定のことだ。例えば病院のCMで、保険診療に言及するものを見たことがあるだろうか。CMは美容外科や美容皮膚科など、保険診療の対象外（自由診療）となる診療ばかりのはず。これは医療法で、医療関連広告の内容が厳しく制限されるために、テレビで宣伝できるものが自由診療に限られているからだ。もし保険診療の中で競争が起きれば安く良いサービスを等しく受けられなくなり、システムが維持できない。そして等しく揃えられているのは、医師の給与においても同じ。特に国立の総合病院に勤務する医師の給与は、診療科によって差がつくことはほとんどない。医療行為におけるリスクには診療科によって大きな差があるにもかかわらず、だ。

産婦人科、救急科、脳外科、心臓外科、外科など、高いリスクを負う上に医師自身が疲弊してしまう診療科と、そうでない診療科の給与が同じ。その結果、多忙でリスキーな診療科は敬遠され、志望者、そしてなり手がどんどんいなくなる。それらの診療科での慢性的な医師不足の大きな要因だ。国民皆保険ではないアメリカでは、総合病院勤務の30代産婦人科医師で年間８０００万円の給与を得ている人もいるそうだ。日本では信じられないほどの高給だが、訴訟大国のアメリカでは給与の約半分近くを訴訟保険に費やすという。しかし自分を守るため巨額の投資をしても、手元には４０００万円残る。だからアメリカでは産婦人科医は常に人気職業で、不足しているとは言われない。これはリスクの高低に見合った給与が支払われているからに他ならないだろう。

リスク差に関わらず待遇に差がないことは、日本の緊急対応が必要な科やセンターにおける医師不足の大きな原因となっている。こうした厳しい環境を承知の上でも志を持ち産婦人科を選んだ医師たちが、何かあれば「たらい回し」と責められる。国のシステムがそうさせているが故なのに。大変だがやりがいも誇りも大きい産婦人科医の仕事が若い人に遠ざけられ、それでも現場に立ち続けている医師がマスコミを中心に叩かれる。それが日本の産婦人科の現状なのだ。

そして僕が最も衝撃を受けた「事件」の四つ目は、２００９年のある当直担当の日に起きた。その日は特に珍しく、当直時間帯に3件の緊急手術案件が連続発生した日だった。

まず1件目は当直時間帯に入ってすぐ、18時頃だっただろうか。6、7歳の女の子の救急搬送要請だった。「陰部が裂けて出血が多く、救急受け入れをお願いしたい」という内容。そんなに小さい女の子の陰部がなぜ？　とっさに性的虐待など最悪のケースも想定した。産婦人科では残念ながら、性的事件の関連症例を見る機会もある。しかしこの女の子は、遊具から足を滑らせて落ち、外陰部付近に遊具の金属部品が強く当たってしまったそうだ。少しほっとしたのは事実だった。とはいえ出血が多いとのこと、また強打した影響も懸念され、油断はできない状況だと考えた。

搬送要請の受け入れを決め、女の子が搬送されてくるとすぐに出血部位を確認する。確かに外陰部すぐ横に数センチの裂傷が認められた。出血は続いておりすぐの縫合が必要だが、相手は小さな女の子。大人であれば裂傷付近に局所麻酔をして縫合にかかるが、痛みと出血でパニック状態の女の子に局所麻酔を施すのは至難の技だった。知らない大人に陰部を見られ、さらにそこへ注射を打たれることへの強い抵抗と拒否が考えられたからだ。

ご両親に状況を説明し、全身麻酔で縫合手術をする許可を得て治療を進めた。全身麻酔と簡単に言っているが、全身麻酔では患者さんが完全に意識をなくすため、呼吸をはじめとした全身管理が非常に難しくなる。まして子どもの麻酔は大人と投与量が全く違い、体重に合わせた調整が必要だ。手術中も全身管理と麻酔投与量に非常に繊細なコントロールが要求される、超専門技術。そのため全身麻酔の管理は通常でも麻酔科医への依頼が必須であり、子どもとなればなおさら麻酔科医による管理が必要だった。

市立豊中病院は幸い、こちらも慢性的に不足していながらも、麻酔科専門医が24時間常駐している非常に珍しい病院だった。すぐに、常駐で当直の麻酔科医に連絡し、手術に参加してもらう手はずを整える。数分も経たぬうちに、麻酔科医のA先生が手術準備に入ってくれた。A先生はまだ30代前半と若手だが、非常に優秀な麻酔科医だ。A先生の顔を見て安心した僕は、少し落ち着いて手術準備に入った。

そしてもう一人、一緒に執刀してくれる応援の先生をオンコールで呼び出す。尊敬する部長の徳平先生だ。A先生と徳平先生が揃えば、どんな状況でも打破できる気がした。僕が考え得る最強の布陣を揃え、女の子の手術は開始された。A先生が麻酔を投与して全身管理が開始されると、僕と徳平先生が裂傷の縫合を始める。手術は無事終了、23時頃に徳平先生は帰宅された。

自分が当直の日に限って緊急手術があるなんて、そう思いながらも徳平先生とA先生という心強いチームに恵まれた僕は、今日が当直でよかったなと感じていた。医療はチームの力が必要不可欠、自分一人では到底成し遂げられないからだ。

ちょっと一息つくか、と思った矢先、再び救急搬送要請が入った。30代女性、腹痛だった。先ほどの女の子の対応の疲れを感じている暇もなく、女性の搬送を受け入れて診察を開始する。診察の結果、卵巣出血のようだった。女性は毎月の排卵時に卵巣から多少の出血が起こることがある。通常その出血は自然に止まるが、稀に太い血管が傷つくと出血量が多くなり、腹内に溜まることもある。それほど多くの出血を伴った場合、死亡する事例すらあった。

この女性は診察の間もずっと冷や汗をかきながら痛がり続けている。大の大人が相当痛がっている、これは詳しく調べなければ。超音波検査で腹部を見てみると、お腹の中に何かの液体が溜まっている様子だった。同時に行った血液検査では貧血状態。間違いない、腹内で大量出血が起こっている証拠だ。緊急手術で止血を行う判断をした僕は、再び当直の麻酔科A先生とオンコールの徳平先生に連絡、同時に院内で輸血の準備に取り掛かった。

先生方と看護師たちが揃ってすぐに手術に入る。A先生の麻酔投与開始を合図にして、僕と徳平先生で開腹する。そこは血の海だった。ひと目では出血箇所が全くわからないほど大量の血液。しかし一刻も早く止血しないと女性の命が危ない。急いで腹内の血液や血塊を取り除き、ようやく血の噴き出している箇所を探し当てた。急いで結紮して止血、なんとか女性の命の危機は脱した。開腹部の縫合などを施し、3時間近くかかった手術は終了。時刻は午前2時頃になっていた。

「山分、今日当たりすぎ！　もうないよな？　明日も手術あるし、いい加減寝かせてくれ～！」

そう冗談を言いながら話しかけてきたのは徳平先生だ。どれほど過酷な状況でも、いつも明るく不安を吹き飛ばしてくれる。急患はないに越したことはないが、徳平先生と組めたらどんな難手術が舞い込んでも上手くやり遂げられる気がするから不思議だ。オンコールで徳平先生を呼び出すときは、申し訳ないと思いつつも一緒に仕事ができて嬉しいと感じる自分もいる。笑顔に少し疲れの見える徳平先生は、翌日に備えて再び自宅へ戻っていった。

僕もいい加減に病棟へ戻って、ジュースでも飲んで少し休憩しよう。そう思い、休憩室の自販機を目指して歩き始めた。すると後ろから誰かがパタパタと走ってくる音が聞こえる。振り返ると産婦人科勤務の助産師だった。

「山分先生、401号室の妊婦さん、お腹が痛いそうです。今妊娠27週です」

ジュースの誘惑とうっすら感じ始めていた眠気は、一瞬でどこかへ霧散した。

妊婦さんの腹痛で一番多いのは、切迫早産による症状。その場合、早産にならないための処置をすれば済むことが多い。しかし助産師の顔がどうにも不安そうで、これは違うのかもしれない、という嫌な予感がよぎる。現場経験の豊富な助産師や看護師、そして医師の「勘」はなかなかあなどれない。何かがおかしい、そう感じているときは実際に何かが起きていることが多いのだ。さらに、普段であれば緊急手術の直後で疲れ切っている医師へは直接コンタクトを取らないように気遣ってくれている助産師が、手術を終えてすぐの僕に向かって一目散に走ってくるとは、おそらく助産師も嫌な予感を持っているのだろう。

二人で急いで病室へと向かいながら、その短い道中でありとあらゆる可能性を考えておく。一番嫌なのは、大量出血からすぐに命の危険もあり得る早期胎盤剥離だ。どうかソウハクではありませんように、そう祈って病室へと急いだ。病室では、妊婦のＩさんが誰よりも不安げな表情でベッドに横たわっていた。時折、痛みからか顔を歪めている。

「今診ますからね、安心してくださいね」

僕はできる限りの優しい表情と声でそう話しかけた。Ｉさんは笑みを返してくれたが、相変わらず痛みと不安に顔は明るくない。すぐにお腹を触ってみると、少し固い。これは嫌な予感が的中しているかもしれない――急いで超音波検査の準備を整え、詳しく調べる。超音波を子宮に当てると、胎盤の後ろに黒い影が見えた。間違いない、胎盤に何かが起きている。胎児の様子を見るモニターにも、胎児の元気がない様子が表れていた。早期胎盤剥離だ。

おそらく胎盤の一部がはがれ、胎児に届くはずの血液が剥離箇所に流れ出てしまっている。このままでは胎児に血液が行き届かず、母体は体内で大量出血し続けてしまう。超が何個ついてもいいほどの緊急事態だった。

僕は自分自身に落ち着けと言い聞かせてから、動揺が伝わらないようにIさんに話しかけた。

「ごめんなさい、本来ならゆっくり説明するところですが、今Iさんの胎盤の一部が剥がれていて、非常に危ない状態です。事前説明して納得してもらう時間がないので、今すぐパートナー、ご家族に電話してください。すぐに手術に入ります」

助産師はこの説明を聞き終わらないうちに病室を飛び出していった。緊急手術のための準備と人員招集に取り掛かったのだ。こういった緊急事態、いわゆる「修羅場」に慣れた医療現場では、そのような阿吽の呼吸がそこかしこに存在していた。

そしてIさんも、自身の不安が的中したのか、不思議と落ち着いた様子で「はい、わかりました」と言ってくれた。

ここからはまさに1分1秒を争う事態だ。助産師の報告を受けてやってきた看護師に、僕は聞き取れるぎりぎりの早口で一気に指示をする。

「すぐに当直の小児科、麻酔科の先生たちを起こして、オンコール医師を呼んでください！」

病棟が一気にバタバタと動き始める。Iさんは青い顔をしながら、その場でパートナーに電話をしてくれた。電話を代わってもらった僕は、電話口で一気に言葉を並べる。

「本来ゆっくりご説明するべきですが時間がありません。今お腹の中で胎盤が剥がれていて、一刻も早く手術をしないと母子ともに命の危険があります。まず手術をして、奥様とお子さんの命を助けさせてください。その後で必ず詳しくご説明します。すぐ病院に向かってください、お願いします！」

息継ぎなしで言い切るほどの勢いに、電話口のパートナーもすぐに状況を飲み込んでくれたようだった。電話をＩさんに返すと、疾風のごとく手術室へ向かう。緊急手術に必要な麻酔、未熟児として産まれる赤ちゃんを受け入れる小児科の準備が急ピッチで進んでいた。

妊娠27週の胎児には、母体の外で生きられる十分な能力はまだない。しかし早期胎盤剥離の場合は母体の中にいる方が危険で、一刻も早く外に出なくてはいけない。胎盤から出血の続く母体にいる限り、血液は胎児に届かず、酸素が十分に得られないからだ。そのため生後、一人でも生きられる機能がすべて身体に備わるまでの間、赤ちゃんは保育器の力を借りる必要がある。その保育器管理も専門分野となるため、小児科、新生児科による管理が欠かせないのだ。

怒号のような指示や報告が飛び交う戦争状態の手術室に、徳平先生が再び飛び込んできた。呼び出しから20分も経たずに到着、おそらくかなり車を飛ばしてきてくれたのだろう。

産科に関わっていれば誰もが凍りつくほどの超緊急事態、それが早期胎盤剥離。その最悪の事態から母子の命を救うべく、全員ができるすべてを尽くして準備を進めていた。胎児を1分でも早く出し、1秒でも早く母体の止血をして、母子ともにこの危機から救い出す。言葉にするまでもなく、その場の関係者全員がそのゴールを目指して動いていた。

執刀する産婦人科医師が僕と徳平先生の二人。手術器械を準備、手渡しして医師の手術介助をする「器械出し」の看護師が一人。さらに手術前後の患者さんとの手続きや、手術準備・手術台周りの状況確認、術後片付けを行う「外回りナース」の看護師が一人。新生児処置のために待機している小児科医師一人と、助産師が一人。そして患者さんの全身管理を引き受ける麻酔科医師のＡ先生。合計7人の奇跡とも言えるチームが集結し、手術準備が完了した。

今日3度目の麻酔科A先生による「麻酔入りました」をきっかけに、一気に手術が進行する。徳平先生はA先生の声を聞くやいなやメスを引き、下腹部、そして子宮を切開していく。あっという間に胎児の姿が見え、徳平先生は丁寧に、しかし素早く胎児を母体外へ取り出し、へその緒を切った。

手術室の時計を見ると、その時間はわずか50秒足らず。神業だ。しかし赤ちゃんは泣き声をあげない。すぐさま小児科の医師が赤ちゃんを受け取り、気管挿管と酸素マスクを施していく。赤ちゃんの心拍や呼吸も無事に確保され、同時に母体の早期胎盤剥離に対する手術は徳平先生によって進められていた。

そうして朝の5時半過ぎ、母子ともに一命を取り留め、僕たちの手術は終わった。片付けが終わると、全員が抜け殻になっていた。さすがの徳平先生もヘロヘロだ。

「山分、ほんまによう呼ぶなぁ…」

そう力なく笑った徳平先生は、そのまま当直室へ直行した。もう家に帰る気力も時間もない、当直室で少しでも仮眠した方が次の仕事に備えられるからだ。あと3時間もすれば徳平先生の通常勤務が始まる。手術もあると言っていたっけ。

これが産婦人科の日常だった。しんどい、眠い。一周回っていっそ笑えてくる。

さすがに緊張が切れたのか、ぼんやりし始めた頭を抱えながら病棟へ歩いていると、Iさんのご家族がいらっしゃった。不安に不安を重ねたような顔つきで、今にも僕に駆け寄ってきそうだ。身体と頭に喝を入れ、僕はできる限りしっかりした口調でIさんのパートナーに話しかけた。

「母子ともにご無事です、おめでとうございます。ただかなりの早産なので、お子さんは油断できない状況です。でも今、お子さんもすごく頑張っていますからね」

ここまで聞くとIさんのパートナーの表情は緩み、目にはうっすら涙が浮かんでいた。そこからできるだけわかりやすい言葉で、早期胎盤剥離について、そして手術内容について説明を重ねていく。説明を終えると、Iさんのパートナーは心からほっとした様子で「先生、本当にありがとうございました！」と言ってくださった。

記憶が定かではないほどに大変な当直だったが、患者さんを安心させられ、また力になれて本当にほっとしていた。まして感謝の言葉と笑顔までいただけて、産婦人科医になってよかった、と心から感じた瞬間だった。

朝の6時半、病棟にも朝陽が差し込んでいる。朝陽にまるで「お疲れさん」と言われているような気がして、身体の緊張が一気に解け、急激に眠気が襲ってくる。仮眠したい。が、まだまだ仕事は山積みだった。当直で担当した3件の手術の記録、オペレコをしなくては。オペレコは3件分で軽く1時間以上はかかる。またそれ以外にも様々な書類の提出が待ち受けていた。途中で患者さんの容体確認なども行い、結局終わったのは8時をゆうに過ぎた頃だった。そしてそのまま通常勤務のスタート。家に帰らないまま一睡もできず、外来で診察を行なって分娩を取り上げ、気がつけば18時頃。次の当直医に引き継ぐための資料を作って、ようやく21時頃に退勤の目処がついた。連続36時間以上の勤務だった。しかしこのような勤務は産婦人科では月に7、8回は発生し、特にこの日に限ったことではない。

いい加減に家へ帰りたい…。そう思い椅子から重い身体を持ち上げたとき、同僚の医師が真っ青な顔をして控え室に飛び込んできた。同僚は僕に何か言おうとしたが、なかなか言葉を発せずにいる。同僚の具合が悪いのでは、と僕は心配した。ようやく開いた同僚の口から、信じられない言葉が落ちて来た。

「A先生が、家に帰ったあと、自死されたって――」

世界が止まり、すべてが真っ白に見えた。同僚の言葉を聞いてから、しばらくの記憶がない。

ついさっきまで一緒に働いていた仲間が、ともに人の命を救うことに尽力した仲間が、そのすぐ後に自ら命を絶った。いろんな背景があってのことだろうが、この医療現場の過酷さが少なからず一因になったのではないか。終わらない勤務、取れない疲れ、大きな責任。それらがA先生を決心させてしまったのではないか。

これが今の医療現場の現実。虚しい。心身ともに疲れ切っていたが、それを飛び越えて何も感じなくなってしまった。

そしてしばらくして、ふつふつと湧いてきた。悔しい。誰が、どうすれば、この現状を変えられるのか。志の高く優秀な医師が自ら世界を諦めてしまう、そんな悲しい選択が一つでも減る世の中に、どうしたらできるだろうか。四つ目の事件は、僕に医師のあり方を大きく問う、あまりにも悲しくショッキングなものだった。

命をかけて従事しても、結果が悪ければ刑事事件となり、「たらい回し」と責められる。それでも自分の生活の質は保障されず、ひたすら身を粉にして働く毎日。医師は高級取りと言われることも多いが、抱えるリスクを考えれば給与水準は低いと言ってもいいだろう。国が決めたシステム、これを変えられるのは誰なのか。法律から変えるならば、立法権限を持っているのは国会だ。国会議員、政治家ならば話を聞いてくれないだろうか。現状を知り、医師が疲弊しない、もっと良い医療体制づくりを働きかけてはくれないだろうか。

僕はA先生の訃報に触れてからずっと、勤務の合間にこのようなことを考えていた。もう同僚を失いたくない、疲弊していく一方の医療関係者を一人も出したくない、その思いは日々膨らむばかりだった。

ある日、貴重な休日。出かけると街頭演説が聞こえてきた。選挙が近く、駅や街頭で何人もの候補者がマイクを握りしめて声を上げている。僕は各候補者の演説に耳を傾けてみた。選挙演説を立ち止まって聞いたことなど今までなかったが、この中の誰かが日本の医療制度を変えられるかもしれない、そう思うと自然と足が止まる。数人の演説を聞いたところで、僕の気持ちは爆発した。怒りの火山口からの大噴火だった。

「みんなで安心して暮らせる街づくりを！」

「明るい未来を子どもたちに残しましょう！」

「この街を日本で一番住みやすい街に！」

中身のない、空想的で当たり障りのない言葉。政治的な知識の一切ない僕が今すぐ彼らからマイクをふんだくっても、同じように話せる自信があった。それくらい空虚な演説。もう僕の心の中のマグマ噴出は止まらない。

街の産婦人科、そして医療がこんなにも崩壊しているのに。子どもを安心して産むことすら危うい現状なのに。そんなシステム、法律にしたのはあんたたち政治家じゃないのか？　有権者に耳残りの良いことばかりをペラペラと並べ立て、実態に即さない法律を作り、そのために崩壊しつつある医療システムの現状を直視していない。国民の生活の基礎である医療が全く守られていないにも関わらず、よくぞ「安心して暮らせる」などと言えたものだ。

ふざけるな！　政治家に頼ればなんとかなるかもしれない、そう少しでも思った自分が心底恥ずかしくなった。これではいけない。医療の現状を誰も聞かない、誰も知ろうとしないのであれば、僕が語ってやる。僕自身が立ち上がり、医療体制を変えなければ。そよ風にすら簡単に吹き飛ばされそうな薄っぺらい言葉に拍手を送る有権者たちの姿を見て、僕は決心した。

家に帰っても怒りは全く収まらず、自分がやらねば、という思いは燃え上がるばかりだった。

「いつか立候補して、僕が日本の医療を変えてやる！」

しまいには部屋の中でそう叫んでいた。すると妻の志野が僕をたしなめて言った。

「気持ちはわかるけど、そんな怒らんと。それに忘れたらあかんのは、ネルソンは元外国人。立候補すらままならへんと思うよ」

いつだって志野は冷静だ。僕は2010年1月に帰化申請し日本国籍を得ていたが、政治の場に「元外国人」が簡単に入っていけるとは普通は思えないだろう。しかし、僕はどうしても納得できなかった。

「不可能なことを実現できるのが日本ちゃうの。一文無しで日本語も話せなかった僕が、医師になってここまでこられた。それは日本やからやで」

思わず反発してそう志野に言い返すと、志野も僕の剣幕に驚いたようで「珍しくえらい怒ってんなぁ」と口をあんぐりさせていた。

夜になっても怒りは収まらず、それどころか僕を突き動かす原動力に姿を変えてしまったようだ。僕はネットで政治について調べ始めた。

どうすれば政治の場で現状を訴えられるのか、選挙に候補者として出られるのか。調べれば調べるほど僕の熱は高まる…はずだった。しかし青白いＰＣ画面が表示するのは、その熱が瞬間冷却されるほどの現実だった。

政治家の枠は、驚くほど少ない。あまりに無知だったと言われるかもしれないが、立候補者の募集などほとんどされていなかったと初めて知ったのだ。結局、立候補できる人は内輪で決まっている。代々政治家の家に生まれた人、元々秘書などとして関わっていた人などに限られた特別な領域であり、一般人はいくら頑張っても入る隙さえない。

所詮、政治はそんなものなのか――。ここで一気に怒りの火は燻ってしまった。やっぱり志野の言うとおりかもしれない。僕は自分で選んだ医師という道を、ただ地道に歩き続けるしかないのだ。そう思い、選挙や政治のことには蓋をして、また過酷な産婦人科医師の毎日に身を投じようと思った。それに今後、大学院へ戻り研究に邁進するのだから、と。

いや、でも最後に一度だけ。どうしても抑えきれない「自分が立ち上がらねば」の思いが、僕を再びＰＣへと向かわせる。この先の自分には関係ないから、とはどうしても思えなかった。どうせ立候補なんてできへんけど、最後にもう一度だけ調べてみよう。僕は再び、ネットで選挙候補者の空き枠がないかを調べてみた。

先ほどは大阪だけを調べていたが、関西近郊でも十分意義がある。医療崩壊が起きているのは、これまでの「事件」を見ても大阪だけなく全国区の話だ。僕の話は決して「大阪の医師が言っている、自分とは別の地域のこと」に留まらないだろう、そんな確信を持っていた。

すると、あった。2010年の夏の参議院選挙を控え、自民党の滋賀県支部で候補者の公募枠が一つだけ出ていた。当時は民主党政権で、自民党は野党。そのために自民党の立候補者が少なく、公募も行っていたのだ。

怒りの火は燻っていただけで、完全に消えてはいなかった。挑戦できる場所があるかもしれない、そう思うと一気に怒りの火は再燃し、勢いを増した。選考用の小論文をあっという間に書き上げ、そのほかの必要書類も揃え、気がつけば数日後には応募完了していた。

僕は日本で何度目の小論文試験を受けたのだろう。しかし今回ほど「どうせダメだろう」と思った小論文試験はなかった。元外国人、そして政治とは無縁の生活を送ってきた僕に、そう簡単に日本の政治が門戸を開いてくれるとは思えない。調べれば調べるほど、僕の「元外国人」という属性は大きな壁だとわかる。それでも大好きな日本で医師として働き、家族を持ち、今は日本人として暮らしている身として、日本医療、日本人の暮らしの崩壊を見て見ぬ振りなどできなかった。やれることはすべてやってみよう、たとえ不可能だったとしても。大好きな日本は、僕にそう思わせてくれた国なのだから。

そうして思いの丈をすべて小論文に詰め込むと、僕の怒りはようやく落ち着いてきた。僕は怒りのやり場、ぶつけ場所を探していたのかもしれないな。そんなことを思いながら、僕は再び地域医療の現場に身を投じていた。

そんな日々の中、1本の連絡が入った。自民党滋賀県支部からの、書類選考合格と、面接実施の知らせだった。夢か勘違いか、何なら壮大なドッキリか。そう思いもしたが、僕が政治的に失うものなど今は何ひとつない。ものは試しだ、やってみてダメならそこまで、と考え、滋賀県まで面接に向かうことにした。

聞けば、応募者数はそれなりにあったものの、書類選考を通過し面接へ進んだのは十数名らしい。そこに入れてもらえただけでもありがたいが、面接では政治に関わる人と直接話ができる。相手は少人数だとしても、自分の意見を直接伝える場に参加できるのはありがたいことだ。

いざ面接が開始されると、やはり面接官はこう尋ねてきた。

「外国出身で日本の政治へよく応募されましたね。なぜですか」

僕は、今まで幾度となく日本人へ話してきたことを話し始めた。

「僕は日本が大好きです。いろんな面において、これほど素晴らしい国はありません。しかし残念なことに、日本の良さを一番わかっていないのは日本人なんです」

何もない僕をここまで育ててくれた日本、悩み苦しんだ僕に手を差し伸べてくれたたくさんの日本人。その思い出が次々と溢れて止まらない。そして僕は医療現場の現状についても切々と訴えた。公立病院や地域医療、そしてそこで働く医療関係者の実態。現実に即したシステムの再整備が急務であること。

「世界でも医療の水準はトップクラスなのに、システムが崩壊寸前に陥っている。これがいかにもったいないことかわかりますか」

選考官たちの目の色が見る見る変わっていく。なんかすごいのを呼んでしまったぞ、そんな雰囲気だろうか。おそらく「元外国人」としておもしろ半分で呼ばれていたのだろう。それでもいい、こうして直接思いをぶつけられ、この場にいる人たちの心には少しでも届いたようだから。そこからも僕はとうとうと語り続け、言いたいことはすべて言い切った。

今まで議員や候補者たちの演説に散々怒っていたが、僕も人のことは言えないかもしれない。こんなのは到底演説とは言えまい。それでも「訴えかける」ことはできた。ここで終わりでも本望だ。

面接が終わり滋賀から大阪への帰途、僕はかなりスッキリとしていた。あそこで書類を送ってよかった、やっぱりやってみるもんだ。そう思っていると数日後、再び自民党滋賀県支部からの連絡があった。

「先日の面接で最終3名に絞られました、そのうちの1名があなたです」

しばらく何も言葉が出てこないくらいの驚きだった。と同時に、思いを受け取ってもらえたのかもしれない、と希望も感じた。

僕以外に残ったのは、千葉から応募した一人と、地元・滋賀の一人。次の選考のためにもう一度滋賀まで来てほしいという連絡に、僕は二つ返事で応じた。今度は、3名それぞれが数日間、滋賀県内の自民党各支部や、街頭、駅前を回って演説し、聴衆の自民党員たちが投票する、という選考方法だった。

いよいよ本当に「演説」をする日が来たのだ。あれほど政治家たちの演説を酷評していた政治素人の自分が、いきなり政治に精通した人たちの前で演説することになるなんて…。

へっぴり腰になっている場合ではないが、正直自信もなかった。大学院や病院での研究発表とはわけが違うだろう。でも今まで書類・面接の選考を通過したということは、僕の主張そのものがおかしいのではないはず、とも思えていた。演説のテクニックはなくても、現場での体験があってこそ言えること、人の心に届くものがあるはずだ。そう思った僕は、演説内容を考案・整理しながら当日を待った。

いよいよ演説選考の初日。演説会場で3名が順番に演説し、また別の場所へ移動して演説をする――あっという間に一日は過ぎて行った。

ある会場で、演説が終わった僕に一人の自民党員の方が近づいてきた。

「あなたの演説にはとても感動した！　今までの選考ではあなたがトップだと聞いたよ」

僕は驚いて、きちんと返答すらできなかった。でも確かに僕の思いが伝わっているのだと、とても嬉しくなった。やはり僕がやらなければいけない、僕が立ち上がれば地域医療を少しでも変えられるかもしれない、そう実感が湧いてきたのだ。

数日後の選考最終イベントは、最も大きな会場での演説だった。そして演説の後、その場で投票と開票が行われる予定だ。選考トップのプレッシャーを抱えながら、ともかく伝えるんだという一心でなんとか演説をこなし、質疑応答にも対応した。何が政治の正解かなどわかっていないが、誰かに伝えたい、わかってもらいたい、その思いは選考を経る間にどんどんと強くなっていく。

すべての力を出し尽くし、いよいよ投票の時間。最初はダメ元と思っていたのに、一丁前に開票結果にドキドキしている自分がいる。投票後、手早く開票と集計が進められ、結果が開示された。

過半数、それどころか会場の7割以上の人が僕に投票していた。断トツのトップだった！　こんなことがあるのか。あの日、志野に「不可能なことを実現できるのが日本」と啖呵を切ったものの、本当に政治の世界に足を踏み入れられるとは。自分が一番驚き、呆然としていた。

僕が、自民党から候補者として参議院議員選挙に出馬する――。全身に変な汗をかき始めていた、その時。

「ここで、ハガキ投票分の開票結果を発表します」

司会者の高らかな声が演説会場に響き渡った。「ハガキ投票」は、いわゆる「不在者投票」のようなもの。数千人といる滋賀県内の自民党員のうち、実際に演説会場へ足を運べるのはせいぜい2、300人。それ以外の人は演説を聞かず、候補者のプロフィールのみで判断しハガキ投票していた。つまりハガキ投票が、圧倒的多数を占めることになるのだ。

「ハガキ投票は、過半数が●●氏への投票となりました。結果、今回の参議院議員選挙の候補者は●●氏です」

会場票との合計で、滋賀県在住の候補者がトップに躍り出、僕の参議院議員選挙出馬は幻となった。そううまく行くはずない、と思いながらも、残念がる気持ちが心の隅で沸々とする。

選考が終了すると、会場の一部の党員の方々がわざわざ声をかけてくれた。

「これはおかしい。演説を聞いた人たちと聞いていない人たちの1票が同じ重みだなんて納得がいかないよ。私たちは演説を聞いて、本当にネルソンさんが良いと思って1票を投じたのに」

怒りだけを原動力としてこの場に来てしまった僕に、そんなもったいない言葉をかけてもらえるなんて。先ほどの残念な気持ちも、この言葉に浄化されていった。たとえ滋賀県の、一政党の人たちだけとはいえ、自分の言葉で想いを伝え、受け取ってもらえたこと。それは何にも代えがたい経験だった。

おまけに政治というものの難しさ、ハードルの高さを思い知る貴重な経験でもあった。選挙になれば、不在者票や直接声を届けられなかった人たちから票を得ることも実力のうち。今の自分にはその力、魅力が圧倒的に足りなかったのだ。政治には演説力だけではない、いろんな力が必要だろう。その力が足りなければ票は集まらず、政治家にはなれない、と痛いほど思い知った選考だった。

そうして僕は、2010年の参議院議員選挙に自民党から出馬を果たせなかった。

選挙が近づくと、様々なところで演説や政治理念を見聞きする機会も増えてくる。相変わらず耳残りのいい綺麗事ばかりを並べる政治家たち。あの選考で鎮火されたはずの怒りは、また燃え上がっていた。やっぱりこんな人たちに任せてはおけない、そんな気持ちが湧き上がる。

そのとき僕の目に留まったのは、厚生労働大臣経験者の舛添要一氏だった。当時「総理大臣になってほしい人」という調査で1位を獲得し、参議院議員選挙に向けて自らの新政党をつくるかもしれない、と報道されていた。舛添氏なら、厚労省の経験から医療現場の実態をわかってくれるかもしれない。そう思った僕は、舛添氏に向けて手紙をしたためていた。思いのすべてをその手紙にぶつけ、祈るような気持ちでポストへ投函した。しかし、多忙な舛添氏から、すぐに反応があるとは思っていない。僕の手紙が少しでも氏の心に残り、今後の政治活動に反映されれば、自分の怒りをいい加減消火できると考えていた。

すると後日、1本の電話がかかってきた。それは荒井広幸参議院議員から、まさかの舛添氏本人による指示を受けての電話だった。

「ネルソンさん、すごくお怒りですね。そんなに強い怒りをお持ちなら、一度お話ししませんか。舛添氏が新しく作る政党からの出馬候補者を探しているんです」

「不可能なことを実現できる」は本当なんだ、と自分で言っておきながら驚いていた。超がつくほど有名な政治家が、僕を候補者に入れようとしてくれている——。僕は驚いた勢いで、「ぜひ」と返事をしてしまった。

電話を切ってしばらくは放心状態となり、志野に心配されたほどだ。しかし時間が経つにつれて冷静になると、いろいろな不安が頭をもたげる。

舛添氏の活動の中心は東京。新党となれば各地に拠点はなく、大阪にどれくらい舛添氏の力が及ぶのかは未知数だ。まして政治的地盤など全くない僕では、政治家活動どころか、政治のスタートラインにも立てないかもしれない。貴重な候補者枠を僕が使ってしまっては申し訳なく思えてきた。東京で会う約束になっていたので、そのときに直接お断りしよう、そう考えて東京へ向かった。

舛添氏の事務所へ着くと、本人が出迎えてくれた。まさかこんなに名の知れた人と直接会う日が来るなんて。そう思いはしたが、舛添氏に会ってすぐ、僕は失礼を承知でお断りの話を持ち出した。すると、しばらく黙って聞いていた舛添氏がこう切り出した。

「ネルソンさん、あなたは何も持っていないからいいんです。お金や地盤がなくても自分の考えを人に伝えられる、それが民主主義国家。お金や地盤がないと政治活動や選挙出馬ができない、そうなっては民主主義ではありません。何のしがらみもない、それでこそ意味があるんですよ。頑張りましょうよ」

舛添氏の右手が僕の肩を力強く叩いた。

そうか、何のしがらみもない僕だからこそできることもあるのか。

舛添氏を見やると、肩を叩いた力以上に強い眼力が僕を捉えていた。総理大臣になってほしい人ナンバーワンの政治家にそう言われて、またも僕は「はい」と頷いていた。こうやって人を巻き込む力が圧倒的であることも、魅力的な政治家たる所以なのかもしれないな。そんなことを他人事のように考えていた。

そうして僕は舛添氏率いる新党改革から、参議院議員選挙の大阪選挙区候補者として出馬することになった。

大阪への帰路、僕は突然震えが止まらなくなった。どうしよう、エラいことになってしまった——。簡単に「はい」と言ってしまったが、参院選に出馬するだなんて。今さら撤回するつもりはなかったが、組織のない大阪で、政治経験のない僕が、本当に立候補者・政治家として役割を全うできるのだろうか。医療現場の悲惨で過酷な現場を変えるために、僕はしっかりと働けるのだろうか。

医師の僕が、政治家へ。これは何も持たずに日本へ来た時よりも遥かに大きな決断であり、賭けなのかもしれない。どうしよう。どうしよう。この大合唱が脳内で響き渡り、僕は全く冷静になれないまま大阪へ帰っていった。

## 真っ白な挑戦

こうして2010年夏の参議院議員選挙で、僕の大阪選挙区からの立候補が決まった。投票日は7月11日。春先に立候補を決意した僕には、3か月ほどの準備期間しか残されていなかった。

何より、政治ど素人の僕は、選挙に向けて何をどう準備すれば良いのか全くわからない。さらに設立間もない新党からの出馬で、組織基盤は何もない。

「医療現場を変えたいなら一緒にやってみましょう」「はい、頑張ります!」

こんなに簡単に決めてはいけないことだったかもしれない。事の重大さに本当の意味で気がついたのは大阪に帰ってきてからで、東京を出発した時以上に心が迷子になっていた。

そして忘れてはいけないことが二つある。今の仕事と、進学予定の大学院博士課程をどうするか、だ。

今の仕事は、博士課程に進むと決めた時に辞める意思を固めていた。病院側にとって、辞職希望者の存在はさほど驚くことではない。研修医課程を終え数年経ち、大学院へ戻ったり独立開業したりする医師は多いからだ。ただでさえ人手不足の公立病院・産婦人科を去ることへの申し訳なさはあったが、医療現場には新天地へ快く送り出してくれる風土も少なからずある。

しかし、大学院博士課程はそうはいかない。教授から直々に限られたポストへのお誘いを受け、それに応えて院試を受験し、合格までもらっていたのだから。貴重な一席を空けてくれたにも関わらずそれを袖にするとは、考えれば考えるほどひどい話だ。しかもほとんど勢いだけで、全く縁のなかった世界へ飛び込もうとしているだなんて。大学からどれほど非難されても仕方がない。

だがそこで尻込みしていても、選挙の日は変わらない。政治への道を選んだ以上、どこかで必ずそれを伝え、筋を通さなければ。

立候補を決意してからほどなくして、僕は病院へ辞意を伝えた。想像した通り、いやそれ以上に快く送り出してくれた。徳平先生をはじめ、共に苦境を乗り越えてきた同僚たちは、僕の政治への挑戦に当然ながらとても驚いてはいた。しかし医療現場を変えたいと思う気持ちは同じ、違うフィールドでも頑張れ、とエールまでいただけたのだ。そうして僕は、ひよっこ医師だった僕をここまで育ててくれた市立豊中病院を退職した。

残すは大学院入学辞退の連絡のみ。自分で決めておきながら、どう切り出せばいいか全く見当がつかない。教授にアポイントを取るための電話ですら、声が震えて何を話していたのか覚えていないほどだ。

いざ教授に報告を、いや、謝罪をしに行く日。フラフラしながら研究室へ着くと、教授が出迎えてくれた。アポイントを取った時点で、僕が何かを考えていると悟ってくれていたのだろう。僕は情けないことに、半ば倒れこむようにして椅子に座ったほど足腰がおぼつかない。そして向かいに座った教授の方から、「今日はどうしたの」と切り出してくださった。

もうごまかせない。僕は言葉を選びながら、丁寧に、しかしありのままの僕の気持ちと状況を話した。ここに嘘があっては絶対にいけない。包み隠さずすべてを伝える。博士課程へ声をかけてくれた時の喜び、進学への決意。臨床現場でのやりがい、悔しさ、虚しさ。自分がやらねばと思わされた怒り、医療現場に必要な改革への思い、そしてそのために政治の世界へ挑戦したいという今の意欲。

教授は、僕が政治の道を選んだことにとにかく驚いていた。それは当然だろう。医療現場を変えたい、それをいきなりシステムの大元である政治分野で実現したいと考えているのだから。誰がどう見たって、無謀な挑戦だ。

どうしても博士課程ではなく、政治の世界に進むのか。何度も確認を受けた。僕も本当にこれで良いのか、決心が揺らぎそうになったほどだ。しかし、誰かがやらなければいけないなら、それを僕自身の手でやってみたい。そう伝えると、最終的には僕の決意を尊重してくれた。

どれほど厳しい言葉をかけられるだろうか、そう構えていた僕は拍子抜けした。そのことが余計に、教授・大学院に後ろ足で砂をかけているような気持ちにさせる。だからこそ、理解していただいたことに報いるため、死ぬ気で頑張らなければいけない。

謝るつもりが、かえって頑張る理由をいただくなんて。研究室を出るまで、何度頭を下げただろう。もっと堂々としていても良かったのかもしれないが、どうしてもそれはできなかった。阪大医学部で学んだことが、僕の医師としての礎であることは間違いないのだから。


こうしてすべての退路を絶った僕は、いよいよ選挙に向けて動き始めるしかなくなった。

当時の気持ちは、不安が8割、ワクワクが2割。今思えば2割もワクワクがあるなどのん気な話だが、医療現場を改善するために新しい挑戦をする、それが楽しみで仕方なかった。

そのためにはまず選挙に勝たなくては。当選するためにできることはすべてやるつもりだった。しかし僕は選挙どころか政治の素人、何の心得もない。

正直、選挙には怖いイメージも持っていた。選挙の前後に「公職選挙法違反で逮捕」などのニュースを目にし、一歩間違えれば犯罪者になるのでは、と恐れていたのだ。選ぶ側からそう思っていたのが、いざ選ばれる側になれば怖さがより現実味を帯びてくる。

選挙では何が良く、何がダメなのか、僕は全く知らなかった。本来なら政党から指導があるのだろうが、新党で大阪に拠点もなく、僕の指導者はいない。自分でなんとかするしかない、そう思った僕は、とりあえず大阪市選挙管理委員会へ電話をかけた。

「今度立候補するんですが、何をどうすればいいですか」

やはり日本は、すごい。

身も蓋もなくこう切り出した僕を少しもバカにせず、一から丁寧に対応してくれた。

「自分の後援会を立ち上げるにはどんな手続きが必要ですか」

「どう選挙活動をすれば良いですか」

具体的に必要な手続きはもちろん、法に触れること・触れないこと、活動の仕方などをとても細かく教えてくれる。そもそも、選挙期間外に行う「政治活動」と選挙期間中に行う「選挙活動」の違いもわかっていない僕に、だ。

大げさでなく、日本の公共組織・公務員の方は本当に優秀で親切だと感激した。邪険にされても仕方ないほど何も知らない僕に、電話代を除いては無料でこれほど細やかに対応してくれるなんて、日本はどれほど親切で丁寧な国なんだろうか。僕は今まで以上に、日本への感謝と尊敬を深めることになった。

こうして選挙管理委員会に多くのことを教えてもらった僕は、ようやく選挙に向けて具体的に動き始めた。

最初に立候補に必要な書類を揃えると、事務所探しに着手したが、これにはとにかく骨が折れた。選挙までの短い期間だけ借りられる物件は、そもそも少ない。また人の出入りもある程度の想定が必要で、間取りや使い勝手の良さも重要だった。

様々な不動産屋を当たり、こちらの条件を伝え、ようやく1件が見つかった。谷町九丁目にある、元は銀行だった物件だ。谷町九丁目には地下鉄2路線が通っており、近鉄の駅も近く、かなり人通りが多い。活気溢れるコリアンタウンとして有名な鶴橋にも近い。東南アジアから大阪へ来た僕らしい場所、そう感じて即決した。

事務所が決まった頃、ようやく僕に頼もしい「先生」ができた。栃木選挙区からの参議院・矢野議員が、秘書の大森俊一さんを僕の選挙アドバイザーとして大阪へ派遣してくださったのだ。大森さんはこのあともお世話になり続ける、僕の人生の大恩師とも言える方。優しいお人柄はもちろんだが、何より選挙経験者・プロの政治関係者の立場から、僕に様々なアドバイスをくださった。大森さんの助言を頼りになんとか事務所を立ち上げ、僕の政治活動・選挙活動の拠点を作り上げていった。ずぶの政治素人だった僕が、本物の政治のエッセンスを少しずつ分けてもらうことで、ようやく本格的に動き出せるようになってきた。

しかし種々ある実際の作業をこなすのは、妻の志野と僕のたった二人だけ。手探りの日々には変わりなく、そもそもこれからの僕たちの生活はどうなるのかと二人で泣いたことも数知れずあった。これまで決して多くない公立病院の給与で、専業主婦の志野と子どもと生活してきた。有り余るほどの預金は当然なく、勝算があるわけでもない出馬のために医師も辞め、僕らの収入はゼロ。生活費のために借金もしたほどだ。

事務所を整えるために谷町九丁目へ向かいながら、一体僕は何をやっているんだろう、果たしてこの選択が正しいのか、最善だったのか、と何度も自問した。

そんな時に支えになったのが、絢香の「I believe」。「信じることで、すべてが始まる気がする――。」歌詞が、まさに今の自分を表しているようだった。一寸先は闇かもしれない、それでもまず自分の選択を信じてみよう。この歌を胸に自分をなんとか奮い立たせていた。

立候補を決めてから「選挙活動」ができるようになる公示日までは、1か月半から2か月ほど。その間は「政治活動」なら行える。その後の出馬有無に関係なく、講演会やセミナー、街頭演説などで、誰でも自分の政策を有権者に訴えて良い。一方、選挙期間中は立候補の手続きを正しく踏んだ候補者だけが「選挙活動」を許されている。だから選挙期間でないうちは、とにかく「政治活動」で、政治家として顔と名前、そして政策を知ってもらうしかない。

しかし後援会もなく、知名度のある政党所属でもなく、まして政治経験の全くない僕など、一般の方々からすれば「誰?」という状態だ。政治活動期間中にある程度人を集めておかなければ、選挙活動へ繋げることは難しい。

そこで僕は友人や知り合いに「選挙に出るので政治活動を始める」と伝え、応援してくれる人を一人でも増やそうと考えた。２０１０年当時、まだインターネットでの選挙活動は解禁されておらず、ひたすら口コミでの草の根運動頼みという、何ともアナログな活動だ。

この「友人草の根運動」で勉強になったことがある。「政治をやる」と伝えると、これまでの付き合いが嘘だったかのように態度を急変させる人が多かったことだ。

日本では政治談義は敬遠される傾向がある。もともと興味のない人、政治を語ることは良くないと考える人も多く、日本において政治は「触らぬ神に祟りなし」状態だと感じていた。

しかしあまりにも態度を急変させる友人が続出し、僕は考え込んでしまった。もちろん、友人だから必ず協力してくれると思っていたわけではない。しかしなぜここまで拒絶されるのだろう。名前を聞いたことのない新党からの出馬でもあり、自分は巻き込まれたくない、と考えたのかもしれない。また拒絶まではされずとも、大抵の場合は引き留められた。

「政治？　何言ってんねん！　アホか！　ロクなことないぞ」

「闇の世界に自ら関わって行ってどうするねん」

「誰にハメられたんや、政治なんて最悪やぞ」

など、投げかけられたマイナスワードは数知れず、散々な言われようだった。

人間関係を絶ってまで、強い言葉をかけてまで政治と距離を取ろうとする。それほど日本人の政治に対するアレルギー反応は強いのだと身をもって感じた。

しかしそんな中でも、数人の友人は違っていた。

「驚いたけど、ネルソンがやるって言うなら応援するわ」

そう言って応援、支援してくれる人も少しずつ現れたのだ。あまり深い付き合いをしていなかった人から「ネルソンさんのことは好きなので頑張ってほしい」と言っていただいたことも。

それまで蜘蛛の子を散らすように周りから人がいなくなっていた僕は、これらの言葉に逆に驚いてしまった。その中の長年の友人に思わず
「俺、もう金も何もかもないんやで？」

と聞き返したほどだ。すると
「知ってるわ！　でもネルソンがやりたいなら応援したいから、できる限りのことはさせて」

という返事をもらった。捨てる神あれば拾う神あり、とは上手く言ったもの。まさに神に拾われ、救われた気持ちだった。

僕はマレーシア出身、幼少期からの友人も親戚も当然日本にいない。阪大医学部時代の友人らの多くは医師として病院勤務しており、手伝いなどをお願いできるわけがない。妻も親戚付き合いは少なく、頼れる人はほぼいない状態だった。

そんな中僕を応援してくれる数少ない人たちのおかげで、少しずつ協力者が増えつつあった。協力を申し出てくれた人たちの中に公認会計士や税理士などの専門職の方々もいて、具体的な知識を授けてくれたことはもちろん、まるで父母のように世話を焼いてくれる人も現れた。拒絶された日々、世の中はなんて冷たいんだと感じていたが、最終的には人の温かさと善意に触れたのだ。自分の信念を貫けば、誰かが必ず手を差し伸べてくれる。そのことは僕の人生における大きな支えになった。

政治活動にあたり、舛添氏にも「とにかく顔を覚えてもらうこと。マイクを握って演説しなさい」と言われていた。しかしどこでどんな演説をするのが良いか、考えてても正解がわからない。習うより慣れろ、そう考えた僕はとりあえず人目につく場所で演説してみようと思い立つ。

忘れもしない初演説は大阪市役所にほど近い、淀屋橋にて。川にかかる大きな橋の上で、僕はおそるおそるマイクを握り、初めての演説に臨んだ。が、何をしゃべれば良いのかわからない。道ゆく人はマイクを持った僕が全く見えていないかのようで、何を話しても耳に届かないのでは、そんな不安に支配される。しかしただ突っ立っていても、僕は風景の一部となるだけ。とりあえず、自分が何者であるかを話さなくては。

そうして僕は自己紹介から話し始めた。マレーシアから来たこと、日本語学校に通ったのち医師になったこと、医療現場での経験、これから何をしたいか――。

淀屋橋は公的施設や企業が多く、人通りは大阪市内でも有数の街。しかし目の前を通り過ぎる人たちは誰一人として僕に見向きもしない。足を止めて話を聴いてくれる人はもちろん、どこの誰？　何を話しているのだろう？と興味を持ってくれる人すらいない。

手の平に尋常でない量の汗が滲み出し、思わずマイクを取り落としそうになる。そして気がつけば、僕の両膝は震えていた。誰かに向けて話しているはずの言葉が、誰にも受け取られずに流れていく。これほどまでに無関心が恐ろしいと思ったことはなかった。

僕の伝え方が悪いのか、話す内容が悪いのか、きっとどちらもあるだろう。それでも、自分が一体何を、何のためにしているのかを一瞬で見失ってしまった。一瞥すらされず、僕の心はすっかり折れそうだった。あと2か月で本当に選挙に出馬などできるのだろうか。大の大人が、大阪市内のど真ん中で思わず泣きそうになっていた。

しかしこれで本当に折れてしまっては僕ではない。ここまで何だって乗り越え、どんな状況も逆転させてきたじゃないか。そして今更引き下がることもできない、背水の陣だ。こうなったら僕自身が演説に慣れ、この無反応に耐性をつけるしかなかった。

そうして僕は大阪府下、様々なところで演説をするようになった。

そんな中でも、とても印象的だった演説がある。それは天王寺駅、大阪における大きなターミナル駅の一つとも言える場所で演説した時のことだった。

いつものように僕の演説に耳を傾け、立ち止まる人はいなかったが、それにも慣れてきた僕は構わずに話し続けていた。日本語がわからないまま来日を決めたこと、無一文だったが今は日本が大好きな「日本人」になれたこと。そして医療システムをより良くし、本当の意味で「安心して暮らせる街」を作っていきたいこと。

案の定何の反応もなく、今日はこれで演説を終えようとマイクを片付け始める。すると一人、スーツを着た男性が近寄ってきてこう言った。

「ネルソンさん、握手してもらえませんか」

予期せぬ出来事に、僕の全身からは変な汗が噴き出していた。どうして？　なぜ知名度もない僕と握手がしたいんですか？　今まで誰にも関心を持たれていないと思っていた僕は、思わずそう聞き返していた。

するとその男性は言葉を選びながら、そして噛みしめるようにこう話し始めた。

「自分は30代、日本生まれで日本育ちのサラリーマンです。正社員で安定した生活だと言われます。でも、生きていて夢も希望もないんです。毎日真面目に出勤して働いても、いつ窓際に追いやられリストラされるかわからない。日々ビクビクして不安な毎日を送っています。いつまでこの生活を維持できるかわからず、贅沢もしていません。当然、海外を見たこともありません。普通の大学を出て、ごく普通に就職活動して、ただ働くだけの日本人として何となく生きているだけでした」

男性は俯いていたが、次第に顔を僕に向けるようにして話を続ける。

「今日、偶然ネルソンさんの演説が耳に入って来ました。そこで初めて、ネルソンさんのように東南アジアの人が日本に大きな憧れを持っていると知りました。しかもネルソンさんは身一つで来日された。18歳で人生を賭けた大チャレンジをした上に、異国で医師になって、日本人になって、その上選挙・政治に挑戦しようとしている。それに本当にびっくりしたんです」

僕はこの時点で、涙腺が決壊しそうになるのを必死にこらえていた。男性の話は続く。

「僕をはじめ多くの日本人が何の希望もなくただ過ごしているのに、ネルソンさんは常に挑戦し続けている。今日の演説を聞いて、自分にも何かできるんじゃないか、そう思えてきたんです。今まで熱くなったことなんかありませんでしたが、自分もネルソンさんのように何かに熱くなってみよう、って。今日から少し、夢と希望を探してみます。そして、何かに挑戦してみます。僕の人生にきっかけをくださって、本当にありがとうございました。頑張ってください」

すべてを聴き終わらないうちに、僕は男性の手を両手でがっちりと握り返していた。思わず力が入りすぎ、きっとすごく痛かっただろう。そして何度も何度も、ありがとうございます、と繰り返した。

夢と希望をもらったのは僕も同じだった。話せば、伝えれば、聴き、共感し、応援してくれる人はどこかに必ずいる。立候補は無意味じゃない、そう男性に励まされた思いだった。たった一人でもこういう人がいるなら頑張ろう。共感者が増えれば、医療現場を変えられるかもしれない。そして医療従事者たちだけでなく、日々頑張るすべての人たちの生活を少しでも良くできるかもしれない。

僕の心の炎が煙を出す赤々としたものから、静かだが高い温度で延々と青く燃ゆる炎に変わった瞬間だった。前途多難、全く先の見えないトンネルに入ったと思っていた政治活動。それでも何とか、その先の明かりが見えた気がした。ようやく政治家としての一歩を踏み出すことができそうだと、実感できた出来事だった。

## 羊と狼たち

選挙前の大きなイベント、それは記者会見だ。大阪府庁の中には新聞各紙や在阪テレビ・ラジオ局などで構成された記者クラブがあり、立候補を表明すると記者会見の依頼がある。

記者会見、その単語を聞いて僕はのけぞってしまった。一般市民の僕からすると、記者会見とは「有名人」が世間に謝らなければいけないミスをして、記者たちに囲まれ責められる、という、ネガティブな印象しかない。こんな僕が記者会見なんて開いて、何になるのだろう。怖い、どうしよう。だが、立候補するからには受けるしかない。人前で話すことにビビっていては政治家になれるはずがない。これは聴衆のいない街頭演説を繰り返して学んだことだ。

そうだ、記者をみんなじゃがいもだと思えばいい。話を聞かれない、相手にされないのは今に始まったことじゃない。そんな風に自らをかろうじて奮い立たせ、持っている中で一番ましなスーツを着込んだ僕は、指定された日時に府庁内の記者クラブへ向かった。

記者クラブへ着くと、せっかくのスーツが湿気で一気によれてしまうほど、大量の汗が出てきた。眼前には、まさに今まで僕がニュースで見てきた「これぞ記者会見」の光景が広がっていた。2、30人くらいの記者たちの前には一脚の椅子と細長いテーブル、その上には束になって置かれた何本ものマイク——。

これは来たらあかんかったやつかもしれへん。僕は思わず逃げ出しそうになった。そんな僕の内心を知ってか知らずか、一人の記者が「座ってください」と僕に声をかけた。ここで逃げたら大阪府下、いや下手をすれば全国に僕の「逃亡」が知られてしまう。もう観念して椅子に腰を下ろすしかなかった。

できる限り平静を装って椅子に座ると、僕のぎこちない動きを拾った椅子が「ぎぃ」と情けない音を出す。そんな音にすら、僕は動揺を隠せない。どうか今の動揺が記者にバレていませんように、と願いつつ正面を見据えると、今まで経験したことのない圧を感じた。

こちらを見つめているのは厳しそうな記者たちの目線だけでなく、数々のレンズたち。そのレンズ脇から目がくらむほど焚かれる数多のフラッシュ、そして記者たちが素早く走らせるペンの動きが目に飛び込んでくる。どう頑張っても、記者たちは全くじゃがいもになど見えない。ギラギラと光る双眸を持つ狼たちだ。僕はさながら、腹を空かせた狼たちに囲まれた羊だった。

ああ、いっそこのまま一思いに食べられた方が楽かもしれない。記者たちの視線がますます突き刺さってくる。僕は変わらず、何も言葉を発せないまま。会場の空気は淀んでいて、記者たちの目が僕をバカにしているように思え、嗤われているのでは、と疑心暗鬼すら生じてきた。

へぇ、こいつが立候補者？　参議員選挙に新党からこんなひよっこがねぇ。

そんな冷たい空気を感じ、汗は一気に冷え、真夏なのに体の芯まであっという間に凍りつく。僕が口火を切らないと始まらない、とようやく気がつき、僕は必死の思いで言葉を吐き出した。何の変哲もない、とりあえずの自己紹介だ。

「お忙しい中ありがとうございます、山分ネルソン祥興と申します。マレーシア出身で――」

誰も立ち止まってくれなかった街頭演説と同じ出だしで、自分の生い立ちを話した。

小さい時から日本に憧れ、貧乏留学生として日本で勉学に励んで医者になり、医療現場改善の重要性を現場で痛感し立候補しました。

使い古したフレーズだが、確かにこれが僕の今までの歩みだ。この記者会見が少しでも取り上げられて、天王寺駅前で出会ったサラリーマンのようにたった一人でもいい、誰かに届いてくれれば。念じるように、そして重すぎる緊張感を振り払うように無我夢中で話し続けた。

ふと気がつくと、会場の空気が少し緩んでいる気がした。何人かの記者は少し前のめりになり、ペンの走る速度も上がっているようだ。僕の思い違いかもしれない、そう思いつつも言葉を紡ぎ続ける。すると記者がカメラマンに何か指示をする様子が目に映った。カメラマンは角度やズームをいじり、今まで以上にレンズ越しに僕を狙っているようだ。

会場の雰囲気がさらに動いてきた。どうせ泡沫候補やけど一応取材しとくか、そんな様子は徐々に消え、代わりに「ちょっとこいつ面白いんちゃうか」という色に変わったように思える。同時に「こいつはどこまで本気なのか」と試されるような空気が会場を支配し始めた。

僕が一通り話し終わると、記者たちの手が次々と挙がり、僕に遠慮のない質問を投げかけた。

「外国人参政権についてどう思うか」

「沖縄基地問題はどう捉えているか」

「大阪経済についての考えを聞かせてほしい」

「医療現場をどう変えたいか、もっと具体的に」

今まで政治活動中の演説では何の反応もなく、興味も持たれずに悶々としていたが、急な質問攻めに遭って戸惑った。しかも簡単に答えられる質問ではない。うっかり変なことを答えれば、今後の活動に影響が出そうな質問ばかりだ。しかしすぐに、その戸惑いも喜びに変わる。

「聞いてくれるんなら、なんぼでも答えたる！」

誰も振り向いてくれなかった演説の数々。離れていってしまった友人や知り合いたち。虚空に向かって政治活動をしているような時期が続き、僕の中には「聞いてほしい」「伝えたい」という気持ちが山積していた。医療現場を変えるには、とにかく現状が誰かに伝わらないと意味がない。その積もり積もった鬱憤がいよいよ爆発した。人生で最も熱く語ったと言えるほどの熱量で、僕は投げられた質問のすべてを打ち返した。

そして次第に、僕のその熱量が記者たちの間にも広がりつつあるぞ、と実感し始めた。あれほど冷たかった空気が、いまや密度高く苦しいほどの熱気にすら感じる。何より記者たちの顔つきが会見当初と全く違っていた。真剣に僕の発言を受け止め、誰かに伝えようとしている。

僕を候補者として認めてくれているんや――。その喜びに打ち震えた僕は、すべての質問に回答を終えたところで、どうしても話しておきたいことを口にした。

幼少期から日本に憧れ続け、来日後も日本は群を抜いて素晴らしくおとぎ話の中の国のように思えること。日本人が平凡で退屈だと思いながら過ごす日々の生活は、貧困国や途上国の人々からすると信じられないほど恵まれたものであること。そしてその恩恵やありがたみに最も気がついていないのは当の日本人であり、それがいかにもったいないか――。

街頭演説でも何度も繰り返し話してきた内容だが、マイクやカメラが向けられている今、絶対に言っておきたいことだった。熱量に任せたまま一気に話し終えて一息つくと、突如とんでもない恥ずかしさが襲って来た。

つい調子に乗って話しすぎた、やってもうた――！

しかし、時すでに遅し。すべてのマイクは僕の話を拾い、そこにいるカメラは話す僕を狙い続け、記者のペンは取材メモに僕の発言を書きつけてしまっただろう。

聞かれてもいないのにこんなに語るなんて、めっちゃ上から目線で嫌な奴やと思われる…。

そう思うと記者たちを直視できなくなっていた。頭がぐらぐらして顔が熱い、耳がぼーっとする――。せっかく乗ってくれていた記者たちも呆れたに違いない、そう思いながら揺れる視線を記者たちに向けると、僕の思惑は外れていた。

今までどの話をした時よりも記者たちの目は輝き、熱いものを帯びている――ように、僕には感じられた。僕がただそう思いたかっただけかもしれない、しかし突き放すような雰囲気は一切なく、その後もしばらく記者からの質問は続く。

必死に答えているうちに会見は終わりを迎えた。会見開始から1時間以上も経っていた。

やりきった。安堵して席を外すと多くの記者たちが僕に近づいてくる。まだ何かあるのかと身構えたが、次々に名刺を渡され、後日個別取材したいとの申し入れをもらった。名刺を見ると、名だたる新聞社やテレビ局の記者ばかり。こんな有名メディアの前であんなに偉そうなことを言ってしまうなんて、と再び恥ずかしさがぶり返すが、まずは一段落だ。

緊張が解けないまま、僕はとりあえずトイレの個室に逃げ込んだ。鍵を閉めて腰を下ろすと、日本へ着いてすぐに空港で飛び込んだトイレの個室を思い出した。壁に囲まれて一人になれる空間は、なぜかほっとする。

相変わらず日本のトイレはどこも綺麗な個室。やっぱり日本はめちゃくちゃいい国やわ。

そんなことを思いながら鍵を開けて洗面台へ向かうと、ちょうど入って来た記者の一人と鉢合わせた。気まずいな、と思っていると、向こうから声を掛けてきた。

「ネルソンさん、先程はどうも失礼しました」

突然の謝罪に戸惑った僕は、思わず「どうして失礼しました、なんですか?」と聞き返す。

すると記者は苦笑いをしながらこう答えた。

「外国人参政権に沖縄基地、答えにくい質問をわざとたくさんぶつけたんです、すみませんでした」

「え、わざと、って?」

僕もつられて苦笑いが込み上げる。

「今回の参議院選挙の候補者名を見た時に『山分ネルソン祥興』って名前を見て、怒りを覚えたんです。ふざけてるわ、って」

僕の渾身の日本名に怒りを覚えたなんて、心外だな。

記者に僕の反応が伝わったのか、記者は気まずそうに少し目線を外しながら話を続けた。

「山分なんて名字は珍しいし、ネルソンはカタカナ、きっと売れない芸人が売名のために芸名で出馬したんやろう、と。だからわざと小難しい質問をぶつけてボロを出してやろう、って思ったんです。でもネルソンさんはすべてを真っ当に答えられた。当たり前ですよね、本当に政治を志している人ですから。会見後、他の記者たちも『あの人はホンモノや、本気で何かやろうとしてる』って驚いてました。もちろん普段、記者として中立な立場から各候補者の出馬理由を見るようにしています。その中で実際に、名前や肩書きが立派なだけでふざけていると感じる人も多かった。でも今日の会見の様子で記者はみんな、ネルソンさんの本気がわかったと思います。だから、本当に失礼なことをしました。申し訳ありません」

本当に申し訳なさそうに頭を下げる記者を見て、僕は涙が出そうなほど嬉しさを感じていた。もちろん、ボロを出してやろうと思われたことは悔しい上に、名前だけで判断するなんて失礼だな、という気持ちもある。しかしそれ以上に、目の前の僕にきちんとぶつかった上で「誤解」を自ら解いてくれたことに感動していた。

その記者が厳しい質問を投げかけなければ、他の記者も一目置いてはくれなかったかもしれない。そう思えば、会見の空気が一気にひっくり返ったのはこの記者のおかげだ。

なんてありがたいんやろう、僕の苦笑いは満面の笑みに変わっていた。その僕の様子に多少安堵したのか、記者が再び僕の目を見据えながらさらに続ける。

「それに、ネルソンさんに言われて初めて気がついたのが、『たらい回し』の件です」

僕は会見の終わりに偉そうに話すついでに、恥を承知で記者たちに一つ「お願い」をしていた。それは奈良県での「妊婦たらい回し事件」に関連したマスコミ報道のあり方についてだ。

「記者の皆さんにお願いがあります。患者さんがなかなか医療機関に受け入れられないことを、簡単に『たらい回し』と表現するのはやめてください。医療従事者たちは現場で、一人でも多くの命を救うため必死に医療行為をしています。その上で緊急性の高い患者さんを断るのは本当に辛いことです。断ることで患者さんが助からなかったら――その恐怖は常に持っています。できたら受け入れて、自分たちの手で1秒でも早く命の危機から救い出したい。でもそれができないんです。実態は『受け入れ不可』、受け入れれば目の前の現場が立ち行かなくなるからなんです。どうか表現を変えてください。どこかが診てくれるやろう、うちでなくてもいいやろう、そんな『たらい回し』な状況とは程遠いんです」

これも、日本への想いを話した時と同じく、記者の誰にも尋ねられていない内容だった。何なら目の前の記者たちに喧嘩を売っている、と取られても仕方がない。しかしこれは、僕が政治を通じて日本の医療構造を変えたいと思った大きなきっかけの一つ。記者会見という僕の政治的な意見表明の場でこの話題を避けて通ることは、僕自身が許さなかった。そして「お願い」の対象者である記者たちの目の前で言わなければ意味がない、とも思ったのだ。

それについて、この記者はこう話してくれた。

「『たらい回し』とついセンセーショナルな言葉を選んでいたけれど、現場がどんな状況で、どれほど苦渋の決断だったかは考えもしなかった。市民側、受け手側のことしか考えていなかったんです。現場の苦労、切実な思いを初めて知りました。記者として恥ずかしいことですが、言われなければ気がつけなかった。本当にありがとうございました」

人生無駄なことなんかないな、そんな大げさな感想が浮かんで来たほど、僕は嬉しさに満たされていた。しっかりと話せば、伝わらないことなどないのかもしれない、と。

「こちらこそ、僕の拙い思いを受け取っていただいてありがとうございます、嬉しいです」

素直な気持ちで僕は、記者にこう答えていた。

しかし記者は、引き続き気まずそうなトーンで僕に話す。

「重ねての失礼だとは承知の上で、正直に言わせていただきます。今回、ネルソンさんは当選できない可能性が高いと思います。5000から1万票を得られればいい方かもしれない。それでも本気で政治をやろうとしている、その思いを強く感じました。個人的にはぜひ頑張ってほしいです。挑戦、応援しています」

記者は姿勢を正して深く一礼し、今日はありがとうございました、と言って奥の個室へ消えていった。僕はありったけの想いを込めて「ありがとうございました、頑張ります」と返すのが精一杯だった。

事務所に戻りながら、その日を振り返る。

冷静に考えると、トイレでの記者の話は全体的に失礼だ。でもその時の僕にとっては「候補者として認められた」と強く感じた体験だった。記者たちもいろいろな候補者を見てきて、冷やかすような立候補者たちに何度もがっかりしてきたのだろう。その上で目の前の僕の話をきちんと聞いて向き合い、熱を引き出す会見にしてくれたという喜びが、いつまでもこみ上げる。

会場の空気が変わったのは、僕の勘違いや思い違いじゃなかったんやな。落選したとしても、あれだけの数の記者たちを通じて想いを伝えられれば、今回の立候補は決して無意味ではない。泡沫候補と思われているなら、自分の言動でその前評判を覆し、信念を表明し続けて当選に漕ぎつけるまで。それが今まで僕を育ててくれた医療業界への、せめてもの恩返しになるはずだ。

恐れていた記者会見が、僕を確かに「参議院議員選挙の候補者」たらしめてくれた一日だった。羊は狼たちと対話し、わかり合い、食べられずに済んだのだ。

## 真夏の戦利品

いよいよ、僕の人生初の選挙戦がスタートした。

真夏のうだるように暑い日々、選挙事務所に通うだけでも心が折れそうになる。しかしそこで本当に折れている場合ではなかった。やることが大量にあるのだ。

まずは、選挙ポスターの貼り出し。各選挙には選挙区があり、自分の出馬する選挙区内にある掲示板にポスターを貼り出すことができる。参議院選挙はいわゆる「中選挙区」で、衆議院選挙等の「小選挙区」よりも範囲が広い。僕が出馬したのは大阪選挙区、大阪府全域を対象とする選挙区だった。つまり貼り出せる掲示板は大阪府下に広く点在しており、その数なんと約1万2000箇所。縦に長い大阪府の隅から隅まで僕のポスターを貼ろうと思うと、1万2000枚の印刷と貼り出し作業が必要だった。

既存の大きな政党は組織力を発揮、あっという間に党内で作業分担し、多くの掲示板に候補者ポスターを次々と貼り出していく。ポスターの貼り出しは選挙公示日以降でないと行えないため、大きな組織の人海戦術が強さを発揮する。しかしネルソン陣営は「人無し、金無し、ノウハウ無し」――。1万2000箇所の掲示板を網羅することは、時間をかけて考えるまでもなく不可能だった。

実は選挙では、一部の運動費用が公費負担される制度がある。選挙ポスターもその対象の一つで、仮にすべての掲示板に貼りだすべく印刷や人員手配をしても、公費で賄える部分がある。しかし公費負担とはつまり、税金から捻出されるもの。はっきり言って勝算の低いネルソン陣営が湯水のように使ってもいいお金だとは、どうしても思えなかった。ここで弱気になってはいけない！　とも思うが、個人としても党としても実績のない僕は、ポスターを貼りさえすれば当選できるわけではない。むしろポスターに掛けられる人員とお金と時間があるなら、山分ネルソンをもっと具体的に知ってもらうことに使いたい。

そう思った僕は陣営と相談し、まずは500枚ほどの貼り出しを目指した。押さえておくべき人通りの多い場所と、貼り出し作業をしてくれるボランティアさんたちの家の近く。その合計が500枚くらいだと踏んだのだ。

公示日以降、刷り上がった貴重なポスターを1枚ずつ、ボランティアさんたちが貼り出してくれた。1枚、また1枚、と自分のポスターが街頭に貼られ始めると、ありがたさと共に「ほんまに出馬してしまったんや」という実感が嫌でも湧いてくる。

するとある日、事務所に1本の電話が入った。ものすごい怒りを湛えた様子のご年配の方からだった。

「私の住んでいる町に、あなたのポスターが1枚も貼られていない。どういうことなのか、私たちを舐めているのか」

その町に僕のポスターを貼れていないのは事実だった。その方は、自分たちの町は「貼らなくてもいいだろう」と軽視された、そう思ってお怒りのようだった。

これはまずい。僕は急いで電話を代わり、必死に弁明した。お金も地盤もなく立候補したので、やれることを厳選した結果、どうしても何かを削らざるを得ない状況であること。そのため、お住まいの地域にポスターが行き届かなかったこと。それでもどうしてもやり遂げたい、伝えたいことがあって立候補したこと。決してお住まいの町を軽視したわけではなく、すべての選挙区内で伝えたいことがたくさんあること――。

しばらくお話していると、その方は突然こう言われた。

「わかった、あなたの心意気はよく伝わった。明日あなたの事務所に行きます。そこで私にポスターを分けてください。私の町に、私が貼りますから」

僕はあまりの突飛なお申し出に、うまく返答できなかった。私が貼るって本気で言ってんのかな、そう思いもしたが、その場は何度もお礼を言って電話を切った。

すると翌日、本当にその方が事務所を訪ねて来られた！　わざわざバスを乗り継ぎ、僕のポスターを受け取るためだけに、だ。面識のない方が、こんな泡沫候補のためにここまでしてくださるなんて――。僕と数少ない陣営は、言葉にならない感動を覚えていた。電話の時以上に何度もお礼を言い、その方の姿が見えなくなるまで事務所全員でお見送りをした。

このことを通じて、陣営の中に「これまで以上に本気で、すべてをかけてやらなければ」という連帯感が生まれたような気がする。本当にありがたい出来事だった。

その後選挙戦が進むにつれて、僕の記者会見や選挙活動の様子が報道され、思った以上に多くの方が僕を知ってくださった。事務所の電話も日に日に鳴る回数が増え、「頑張って」「何か手伝えることはないか」「ポスター貼るよ」などの言葉をいただく。ますます僕と陣営は奮い立ち、「最初から諦めてはいけない、応援してくださる人たちのためにも本気で当選しに行こう！」と心から思うようになっていた。

公示日から開票日前日まで、選挙活動ができる期間は17日間。ポスターを1日100枚から200枚貼り続ければ、期間最終日には3000〜4000枚は貼れるかもしれない。陣営とも再び相談し、最終的には「掲示板の半分にはポスターを！」という目標の下、6000枚の追加印刷をかけた。ボランティアさんの数も少しずつ増えている中、できる人が手分けして1枚でも多く、と貼り出してくれた。

街頭演説先に行くとすでに僕のポスターが貼ってある、そんな状況が増えてきた。今まで他人事だった選挙、貼られたポスターを何気なく見て「この写真イマイチやなぁ」などと思っていた自分が心底恥ずかしい。

これをたった1枚貼ることが、どれほど大変か――。掲示板の場所は決まっていて、選挙管理委員会から地図が用意されているが、失礼ながらわかりやすいものではない。住宅街の入り組んだ場所や、細い道の先、マンションの裏の裏、地元の人しか知らない路地など、まるで宝探しのような場所も多く、機械的・効率的に貼ることは不可能なのだ。

たかが1枚、されど1枚。日に日に街に増えて行くポスターは、いろいろな人にいただいた温かい気持ちそのもの。昨日までなかった場所に貼ってあるだけで「うわ！　ここにも貼ってある！　ありがとう！」と心の底から感謝が溢れた。

実はポスターを貼る専門業者も存在する。見積もりをお願いすると、1枚あたり500円ほど。仮にすべての

掲示板の前で、妻・志野と。

掲示板へ貼り出しをお願いすると、それだけで６００万円――！　とてもではないが、貧乏陣営に手の出せる金額ではなかった。

お金を掛けられない分、人の手と心が掛かったポスターから感じる、真夏にも心地よい温もり。この温もりに報いるよう、死力を尽くさねば。日に日にこの思いは強くなるばかりだった。

多くの人に自分の政治的な考えを伝えられるといえば、政見放送がある。候補者全員に等しくその機会が設けられているが、その分事細かに発言内容と時間配分が決まっている。参議院選挙の場合、経歴について30秒、政見について5分30秒の計6分間だった。

今まで選挙の度に政見放送を目にしてはいたが、僕はいつも「この人らは何を言っているんやろう、つまらんなぁ」と思っていた。今はそう考えていたことを心から謝りたい。それほど「カメラの前で制限時間内に自分の思いを伝えること」は難しいと、身をもって感じた。

収録は決められた日時で、順番に行われる。いざ自分の番になると、その緊張度は想像以上だった。スタジオ内の大きなカメラがこちらを見据え、マイクの前には自分の名札があり、天井からは目が眩むほどの照明が焚かれている。人の熱気に溢れた記者会見とはまた違った雰囲気だった。記者たちの質問に言葉を引き出してもらった記者会見とは違い、６分間の出来映えは完全に僕の技量だけに任されていた。

ガチガチ、と音がしそうなほど全身の筋肉はこわばり、口はうまく回らない――。なんとも情けないカミカミの政見放送。拡大カンペをカメラ横でボランティアさんに持ってもらったにも関わらず、だ。

緊張で意識が朦朧としながらも何とか収録を終えると、涼しいはずのスタジオ内で僕のスーツは汗で濡れそぼっていた。素人の政見放送の難しさ、そして政治に求められる伝える力、その二つを嫌というほどに思い知る。そんな政見放送からでも僕の思いを汲み取り、力添えしてくれた人が多くいたのだから、どれほど感謝しても足りなかった。

がむしゃらに、そして感謝の気持ちに溢れながら活動する毎日。しかし選挙活動はただ闇雲に行ってもいけない。「公職選挙法」に抵触しないよう細心の注意を払わねばならない。これは立候補する際に僕が一番怯えていたことだ。例えば、ボランティアさんたちに対して、小さいペットボトルや紙パックで飲料を配布してはいけない。これは有権者の買収行為にあたり、公職選挙法に抵触する。しかし2リットルのペットボトル1本を紙コップに分けて皆で飲むのは買収にあたらない。同じようにお菓子やお弁当を配布すれば買収行為だが、お茶菓子としておせんべいをつける程度であれば問題ない。しかも買収行為で罰せられるのは買収した側だけではなく、買収された側もなのだ。きちんと把握していなければ、僕に時間を力と心を割いてくれている人たちにも罪を犯させてしまう。

そのほか、選挙期間中に街頭で配布可能なもののサイズや枚数や内容、選挙のために動いてくれた人への報酬額、寄付やお香典やご祝儀などを渡せる範囲なども、実に事細かに決まっている。あまりに細かいこれらの法律を独学ですべて把握することは不可能だ、そう思った僕は「頼みの綱」に電話をした。

そう、立候補手続きを教えてもらった選挙管理委員会だ。ここでも一から十まで、何にどう気をつけるべきかを丁寧に教えてもらった。これでようやくビクビクせずに活動ができる！　いろんな人や仕組みに支えられているのだと、感謝の思いが募った。


そして選挙といえば、選挙カーによる広報や演説活動。看板やスピーカーが設置されているいわゆる「選挙カー」はレンタルも可能だが、3週間で何十万という料金がかかる。選挙に出るには金がかかる、と言うが、何につけても費用が嵩むのだ。

候補者の中には選挙カーを利用せず、自転車で選挙活動を行う健脚な人もいる。しかし選挙区が大阪府全域となる参議院選挙で、選挙カーを利用しない作戦はさすがに無謀だった。そこで僕は、当時の自家用車・トヨタのウィッシュを選挙仕様にして、自前の選挙カーとして利用することにした。車体の側面にポスターを貼り、上部には手作り看板を設置。不恰好で誰も見たことのない、ある意味とてもよく目立つ「ネルソンカー」の出来上がりだ。

しかし自分でネルソンカーを運転するのでは、ただのドライブになってしまう。運転手やウグイス嬢など、選挙活動に必要不可欠なスタッフはどう手配すれば良いのか――。

実は選挙活動が始まるまで、スタッフ手配の目処はほとんどついていなかった。しかしいざ選挙活動が始まると、僕を知ってくれる人が増え、手伝いを申し出てくれる人も増えていた。

「新聞記事で見て、心意気に胸を打たれて来ました」

「街頭演説を聞いて、自分も何か手伝いたいと思ったんです」

元病院勤務の方、非常勤で医療に従事する方など、僕の医療改革に共鳴してくれた方々を始め、選挙を勉強したい大学生などの若い人からもたくさんお申し出があったのだ。ネルソン陣営は多くの方々の支援を得て、もはや「人無し」ではなくなってきていた。もちろん巨大政党には敵わないが、これほどまでに温かく手と心が差し出されるとは。いちいち涙が出そうになるが、浸っている時間的余裕はない。お申し出をありがたくお受けして、運転が得意で比較的時間のある方に運転手を、声の通る方にウグイス嬢をお任せすることにした。

ほかにも、選挙戦略の立案者を中心に効果的な演説プランを考えてもらったり、情報収集の得意な人に戦況分析をお願いしたりと、それぞれの得意分野で多くの人が協力してくれた。お金がないならアイデアで勝負しよう、そんな前向きな空気がネルソン陣営には満ちていた。あまりに多くの方々のご協力に、思わずこう言ってしまったこともある。

「みなさん、本当にごめんなさい。お金がなくて手間ばかりかけてしまっている上に、公職選挙法もあってお礼もろくにできなくて…」

するとき皆さんは、なぜ僕が謝るのか心底わからなさそうに、口々にこう返してくださった。

「選挙なんて普段関わらない、だから私にとってはとても貴重な体験なんです」

「人生でこんな経験滅多にない、こちらこそありがとう、ですよ」

僕は人生の運、いや前世から来世にかけての運すらもすべて、ここで使い切っているかもしれない。本気でそう感じたほど、温かい人たちに恵まれた毎日。ネルソンカーで街を走る度、僕自身や僕の考えを知ってほしい思いと同じ、もしくはそれ以上に、この陣営の素晴らしさを大阪中、日本中に伝えたい、と考えていた。

手作り選挙カーで遊説している中、車を降りて街頭演説をする機会はたくさんある。自分の意見をじっくりと聞いてもらうべく演説場所を決めるものの、知名度の低い僕の演説は残念ながら「迷惑だ」と言われることも少なくなかった。仕方ないが、一人でも多くの人に共感してもらうには諦めてもいけない。自分の思いを言葉にし、演説を続けるしかないのだ。

ある日僕は、吹田市で演説することにした。吹田といえば、僕を医師にしてくれた大阪大学医学部の位置する、僕の大阪での原点とも言える場所だ。また、大阪市のベッドタウンでもあり、団地やマンションが立ち並ぶ区域が多い。そんなマンション群の中で、僕は車を降り演説を始めた。住宅地の中の演説で必ず気をつけることが一つ、それは「スピーカーのボリューム」。子どもがお昼寝中かもしれない、夜勤明けの人が寝ているかもしれない、そう思うと大きな音は出せない。しかし僕の思いは届けたい――演説の時はいつもそのジレンマに陥っていた。

その日も遠慮がちなボリュームで演説をしていると、マンションから何人かの住人たちがこちらへ向かってきた。しまった、うるさいと思われてしまったかも…。そう身構え、場所を変えようかと思っていると、そのうちの一人の人が近寄ってきてこう言った。

「ごめん、もうちょっと音大きくしてくれへん？　もっとちゃんと聞きたいから。今の音量やとちょっと聞こえにくいねん」

え？　と思わずマイク越しに聞き返した。まさか音を大きくして、と言われるとは夢にも思わなかった。喉の奥がぐぐっと熱くなり、目頭にこみ上げるものがあった。

「ありがとうございます！」

そう言って僕は音量をほんの少しだけ上げ、その場で最後まで演説をさせてもらった。ありがとう吹田、ありがとう大阪――！　この大好きな場所のためにも、ますます真剣に当選に向けて活動しなければ、と陣営一同決意を新たにした瞬間だった。

また住宅街での演説では、度々子どもたちが興味を持ってくれた。名前が珍しいから、子どもたちには新鮮に聞こえたのかもしれない。

ある日サッカー練習場の横をネルソンカーで通っていると、練習をやめて走ってくる子どもたちがいた。しかも口々に「ネルソン頑張れー！」と言いながら手を振ってくれる。なんて嬉しいんだろう！　記者には偽名・売名と疑われたこの名前も、たまには役立つじゃないか！

そこで僕はウグイス嬢役のボランティアさんに一つお願いをした。

「『おうちの人に、ネルソンに投票してと伝えてね』とは絶対に言わないでください」

家で話題にしてもらえれば得票にも繋がるだろう。しかしそのお願いは、あまりに素敵な笑顔で応援してくれる子どもたちの気持ちを勝手に利用しているようで、どうしても嫌だった。ボランティアさんは驚いていたが、すぐに僕の意図を汲み取ってくれたのか「わかりました」と笑顔で応えてくれた。

せっかくなので子どもたちと交流しようと車を降りると、駆け寄ってきた子どもたちから「握手して！」と囲まれた。

「ポスターの人や！」「ネルソンや！」

素直な子どもたちは、邪気のない態度で接してくれる。それがとにかく嬉しかった。医療を通じて子どもたちが安心して住める街、そして子どもを産み育てたいと思える街にしなくては――。そう思いを膨らませていると、子どもの一人がこう言った。

「〇〇くん、△△くん、帰ったらお父さんお母さんに『ネルソンに投票して』って言おうな」

思わず耳を疑った。子どもとはいえ、選挙を理解している。ただ僕が珍しい名前だからか、と喜んでいた自分を少し恥じ、彼らを「子ども扱い」したことを反省した。10年後、いや数年後には選挙権を持つ彼らにしっかりと認知されているのは何よりもありがたかった。

これもポスターを必死に貼り、拙い政見放送を何とか形にしようと尽力してくれた陣営のおかげ。決して届かない、どうせ無理だ、と諦めなくてよかった。そして一緒に頑張ってくれる仲間がいて本当によかった！　子どもたちの笑顔を見ながらそんなことを思っていた。

こうした遊説活動を通じて特に印象深かったのは、活気あるコリアンタウンを擁する鶴橋での街頭演説だ。事務所を決めるポイントにしたほど、日々賑やかに人々が集う街。僕はその鶴橋駅前で演説を始め、自分の政策案に関連して「外国人参政権」について話した。

僕自身は帰化して参政権を持ったが、外国人参政権には反対の立場だ。今思えば、コリアンタウンの中心部で演説するには随分ときわどい話題を選んだと感じるが、当時の日本では特に取り沙汰されていた問題であり、触れない選択肢はなかった。

僕の考えをマイクに乗せて話していると、どんどんと人が集まってくる。外国人参政権反対の賛同者か、と思ったが、どうやら彼らは僕に対して怒っている様子だった。すると、その中の一人が僕に詰め寄ってきた。

「外国人参政権反対って、あんたどういうこと？　我々は在日韓国人で、生まれも育ちも日本。生活する中で税金も払っているのに、参政できないのはおかしいとずっと思ってる。なんで反対なんや」

　当事者の方々の言い分はもっともだった。しかし、僕もただ闇雲に反対を謳っているわけではない。まずはしっかりと「対話」したいと思った僕は、その人に向けて話し始めた。

「私も元外国人です、日本へ来てから差別を受けて辛いことも多くありました。でも政治はその国の骨格、骨組みです。そこに関わるには相当の愛国心を持つ必要があって、その手段が帰化であり、日本人になることだと思っています。私が仮にマレーシア国籍のまま韓国へ行き、投票したらどう思いますか？　おそらく違和感があるでしょう。ただしその国の国籍を持ちながら、その選挙権を使わない人もいます。また、その国で受けられる恩恵を持て余し「頑張っていない人」も残念ながらいるでしょう。日本でも同じです。そんな日本人よりも一生懸命働き、税金を多く収める在日の方々がたくさんいることは承知しています。そんな方々の意見を伝え、反映できる場がないのは辛いことです。行政に繋がる窓口は早急に必要でしょう。しかし政治についてはあくまでも「国籍」が大切だと、私は考えています」

　ここまで一気に話すと、僕は我に帰った。これでは怒りを収めるどころか、もっと怒らせてしまうかもしれない。恐る恐るその方を見やると、じっと僕を見据えて立っていたその人は、僕に向けて一歩足を踏み出した。やっぱり怒らせてしまった――僕の心臓はバクバクとその鼓動を大きくしている。賑やかな駅前は心なしか静かになり、周囲の人も固唾を飲んで事態を見守っていた。するとその方は僕の目の前で立ち止まり、こう言った。

「ネルソン、頑張れ」

　一瞬、訳がわからなかった。頑張れ、って言った――？　きょとんとする僕と陣営を尻目に、その人は言葉を繋いだ。

「頑張ってや。そういう話なら納得するわ。日本人は日本の文句ばっかり、日本のこと好きちゃうのに僕らに『外国人に参政権は与えられへん』と上から言い放ってくる。外国人参政権反対とだけ聞くと腹立つけど、今のネルソンの説明なら反対っていうのも腑に落ちるわ」

対話が、言葉を交わすことがいかに大切か。僕は改めて思い知った。

今まで医療現場でもできる限り患者さんには言葉を尽くしてきたつもりだ。今がどういう状況なのか、これからどう治療するのか、僕が医師としてどう考えているのか、そして患者さんはどう思っているのかをしっかりと聞き、言葉にして確認する——。それが間違っていなかったこと、そして政治でも同じだったと実感した。対話ができたその喜びに、選挙活動に入ってから緩みっぱなしの涙腺はまたも決壊しそうだった。

しかしその喜びとともに、悔しさもあった。日本にいる外国人たちが「日本人は日本が好きでない」と感じていること、それが決して理不尽な言いがかりではないことに。

いつかの街頭演説で話しかけてくれたサラリーマンも、日本に生まれ育って「何の希望もない」毎日を送っていると言っていた。世界の中でも非常に恵まれたこの島国で生まれ育ち、希望がない、だなんて。日本に憧れる国々の人や、僕のように日本に希望を見出して来た外国人たちからすればとんでもない話だ。これでは怒りを覚えられても仕方がない。

日本人自身が日本の良さをわかっていない、それは宝の持ち腐れだ。日本の良いところ、日本にある希望を日本人がしっかりと理解し、それらを世界を染めるほどに海外へと広めていく——。そんなことができれば日本はもっと明るくなり、日本人はもっと輝くだろう。

僕は来日してからずっとずっとそう考えてきた。しかし実態は違っている。まず日本人がもっと好きになれる日本を作り、それを医療方面から成し遂げる、それこそ僕の政治信条だった。

ちなみに、僕が帰化して初めて得た選挙権。それを行使し1票を投じたのは、山分ネルソン祥興、自分自身だった。選挙権と被選挙権、その二つを初めての選挙で同時に使うなんて。自分でも驚くようなことが起きるものだ、これこそまさにジャパニーズドリーム。僕にできたんだから、日本人にできないわけがない。日本に生きる一人でも多くの日本人に様々な夢を実現してほしいと思い、僕は仲間とともに日々選挙活動に明け暮れていた。

選挙活動中は思いもよらないことの連続だったが、その中でもとびきり驚いたことがあった。ある日僕が選挙事務所へ行くと、ボランティアさんたちがいつも以上にバタバタと走り回っていた。僕の姿を見つけた一人が、見たことのない慌て様でこう言った。

「すごい人が来てます！　ネルソンさん、早くこっちへ！」

そうして1枚の名刺を僕に手渡すと、事務所の奥へと走っていく。僕を訪ねてくるすごい人、そんな人に全く心当たりがなく、不思議に思いながら名刺を見た。

『自由民主党・大阪府議会議員　朝倉秀実』

大政党・自民党の議員さんが、なぜこんな泡沫候補の元へ――？　思い当たる節はやはりなく、なんだか恐ろしい、そして冷やかしかとすら思った。しかし新党の新人で自民党のライバルになどなり得ない僕のところに、わざわざ府議会議員が足を運ぶだろうか。

ご本人がいらしているなら、聞いてみるほかない。そう思った僕は、混乱を極める事務所の奥へ向かった。

事務所の奥の椅子に、皺ひとつないスーツを纏った男性が座っている。

「こんにちは、山分ネルソンと申しますが…」

「おお！　あなたがネルソンさん！　お会いできて嬉しいです。今日は挨拶に伺ったんですよ」

ギラギラと脂ぎって、ズル賢そうな人――僕の持っていたそんな政治家のイメージとはまるで違っていた。すっと立ち上がって僕に向き合ったその人は、清潔感に溢れて正義感の強そうな、まるで熱血高校教師のようにハツラツとした雰囲気を醸し出していた。

「自民党、大阪府議会議員の朝倉です。お忙しい中突然お訪ねしてすみません」

朝倉氏の太陽かと思うほど明るい笑顔に、僕は圧倒されていた。周りのボランティアさんたちも一体何が起こるのか、不安げな顔でこちらをチラチラと伺っている。朝倉氏の思惑が何かまだわからない、ここで押されてはいけない。そう思った僕は、失礼を承知でこう尋ねた。

「とんでもない。ただ、どうして僕みたいな泡沫候補にわざわざご挨拶なんて…」

吹き出す汗を拭うのも忘れた僕を笑うことなく、朝倉氏は快活な声でこう答えた。

「実は先日、マスコミ記者と自民党でミーティングをしていまして。その中で自民党府連の幹部が、今回の参院選の世論調査結果や自民党候補者の支持率を尋ねたところ、おもしろい答えが返って来たんですよ」

おもしろい答え？　僕はますます汗を垂らすばかりだ。

「『まだ世論は見えていません。ただ記者間で投票のシミュレーションをしたら、山分ネルソン候補が1位でしたよ』と言うんですよ。幹部たちもびっくりしましてね。失礼ながら、誰も聞いたことがない名前だったからです。しかも政治記者たちは基本的に厳しい視点で政治家たちを見ているから、特定の候補者を褒めることはほとんどない。それなのに皆が口を揃えて「ネルソン」と言うものだから、どんな方なのかお会いしたくて来てしまいました」

僕は途中から感覚が曖昧になり、ぼーっとしたまま立ち尽くしていた。もちろん話の内容が嬉しく高揚していたこともあるが、朝倉氏があまりに実直に、真摯な気持ちで話していると感じたからだ。泡沫候補だから、と見下すことなく、興味と敬意を持ってわざわざ挨拶にまで来てくれた。その姿勢に僕はとても感動していた。

こうして尊敬すべき朝倉氏と出会えた縁は、とても嬉しいことに、この場以降も切れなかった。朝倉氏から様々なアドバイスをいただいたり、700人ほどを擁する朝倉氏のセミナーで講師として登壇させていただいたりと、たくさんの機会へと繋がる。こんなにも公明正大な政治家は他に知らない。朝倉氏と出会えたことは、僕の人生で大きな収穫だった。

まだ書ききれないほどのいろいろな事件や出会い、得難い経験を重ねた17日間はあっという間に過ぎていった。

そして、最初は冷たかった周りの反応が、選挙活動を続けるうちに少しずつ温かくなる――。「政見放送見たよ」「演説聞いたよ」と言ってくださる人が増えるにつれ、掲示板に貼り出されたポスターの枚数も増えていった。お手製の選挙カーに手を振り返してくれた人、「ぜひ当選してほしくて、神社で祈祷してもらいました」と御守りを手渡してくれた人まで。

ダメ元で立候補した気分ではいけないとすぐに思い直したのは、僕を奮い立たせてくれる仲間たち、応援してくれた人たちがいたからだ。

日本をもっと輝ける、世界に誇れる国にする。いつかの街頭演説でどこかの政治家が言っていた空虚な「住みやすい街」ではなく、本当に住みやすく「住みたい街」を作るんだ。医師だからこそ、そして日本に憧れて来日した僕だからこそ、日本への恩返しに全力で取り組みたい。選挙活動の終盤は、そんな想いから全身全霊をかけた毎日だった。

いよいよ投開票の日。ボランティアさんたちが事務所に続々と集まってくる。みんな僕以上に緊張した面持ちだ。それほどまで僕の選挙活動に心血を注いでくれたのか――と、ここでもまだ僕の目頭は熱を帯びる。

開票速報は果たしてどうなるのか、事務所に集う全員がこのことで頭をいっぱいにしていた。しかし僕の事務所は節約第一。速報確認のためのテレビはなく、ネルソンカーのナビに付属するワンセグテレビとラジオ、それだけが情報収集の頼みの綱だった。そしてよく選挙特番などで見られるような、選挙事務所に詰めかける取材陣――とはいかず、取材の記者はたった1社、関西テレビのニュース番組「FNNスーパーニュースアンカー」だけだ。僕の選挙で特集を組んでくれるとのことで、カメラマンとプロデューサーの二人一組で事務所を取材していた。独特の空気に満ちた事務所内の様子をカメラに収めている。

そうしているうちに、刻一刻と開票時間が近づく。19時、ついつい時計を見てしまう。19時30分、みんなの口数が少なくなってきた。そして20時。投票が締め切られ、いよいよ開票が、そして開票速報が始まった。ネルソンカーのワンセグテレビを見つめ、ラジオに耳をすませる。

同じ選挙区、早々に別の候補に当選確実マークがついた。頼りない電波状況でザラつく画面の向こうに、次々と咲く当確の花。僕の名前の横には、最後まで当確の花は開かなかった。

初めての選挙戦は、落選に終わった。

事務所の全員がこの結果をわかっていた。しかしそれは今までの「どうせダメ元」の考えからではない。政治の入り口の狭さ、選挙で勝つことの厳しさと難しさ。選挙区での実績や地盤、人脈の大切さ。身をもってそれらを知ったからだ。

自分が立候補するまでは、人脈や支援グループを見ても「どうせ私利私欲のために繋がった人たちだ」と感じていた。しかし地元やそこに住む人たちのために本気で活動する政治家には、当然確かな応援団がつく。加えてそういった政治家は僕が思っていた以上に多く、素人が簡単に入れる隙はなかった。だからこそ政治は挑戦し甲斐があり、政治で何かを成し遂げたければ本気で取り組まねば。そう痛感していた。

それほどの大きな壁にマレーシアから来た僕が挑めた、それだけでも嬉しいことだった。しかしそれ以上の嬉しい驚きが、疲れつつも充実感に浸っている僕たち陣営を待ち構えていた。

開票集計が進み総得票数が発表されると、事務所に衝撃が走った。

なんと10万票を超える得票数だったのだ！

出馬会見で記者に「5000票から1万票取れればいい方」と言われ、泡沫候補と思われていた僕が10万票も！

事務所内はどよめき、しばしの静寂、そして大歓声が響き渡った。

おめでとう、やった、よかった、そんな声がみんなの口から次々と聞こえる。中には抱き合って互いの労をねぎらっている人や、泣いているボランティアさんまで。

短期間の選挙戦にも関わらず、10万人もの人が、僕に共感し、僕に託してみようと1票を投じてくれた。これは多くの人たちの協力がなければ、絶対に成し得なかったことだ。無謀な挑戦を了承して一番近くで応援し続けてくれた家族。僕を面白がりながらも深く理解し、いろんな方向から手を差し伸べてくれた友人たち。選挙を通じて僕のことを知り、力を貸しながら一緒に夢を追いかけてくれたボランティアさんたち。僕を取り上げてくれたマスコミ関係者も含め、僕の背中を押してくれた人たち一人ひとりの地道な活動が実った結果だった。

僕は事務所に集まった人たちに、何度もなんども、心を込めてこう言った。

「ほんまにありがとうございました！」

「皆さんのおかげです！」

本来であれば、皆さんのご協力をいただいたのに落選して申し訳ない、そう挨拶すべきだったのかもしれない。だけど感謝の気持ちが溢れ出して止まらなかった。

出馬した当初は、辛いことや苦しいこと、友人やお金、仕事など失ったものの多さに、なんて無謀なことをしたんだろうと思っていた。しかし多くの人の「人間味」に支えられたからこそ、10万人もの人たちに共感してもらえたのだ。国会へ行くことは叶わず、その10万人の方たちの思いを届けられなかったことは非常に悔しく、申し訳ない気持ちだ。それでも、感謝してもしきれないほどのありがたい結果だった。

唯一の取材カメラの曇りないレンズがこちらを向くと、僕はこの気持ちを率直に話した。ありがとうの想いが事務所内だけでなく、このレンズを通して一人でも多くの人に届きますように、と。

夏の暑さに負けない事務所の熱気はいつまでも抜け切らず、陣営、ボランティアさんたちの笑顔でいっぱいだった。

こうして僕の短くて濃密な選挙戦は幕を閉じた。すべて「無し」だった僕に、他では得難いほどたくさんの「人間味」という戦利品を残して。

# 第七章

## つかんだＪａｐａｎｅｓｅ Ｄｒｅａｍ…。
## 希咲クリニック開院とメディア出演

## 拾う神、現る

選挙後は、まるで人生に落ちこぼれたような生活だった。収入も貯金もなし、その代わり借金あり。僕は人手不足の病院で医師のアルバイトをしてなんとか食い繋いでいた。

こんな時に手に職があってよかったと心底思った。医師免許がなければ、僕と家族は食べることにすら困っていただろうから。アルバイト代から必死に借金の返済も行い、家族に何とか今よりも良い生活をさせたい、日々その一心で働いていた。そんな中、知人から連絡が来た。

「ネルソンに興味ある人がおるんやけど、紹介してもええか?」

選挙中ならまだしも、落選したこの僕に何の興味が? 物好きやなぁ、一体どんな趣味やねん、と思うが、知人は何度も「ぜひ会ってみてくれ」と言う。思えば今の自分に失うものなどない、別に渋る必要もないか。そう思った僕は了承し、後日その人と会う手はずを知人に整えてもらった。

約束の日。指定されたのは北新地にあるピアノバー。時間より少し前に到着したが、どうやら僕が先に着いたらしい。緊張しながらピアノ演奏が響く薄暗い店内を見渡したが、それらしき人は見当たらなかった。案内されたカウンターに座って待つ間、落ち着かない僕は目の前のグラスに入った水と氷を見つめ続けていた。飲まれずにいるグラスと、緊張で張り詰めた僕が、少しずつ汗をかきはじめた、その時。

「お待たせ」

声を掛けられて振り返ると、そこにはサングラスに口髭の、いかにも怪しげなおじさんが立っていた。

僕は一気に警戒を強めた。このおじさんが、僕に興味を持って会いたいだなんて、怪しい臭いしかしない…。

薄暗いバーの雰囲気のせいか、より一層の怪しさを感じる。

しかしおじさんは僕の警戒など気にしていないようで、ニコニコと嬉しそうに僕の隣に座り、「米良です」と名乗った。僕は米良さんに、率直な質問をした。

「あの、僕に興味があると聞いたのですが」

「うん、君は面白いから」

「面白い…？」

「そう。聞いたんよ、演説」

米良さんは僕の選挙活動中の街頭演説を聞いていたのだ。

「私の会社の前のスーパーで演説してたのが聞こえてきたんや。すごく感動した。マレーシアから来たんやってね。そこから必死に勉強して薬学、医学を修めて医者になって——それで政治の力で医療業界をもっと良くしたい、そんな志に感動したんや」

「私の会社」…胡散臭さがまた漂ってくる。

「落選したってニュースで見て、その後どうしてるんか気になってたんやけど、人にその話したら知り合いやって言うから。ぜひ紹介してくれってお願いしたんや」

演説に感動し、その後まで気にかけてくれたのはとてもありがたいが、それでどうして僕に直接会わなければならないのだろう。少し警戒を解きかけたが、こういう時が一番危ない。僕はガードを固めたまま、引き続きこう聞いた。

「演説を聞いてくださってありがとうございました。それで、今日は僕に一体どんな用なんでしょうか」

「生い立ちも経歴も面白かったし、出馬の志にはめちゃくちゃ感動した。優秀なんやろなと思ったけど、勤務医として働くんはもったいないとも思ってん。開業して、自分のクリニックでも作ったら？」

軽いノリでとんでもないことを言うおじさんだ。そもそも初対面のこの人は、僕の現状をわかって言っているんだろうか。

「今の僕がどんな生活かご存知ですか？　出馬するために借金抱えて、挙句落選して返済生活ですよ。失礼ですが、そもそも米良さん、あなたは何者なんですか？」

あまりにも失礼な言い方をした自覚はあったが、僕の現状もロクに考えずに好き勝手を言ってくる相手に苛立ちが募り、語気が徐々に強まっていた。しかしそんな僕の心持ちなど気にしないかのように、米良さんはあっけらかんと答えた。

「私は建物を60棟くらい持ってる。そのうちの一つ、良いフロアが空いてるから貸してあげる。そこで開業したらいいわ」

米良さんは不動産業を営んでいる人、ということか。60棟が片手間で管理できる数ではないことは、素人の僕にも明らかだった。それが本当であれば、かえって怪しさが増す。立派な不動産業者が、こんなに落ちこぼれた、しかも共通の知人がいる程度の間柄の人間に良い物件を貸すだろうか？

世の中、美味しい話には必ず裏がある。この話は美味しすぎる。そして不動産業界は非常に複雑で、失礼ながらあまり評判の良くない人や、いわゆる「裏」の人間も多い世界。

そうか、僕はカモにされるんや。ハメられて、搾り取られるんや。ここに至り、僕の警戒モードは最も強くなっていた。一応知人の知人なので、当たり障りない返事で乗り切ろう、と決めた。しかし米良さんは何度も「開業した方が良い」「開業したら？」と繰り返す。

バーで何を飲んだかは全く覚えていないが、「開業」という言葉を聞き続けたことだけは覚えている。そのしつこさに負けて連絡先だけを交換し、開業の話は進展しないままお開きに。

「また連絡するわ！」

米良さんは最後まで明るく僕に開業を勧め続けたが、いくら振り返っても僕にはその理由がわからない。無理に考えるとすれば、せっかく日本に来て医師となりジャパニーズドリームを掴んだのに、自らそれを棒に振った元外国人の自分をからかっている、といったところか。

不動産業で大成功している人からすれば、そんな人間は珍獣のように思えるんだろう。次元が違いすぎて、もはや悔しささえ感じない。今日のことは忘れて、また少しずつでも借金を返そう。帰りの電車に揺られながら僕はそんなことを考えていた。

再び米良さんから連絡が入ったのはその2週間後だった。

「また会って食事でもしよう、ご馳走するから」

先日あれほど気の無い返事をしたのに、まだ性懲りもなく僕を誘ってくるのか…。半ば呆れながらも、ご馳走してくれるなら食事ぐらいはいいか、とプライドも何もなく僕は承諾した。店の住所と連絡先を聞いて、また日々の生活に身を投じていく。

待ち合わせ当日。指定された店のある北新地へ向かう。東が銀座なら西は北新地、そう言っても過言ではない、関西でも有数の高級歓楽街。そんな場所でご馳走されるなんてまるで接待やな。そう思った僕はようやく、一抹の不安を覚えた。こんな男を接待したところで、米良さんには何の得もないのに。やっぱり何か裏があるに違いない。

しかし、断るには遅すぎた。何で電話の時点で気がつかんかったんや、と僕はつくづく自分の脇の甘さを悔いる。よし、ここはビシッと本人に言って帰ろう。あんまり人を馬鹿にするもんじゃないですよ、と。勢いよく電車から飛び出した僕は、雑踏の中を息巻きながら歩いた。

地図アプリの示す場所に到着すると、そこは料亭だった。しかもただの料亭ではない、ミシュラン一つ星を取るほどの名店。ぼうっと明るい入り口へと繋がる飛び石が、今にも僕を違う世界へと引き込もうとしているようだ。

やっぱり接待、いや接待を装った怪しい何かや。絶対にこれで終わらせてやろう。僕はまるで巨悪に一人で立ち向かう警察ドラマの主人公のように、息を整えて料亭の暖簾をくぐった。靴を脱ぎ、奥の個室に案内される。

さあ言うぞ。絶対言うぞ。人を馬鹿にしちゃいけませんよ。

心の中で何度も「絶対に言う」と繰り返す。だが、そんな誓いは個室の引き戸を開けた瞬間、早々に引っ込むことになる。

和室にずらっと並んで座る大人の男性が4人。うち一人は米良さん、あとの3人は――？　あれほど心で復唱したフレーズはおろか、僕は挨拶すらできずに個室の入り口で固まった。

「おお~ネルちゃん！　はよ座り！」

米良さんはいつの間にか僕をネルちゃんと呼んでいる。僕は促されるまま、素性のわからない男性たちの前に座った。

やばい、これはほんまに来たらあかんやつやった――。こんなに怪しいシチュエーション、ドラマにも映画にもないわ！

僕は完全にパニックだった。きっと彼らは米良さんを中心とする怖い人たちで、僕はカモにされ、搾り取られ、何もかも奪われるんや、無事に家に帰れるかもわからへん――。怯えた表情を隠しきれないで、慣れない正座をした足の震えがバレませんように、とひたすら祈った。米良さんがそんな僕に構わず続ける。

「ネルちゃん、そんな緊張せんでええから！　紹介するわ、この人が弁護士で、その隣が税理士、そのさらに隣が医療コンサルタント。人呼んで『ネルソン開業チーム』や」

弁護士…？　税理士に医療コンサル…？　僕はますますパニックに陥る。

開業チームって何？

「ほら、これでもう大丈夫やろ。安心して開業できるようにサポートするから。私のテナントに入ったら、保証金・敷金・礼金は全部いらんし、最初の3年は家賃も半額でいいよ」

怖い、怖すぎる。この前よりももっと「美味しい」話になってるやんか。

米良さんの横でニコニコしている男性たちも、ほんまに弁護士に税理士、医療コンサルなんか？「弁護士」の胸には確かに光る弁護士バッチが見えるが、そのバッチも本物なのか。3人全員の職業がもし紹介の通りだったとしても、悪徳弁護士に悪徳税理士、悪徳コンサルに思えて仕方がない。むしろそれぞれの専門領域から本格的に僕を陥れようとしているのでは？

これは「馬鹿にするな」と正面から啖呵を切っては危ない。のらりくらりとこの場をやりすごし、二度とこの人たちと関わらない、それに限る。

僕は話に乗ったふりをして立ち去る機会を伺うことにした。

「そんな話、僕にはもったいないですよ。でも専門家の方々のサポートがあれば嬉しいかもしれないです。ちなみにテナントの場所はどこなんですか？」

「十三（じゅうそう）やで」

十三は、阪急電鉄の大阪梅田駅から淀川を西に渡って一つ隣、阪急主要3路線がすべて通る駅だ。そして有名な風俗街を擁する駅でもある。やっぱり。ラブホテルと風俗店のひしめく駅の周辺に産婦人科クリニックを開ける物件などあるわけがない！　この人たちはこんな怪しい話に僕が乗ってくると思っているのか？

全員がニコニコと僕を見つめている。恐れが怒りに変わってきた。震える足は静まり、次は強く握った拳が憤怒に震えている。ここまで馬鹿にされていたとは。しかし今の状況では圧倒的な数的不利、騒いだところで何をされるか。最後まで乗ったふりをして早く立ち去ろう。

僕は運ばれてきた料理とお酒の力を借り、彼らの話に合わせ、ひたすらお開きの時を待った。料理の味もしなければちっとも酔わない、ただ帰るタイミングを探るだけの料亭体験。北新地の夜は、うっかり吸い寄せられた僕には長すぎた。

　翌朝、目が覚めても残っていたのは怒りだった。中学生じゃあるまいし、どこの大人がこんな話を鵜呑みにするんやろうか。

　部屋に転がしたカバンには、昨日帰りがけに米良さんから渡された資料が入っている。ご丁寧に手間暇かけて資料まで作って、これもどうせハッタリやろう。カバンから資料を取り出すが、何もかも失った男を騙すには少々やり過ぎなくらいの紙束だ。破ってやろうとファイルから出すと、物件の間取りと住所が目に入った。広さもそこそこ、十三駅徒歩２分とある。

　ほんまに十三にこんな物件あるんか。あるとしても、どうせラブホテルの間の狭小ビルで、入居者がおらず、アホな医者でもカモにして家賃収入を上げよう、そんな算段だろう。

だったら物件を見に行ってやろう。とんでもない物件を自分の目で確かめ、米良さんに今度こそ抗議してやる。僕のプライドはなくなったと思っていたが、さすがにここまで馬鹿にされて黙ってはいられない。せめて電話ぐらいでは言い返しておかないと。

　怒りを滲ませながら出かける支度をする僕を、妻の志野は心配していたが、彼女に言葉を返す余裕もないほど僕は怒っていた。

　資料を携えて家を飛び出した僕は電車に乗り込み、十三駅に降り立つ。意気込んでラブホテル街の西口へ向かっていたが、ふと駅のホームで資料に目を落とすと最寄りは東口のようだった。なるほど、もっと辺鄙な方に建ってるビルか、これはおかしな物件で間違いなさそうやな。

　そう思いながら東口改札を出ると、僕は驚きで足が止まった。活気ある商店街が目の前に続いていたのだ。アーケードのある中規模の商店街、家族連れや、古くからの住人らしきご夫婦などいろんな人が数多く行き交っている。

あれ、十三ってこんな場所もあるんや。長く大阪にいたのに全く知らなかった。

資料の地図に沿っておそるおそる賑やかな商店街を進むと、もうどうやら建物の近くに着いたらしい。歩いた時間は2分ほど。

嘘やろ。これがほんまなら、どれだけいい立地のビルやねん。

そう思いながら商店街の右側を見ると、3階建てのビルがあった。1階にはセブンイレブン、2階には心療内科が入っていて、3階が空いている。どうやらこの空きフロアが資料の物件のようだ。そのビルの向かいにはファミリーマートがあり、商店街から続く道とあって人流は絶え間ない。コンビニが2軒向き合って出店するほどに人通りの多い場所。どこにもラブホテルはなく、あるのは活気ある大阪の街並み。

めっちゃ一等地やん――。

僕は建物の前に立ち尽くしていた。何度資料で住所を確認しても、周りの電柱に貼られた住所と一致している。いや、こんないい物件を格安で貸すわけがない。絶対何か裏があるはず。きっと米良さんが誰かから借りて、僕に又貸ししようとしてるんやろう。それか何か悪いものを隠すために、僕に開業させるつもりか？

ありとあらゆる裏を考えてみたが、考えれば考えるほどわからなくなってきた。一向に状況が理解できない僕は、もう米良さんに直接確認するしかないと思い始めていた。あれほど怒りをぶつけようと思っていたのに、不思議さの方が勝ってきたのだ。どうしてこんな物件を僕に貸そうとしているのか？　単純にその理由が知りたくなっていた。

しかし、まだこのうますぎる話を信じ切れない僕は、直接米良さんの携帯には連絡せず、空き物件に貼ってある「テナント募集」の貼り紙にある固定電話番号に連絡をした。本当に米良さんがこの物件のオーナーなら、貼り紙の電話番号から米良さんに繋がるはずだろう、と。

汗ばむ指で電話番号を押し、携帯を耳に押し当てる。呼び出し音を長いと思い始めたその時、受付担当と思しき女性の声が応答した。

「山分ネルソンと申します、十三の商店街近くの物件に興味があるんですが」

緊張しながら名乗ると、電話口の空気が変わった気がした。

「あ、ネルソン先生ですね、社長に代わりますね」

先生？　この女性は僕が医師だと知っている？　社長？　社長ってやっぱり——？

僕は単調な保留メロディを聴きながら、今後の展開をどう受け止めるべきか、まだ覚悟を決め切れないでいた。

「おう、ネルちゃん、どうしたん？」

電話を代わったのは、社長こと米良さんご本人だった。

米良さんは本当に不動産の持ち主だったのか——。狼狽した僕は、必死に頭と口を動かした。

「いや、その、たまたま今日十三に用事があったんで、米良さんの物件ってこの辺かなーと思って見てみたんです」

嘘をついた。わざわざ怒りに任せてここへ来た、などとても言えるはずがない。

「まさか資料の物件ってこれですか？」

「そうそう、その物件やで、ええやろ！」

資料は本物だった。いや、でもまだ開業の話までが本物と決まったわけではない。ますます開業の話は現実味を帯びなくなった。物件があまりにも良すぎて、むしろこんな物件を格安で貸してくれるなんておかしい、としか思えなくなっていたのだ。

「米良さん、こんな良い物件、僕じゃなくても誰かが入ってくれるんじゃないですか？」

すると出会ってからずっと明るく朗らかだった米良さんの口調が、初めて気色ばんだ。

「誰が完全に空いてる物件やって言った？　そこは今5件くらい問い合わせが来てるんや。でもネルちゃんのために全部保留にして、わざわざ空けてるねんで。それぐらい俺はネルちゃんの人生に惚れ込んでる、だからここで開業してほしいんやけどなぁ」

驚きで言葉も出なかった。５件の問い合わせにではなく、僕のために空けてあることに。

こんな一等地をこんな落ちこぼれのために、なんで――。

しかし電話口の受付女性にまで僕の名前が浸透していた様子、そして何より米良さんの言葉を聞き、ようやくこの話が本当なのだと理解した。

であれば、僕のやるべきことは一つしかない。言葉を選びながら、丁重にお断りをした。いくら街の小さなクリニックとはいえ、設備投資や内装変更、スタッフの雇用などすべてを含めると費用は１億円くらいかかる。僕は貯金がないどころか借金のある身。自宅のローンは30年以上残っていて、担保にはできないだろう。こんな男に銀行が融資などしてくれるわけがない。

お気持ちは本当にありがたく嬉しいが、全くお金がなくきちんとしたクリニックの開業は非常に厳しいので、辞退させていただきます。

啖呵を切るはずの電話で、僕は泣きそうになりながらこう説明した。

「そうか、ネルちゃんを僕が知ったのも何かの縁やし、ネルちゃんには頑張ってほしかったんやけどなぁ。あの演説で、ほんまに僕はネルちゃんに惚れ込んだんやで。残念やなぁ」

米良さんは本当に残念そうな声でそう言ってくれた。あの選挙活動でそこまで僕に惚れ込んでくれた上、自分の貴重な商売道具まで融通してくれた。こんなに嬉しいことがあるだろうか。今までの心の中での非礼を申し訳ないと思いながら、大きな感謝の念を抱いていた。

こういうご縁があっただけ幸せだったと思おう。

電話を切った僕は商店街をゆっくり歩きながら、また明日から医師アルバイトを頑張って少しでもお金を稼ぎ、普通の生活に戻ろう、と決意を新たにした。

2週間後、僕の携帯に見慣れない番号から電話がかかってきた。何かの督促か――おそるおそる電話に出ると、相手はある銀行の支店長だった。

「初めてお電話いたします。ネルソンさんに一度お会いしたいのですが…」

思わずその銀行に借り入れがないかと考えたが、口座すら開いていない。

「初めまして。あの、私、貴行に口座も取引もないと思うんですけど…」

「それは承知なんですが、一度こちらにいらしていただけませんでしょうか。直接お話させていただきたいことがありまして」

「何のことでしょうか…？」

「それは直接お越しいただいたときにでも…」

何度も支店長が言うので、僕はアルバイトの合間に銀行へ足を運ぶことにした。もしも今後借金で首が回らなくなったとき、相談に乗ってくれればいいな、それくらいの気持ちだった。

約束の日時に支店長を訪ねると、奥の部屋に通される。ほどなくして支店長がやって来て名刺を渡され、着席するや否やこう尋ねられた。

「失礼ですがネルソン先生は…米良社長の隠し子ですか…？」

何の前触れもなく飛び出した米良社長、隠し子、という単語。

「はい？　んなわけないでしょう！　年齢見てもわかる通り、違いますよ！　それに僕の母は一人だけで、彼女はずっとマレーシアにいますから！」

あまりに突拍子もない質問に驚き、僕は結構な剣幕で答えてしまった。

「大変失礼しました、そうですよね。そんな訳ないですよね」

支店長は汗を拭いながら平謝りし、こう続けた。

「でも血縁関係もないのに、なんで社長はこんなことしてくれたんですか？」

どんなこと？　と僕が聞きたかった。僕が面食らっている様子に気がついた支店長は、ようやく僕が何も知らないことを理解したようだ。

「米良社長から何も聞かれていないんですか？　そうでしたか…」

「米良社長、僕のことで何かそちらにおっしゃったんですか？」

あの人のことだ、普通の人は考えもしないことを言ったに違いない――。僕の予感は当たっていた。

「先日米良社長がこちらに乗り込んで来られて、急に『僕はネルソンという男の連帯保証人になるから』と、社長がお持ちの土地と建物を担保に入れる書類にサインされたんですよ。『もしネルソンが失敗したら俺の物件を持っていったらええ！　だからネルソンに開業資金貸したって！』とおっしゃるんです――」

「…担保？　僕に融資をさせるためだけに…？」

「そうなんです、そのためだけなんです」

「えええええ！」

僕の予感は当たっていたが、その規模は想像を絶していた。そんな話を聞けば、血縁関係があるかと疑いたくなるのも無理はない。銀行の人も驚くほど、普通はありえない話だからだ。

「それで、開業資金はいくら必要なんですか」

驚きが全く覚めない僕に向かって、支店長は身を乗り出してこう尋ねて来た。

「え、いくらって、金額…？」

「そうですよ、どのくらいの金額があれば開業できるんですか」

じっと僕を見つめる支店長からは、気迫すら漂い始めていた。

「いや、でもこんなことで僕が貴行から融資を受けるわけにはいかないですよね…？」

話をまだ飲み込めていない僕は、この急すぎる展開に全くついていけていない。そんな僕を尻目に、支店長はより気迫を強めてこう続けた。

「うちと米良社長は、年間何十億というお取引があります。なので社長を敵に回したくないんです。ネルソンさん、いくら必要ですか？　その金額お貸ししますから、開業してください！」

事実は小説より奇なり。既にそんな人生を歩んできた自信が僕にはそこそこあった。しかしこんな「事実」があっていいのだろうか？　まさか支店長からも開業を勧められる、いや懇願されるとは思わず、僕は完全にフリーズしてしまった。

とてもではないが、その場で返事ができるような話ではない。米良さんはここまで本気だった。こんなに度胸も度量もある人が、僕を何が何でも応援しようとてくれている。

あまりのことに、突然身体が震えてきた。

と同時に、これに応えなければ失礼ではないだろうか、そんな思いが頭によぎり始める。しかし米良さんが本気だからこそ、安易に受けていい話でもない。

「わかりました、でもあまりに大事なお話なのですぐにお返事はできません。いろいろと考えたいので少し時間をください」

そう答えるのがやっとだった。何とか前向きにお願いします、と支店長に強く念を押されながら、僕はふらつく足で銀行を後にした。まだ身体の中心はブルブルと震え続けている。いつもは騒がしく感じる大阪の街の喧騒など少しも気にならないほど、頭の中が混乱してうるさい。

こんなに想いを掛けてもらって、それを無下にしていいのだろうか。でも僕は貯金がないどころか借金がある。これ以上、僕のせいで家族に迷惑をかけたくはない、絶対に。

考えれば考えるほど、頭の中がもつれてしまいそうだった。

とにかく冷静にならなくては。僕が開業するならば、どんなクリニックにしたいのか。僕は医師として、どんな風に医療と向き合っていきたいのか。僕はなぜ医師に、そして産婦人科医になりたいと思ったのか。まずは根本に立ち返って考えることにした。

最初に医師になりたいと思ったのはマレーシア時代。病気の母が気軽に病院へかかれない状況がもどかしく、絶対に自分が医師になって治してやると思っていた。そして産婦人科医を志したのは、志野の長男出産の時。出産という女性にしかできない大仕事をさらりと支える産婦人科医に、分娩室で後光が差して見えたほどだ。そして出産のために女性に備わる様々な身体の器官は、産婦人科医にしか診ることができない。医師として、そして産婦人科医として、新しい命を生み出す役割を備えた女性の生活を少しでもよくしたい、そう思っていたはずだ。

それは決して、大きな病院でしかできないことではない。地域に根づいたクリニック、地域に愛される産婦人科医として医療を提供することで、地域貢献は十分にできる。

そう、開業すること自体に抵抗があるわけではない。ネックはやはり資金、場所、設備。しかし資金と場所に続く道を米良社長が切り拓いてくれた。資金と場所があれば、設備の整備はそう難しくない。米良社長は「ネルちゃんのやりたいクリニックを」と言ってくれている。

僕のやりたいクリニック、それは具体的にどんなだろう。

クリニックの形態は様々だが、もし開業するなら「恩返し」になるクリニックにしたかった。

まずは、米良社長への恩返し。ここまでしてもらい、恩返しをしない選択肢などあり得なかった。しかし、お金でのお返しは現状とても難しい。僕を面白がってくれる米良社長に報いるには、もっと僕を面白いと思ってもらわなくては。ならば、普通の産婦人科クリニックを開いたのでは意味がない。面白く、僕が開く意義のある、米良社長に喜んでもらえるようなクリニックでなくては。

次に、日本と大阪への恩返し。僕にジャパニーズドリームを体現させてくれた日本。僕を医師として育ててくれた大阪。この地の人々に役立てるようなクリニックにもしたかった。産婦人科医はなり手が減っていて、残念なことにさほど多くない。施設の整った大きな病院の産婦人科にかかろうとすると、必然的に通院日は限られ、待ち時間も長い。その不自由さを理由に受診を控え、大きな病気が進行してしまう人も多くいる。もっと地域のクリニックで気軽にきちんとした検査や相談ができれば、より早く適切な医療にアクセスできるだろう。

では産婦人科は、女性の身体のうちどれくらいの範囲を医学的に診られるのか。簡単に言えば下半身を中心とした範囲のみで、子宮・卵巣・お産が主な専門分野。女性には乳房があり、乳がんや授乳時のトラブルなど疾患も多いが、それは乳腺外科医の専門で、産婦人科とは全く医学分野が異なる。乳腺外科医は、産婦人科医よりもさらにその数が少ない。そのため大阪府では産婦人科と乳腺外科の双方が揃っている病院は非常に稀で、総合病院や大学病院にほぼ限られている。

もし、同時期に子宮と乳房の両方にトラブルがあれば、医師も施設も揃う大きい病院へ行くことになる。そこで先ほどの「不自由」が立ちはだかる。2科を同じ日に予約できることは稀で、各科ごとに何か月も先の日時を取らなければならない。たとえ2科が同日に予約できたとしても、すべてに長い待ち時間があり、朝から行ったのに会計が終われば日が沈んでいることも珍しくない。検査結果を聞くにも予約が必要で、その当日にまた散々待たされてから診療室に入っても、医師の説明はあっという間に終わり、会計でまた待つ。仕事、子育てに介護、自身の体調不良――。様々な事情を抱えた女性たちが、病院へ行く度にこれらの「不自由」に捉われては、病院から足が遠のいても仕方がない。

僕は、こんな理由で医療との繋がりを諦める人を一人でも減らしたかった。女性特有の疾患は、早期発見されれば予後が良いと言われるものも多い。あのとき病院に通っていれば、あのとき病院で検査さえしていれば――そんな思いは、誰にもして欲しくない。

だったら僕が、その「不自由」を取り除いたクリニックを作れば良いのでは？

産婦人科と乳腺外科、そのどちらをも擁する街のクリニック。女性の疾患に幅広く対応し、気になる症状を身近な場所で一度に相談でき、その先の医療に繋げられる——。何かあればあのクリニックへ行ってみよう、と思える、そんな場所が僕に作れないだろうか。

調べてみたが、やはり産婦人科と乳腺外科の併設された地域密着型クリニックはとても少なかった。異なる科を抱えればその分異なる専門医・医療機器が必要となる上、診療スペースも確保せねばならず、当然費用は嵩んでいく。僕もこの費用面を完全に無視はできなかった。

いくら米良社長のご厚意で融資が受けられるとはいえ、それに甘えすぎるつもりはない。大風呂敷を広げすぎて経営に失敗すれば、米良社長の物件や土地は担保として取り上げられてしまう。クリニックは開業して良い診察をし、良い医師でいれば維持できるわけではなく、経営手腕も試されるのだ。いくら面白いクリニックを開いても、その結果米良社長が損失を被っては恩を仇で返すことになる。それだけは何としても避けなくては。

ではどうすれば2科併設のリスクを最小限にし、メリットを最大限にできるだろう。

僕は乳腺外科の専門医ではないため、2科併設には乳腺外科の専門医を呼ぶ必要があるが、実は一人の乳腺外科医に心当たりがあった。僕の大学の同級生で、当時大学院で研究を続けていた乳腺外科の女性医師・Bさんだ。僕はB先生に、クリニック開業の話があるので一緒にやりませんか、と声をかけた。彼女は驚いていたが、同時に僕の誘いをとても喜んでくれた。

「ありがとう、雇ってくれるんやね」

そう言った彼女に、僕はこう答えた。

「いや、僕はB先生を雇うつもりはないねん。1日に患者さんを何人診ても給料が同じ、そんなの張り合いないでしょう。共同経営者として一緒にクリニックをやってみない？」

彼女に言った通り、僕は2科併設のためにもう一人の医師を「雇う」とは考えていなかった。クリニックをやるなら、僕と同じ志で地域医療を支えてくれる人と一緒に「経営」したかったのだ。僕の意志に従うように「雇われ」れば、形式的に2科診療はできても、その先生のいいところは消えてしまう。時に意見をぶつけ合いながら、互いの専門領域を背負ってそれぞれが地域医療を真剣に考える、それでこそ新しいクリニックを開く意義があると思ったのだ。

B先生にその考えをぶつけると、少し考えてから彼女はこう切り出した。

「あんまり私のこと、からかわんといてほしいわ」

まさか、からかうだなんて！　心外だと思っていると、彼女は言いにくそうにこう続けた。

「マンモグラフィーの機械だけでいくらするか知ってるよね？　たった1台で何千万、いや1億くらいするよ。そんなお金、私にはないで。一人で子ども育ててるのに、どうやって資金を工面したらいい？　それに子どもが帰ってくる時間には家にいないと。自分のクリニックを持って一日働くのは無理やわ」

彼女はシングルマザーとして、研究と子育てに奮闘していた。もちろん僕はそれを知っていたし、無策で彼女に声をかけたわけではなかった。

「B先生の状況は僕もわかっているつもりやで。でもぜひ一緒にやってほしいんや。だから、こんな働き方はどうかな」

僕は彼女を共同経営者に誘うにあたり考えていたプランを、ひとつずつ提示した。

まず、診察に必要な場所、機械、スタッフの手配はすべて僕がする。ローンを組むのはもちろん僕だ。これは米良社長のご厚意があっての案だが、それに報いるためにも責任をもって僕がローンを背負いたいと考えた。B先生は乳腺外科の売り上げのうち、取り決めた一定の割合を施設利用料として納める。この方式であれば、一定の支払い責任を負う代わりに、自らの診療科を自分の運営方針で経営することができる。共同経営の弁護士事務所ではよくある形態だそうだが、クリニックではあまり聞き馴染みがないかもしれない。そんな新しいことに挑戦するのも、米良社長は面白がってくれそうだ。

次に、キッズルームを完備する。それも絵本やおもちゃを置いただけの部屋ではなく、小さな勉強机と簡単なキッチンを備え付け、隣にはシャワールームも併設したものだ。B先生が出勤の日には、スタッフが先生の子どもを学校まで迎えに行き、このキッズルームに連れてくる。キッズルームでは机で宿題もできるし、キッチンで作ったご飯を食べ、シャワーも浴びられる。勤務後は、B先生と子どもは一緒に家へ帰るだけ。ゆっくり就寝前の時間を過ごせるだろう。キッズルームは患者さんも使えるので、安心して子ども連れで受診ができる。

B先生はこのプランにとても驚いていた。

「こんなに優遇されていいのかな?」

僕はこれを優遇だとは思っていない。勤務医時代、同僚の女性医師や女性看護師たちの働き方を見てずっと考えていた「もっと世の中の女性が働きやすい環境を整備したい、そのためのモデルを作りたい」という僕の願いも実現できるからだ。

女性は出産によって大きく生活が変化する。それは胎内で生命を育む性である以上、仕方のないことだ。しかし日本の女性は特に、出産したら仕事ややりたいことを諦めて家事育児への専念を求められる傾向が強いように感じていた。「諦めざるを得ない」状況があまりにも多ければ、優秀な技能や働く熱意を持った女性たちの活躍の場、社会と繋がる場が失われてしまう。働くことと、それ以上に大変かもしれない育児。その両立は並大抵のことではない。働いて僕たち兄弟を育ててくれた母の背中を見て、それを僕は痛いほど知っているつもりだ。

だからこそ、働きたい女性が働き続けられ、活躍できる場を整えたい、活躍のための障壁をできるだけ取り除きたい、それらを当たり前のものとしたい、そうずっと考えていた。

B先生だけでなく看護師さんや助産師さんなど、今後このクリニックで働きたい人が気持ちよく働ける環境を整える、それは優遇でも何でもない、最低限必要な条件だと僕は思っている。そんな中で、一人でも多くの人が仕事を通じて豊かな毎日を送れれば、それこそ米良社長や大阪、日本への恩返しになるだろう。

そして最後のプランは、産婦人科と乳腺外科を併設すれば、産婦人科の患者さんが乳腺外科の、乳腺外科の患者さんが産婦人科の患者さんになる、ということだ。関連性の高い科の併設によってクリニック全体の患者さん数が増え、安定した経営が見込める。そして患者さんは、馴染みのあるクリニックで2種類の専門的な診療を気軽に受けられる。そうなれば長く安定して地域医療に貢献できる。

僕の理想のクリニックを実現するには、絶対にB先生の経営参加が必要だった。プランを一つずつ説明すると、最初は戸惑っていた様子のB先生から次第に前向きな表情や言葉が出始めた。どうやれば二人で経営できるか、どんなクリニックにしたいか、どういうクリニックなら患者さんに喜んでもらえるか、それらを二人で徹底的に話し合った。

そうして僕たちは２０１３年4月1日、十三に産婦人科と乳腺外科を併設した「希咲（きさき）クリニック」を開業した。

希望が咲く、と書いて希咲。死に物狂いで頑張ればきっと希望の花を咲かせられる、僕にそう教えてくれた日本に恩返しをしたい。そして来てくださる患者さん方にも希望の花を持って帰っていただきたい。クリニックの名前にはそんな思いが込められている。

B先生は週2～3回の勤務だが、そのおかげで患者さんからは子宮がんと乳がんの検査が同時にできるととても喜ばれている。併設したキッズスペースもフル稼働中だ。

開業してから、本当にありがたいことにたくさんの患者さんに来ていただいている。「開業して5年後に1日平均30名の患者さんが来ていたら良い方」と医療コンサルタントには言われていたが、開業1年後には、実に1日１００人近くの患者さん方が足を運んでくださるクリニックになったのだ。斬新な経営体制・医療体制を取ることで、患者さんはもちろん、スタッフにも喜んでもらえる施設になった。そして十三の街に根を下ろし、地域に密着した医療を提供できる新しいタイプのクリニックを始められたと自負している。

この開業が実現できたのは、落ちこぼれていた僕の背中を何度も叩き、精神面・資金面の両方から開業への強い後押しをしてくださった米良社長をはじめ、僕の考えに賛同して一緒に働いているB先生やスタッフ、そして僕たちを信じてクリニックに来てくださる患者さんのおかげに他ならない。

無一文で日本へ渡って来たマレーシア人は家族を得て医師、そして日本人となり、さらに選挙に出馬し、その中で誇るべき恩人や仲間たちと出会い、自分のクリニックまで持ったのだ。

こんな大逆転、ジャパニーズドリームが他にあるだろうか。大きく咲いた僕の希望の花、最初に種を蒔いたのは僕かもしれない。しかし肥沃な土、綺麗な水、降り注ぐ太陽の光がなければどこかできっと枯れていただろう。そのどれもが、日本で多くの人たちにもらったもの。僕一人の力では絶対に得られなかったことばかりだ。みんなにもらった栄養のおかげで、僕の希望の花は空に向かってまっすぐ大輪を開いている。

僕は今日も診察室に座り、もっと綺麗な花を咲かせられるよう、そしてその花を見て一人でも多くの人に希望を感じてもらいたいと毎日診察を続けている。僕がもらったたくさんのものを、しっかりとお返しできるように。

一人でも多くの人に、希望の花よ届け、と。

開業に尽力してくれた米良久仁弘さん

## 僕にできること

希咲クリニックを開院して、慌しく毎日が過ぎていく。選挙に落選してまた無一文からのスタートになった僕が、まさか自分のクリニックを持てているなんて。

まるで夢のような日々は、ありがたいことに目の回る忙しさだった。しかしそんな中でも、自分のクリニックに込めた想いだけは忘れてはいけない、と日々自らに言い聞かせていた。それは「産婦人科・乳腺外科の受診ハードルを下げる」こと。

公立の総合病院に勤務していた頃、多くの患者さんを診ていて感じたことは「もっと早く来てくれていたら」、だった。あと1年、半年、いや3か月でも早ければ、もっと治療の選択肢があり、ここまでの進行はなかったのに。そういう患者さんを目にするのはとても辛かった。

しかし大きい病院を受診するには、スケジュール調整をして予約を完了する、という壁が立ちはだかる。それが億劫で受診を控えるのは、軽い自覚症状の患者さんが圧倒的に多い。「丸1日割いてまで診てもらうほどの違和感じゃないし」と先延ばしできてしまうからだ。痛みが強い、明らかに手で触れてわかる、異常な出血が続く、など自覚症状が強く、差し迫った病状の患者さんは、その危機感から、「病気を見つけてほしい」と大きな病院に来てくれる。

言い換えれば、ある程度病状が進行して危機感が募るまで受診を控えるほど、医療機関のハードルが高い、ということ。まして数の少ない産婦人科・乳腺外科への同時受診ならばなおさらだ。そのハードルを少しでも低くすべく、僕は希咲クリニックを開業したのだ。

自分のクリニックを通じてこの想いをどう具現化するか。僕はまず「形」から入ることにした。このクリニックはハードルが低いな、と患者さんが思うには、それが「目に見えて」いなくてはならない。今はＳＮＳが発達し、インターネットを通じた事前の情報収集はしやすいものの、自分の身体を診てもらう場所や医師の情報が「直接」得られることは、患者さんにとって一番大切だ。

そこで僕はクリニックの前に看板を出すことにした。クリニック名と診療科名、診察時間や連絡先を書いた、よくある医療機関の看板ではない。医師の写真、プロフィール、考え方を載せたものだ。こんな雰囲気で、こんなことを勉強してきた先生が診てくれるのか、と事前にわかるだけでも患者さんは安心できるはずだ。

初めての医療機関にかかる時、どんな先生が診てくれるのか、医師と実際に向かい合うまで緊張する人は多いだろう。優しい人だろうか、厳しい人だろうか。症状をきちんと伝えられるだろうか、「こんなことぐらいで」などと言われないだろうか――。

初診だからこそ、そんな緊張や不安は持たなくていい。ただでさえ、病気かもしれない、と感じている時。何かあればあのクリニックに行ってみようかなと感じて、落ち着いた気持ちでドアをノックできるクリニックであること。そこからすでに地域のクリニックとしての役割は始まっていると僕は考えている。

そして患者さんを迎えるクリニックの空間そのものも、安心できる場所でなくてはならない。そんな僕たちの考え方を内装で「形」にした。

初めてクリニックを訪れた患者さんたちは、声を揃えて「全然クリニックっぽくない雰囲気ですね」と言ってくださる。特に入り口からすぐの待合室はウッディでシックなカフェ調の内装、訪ねる場所を間違えたかと驚く患者さんもいらっしゃるようだ。

希咲クリニックには「カフェで自分の友人に話しをするように、気軽に悩みを相談できる場所でありたい」というコンセプトがある。カフェのような院内に、皆さんの友人として僕やＢ先生がおり、おしゃべりを楽しむように気軽な悩み相談ができれば――。しかし医師のプロフィールと、クリニックの雰囲気だけで、患者と医師が友人同士のようになれるわけではない。

一番肝心なのは、実際に患者さんと医師の間で信頼関係を築くこと。希咲クリニックを選んでくださった初診の患者さんに対し、僕は次のことを必ず行なっている。

「初めまして、院長の山分ネルソンと申します」

こう挨拶しながら、僕の名刺を渡す。たったこれだけ。

しかしほとんどの患者さんたちは、名刺を受け取りながらとてもびっくりしている。

院長先生が名刺を渡してくれるんだ！　これ、本当にもらってもいいんですか？

そんなリアクションはもう慣れっこだ。本来、初対面で挨拶をして名刺を渡すことは社会人の常識であり、驚かれる方がおかしい。会社員はもちろん、弁護士や会計士、税理士、そして僕が選挙活動の中で出会ってきた数々の政治家の人たちも、初対面での挨拶と名刺交換は当たり前。それなのに、唯一医師だけがお客さん、つまり患者さんにきちんと挨拶をしない。

なぜ医師だけ特別なのか？　医師だけは社会常識がなくても許されるのか？

僕は常々疑問に思っていた。一対一で向き合い、医師として患者さんの身体や気持ちの悩みを診聞きするにも関わらず、挨拶もせずに「どこが痛いの？　他には？　あーそしたら内診するから、そっちの台へ」など、ただの傲慢で失礼な人間だ。さらにこの調子で、何が辛いですか？　どこが痛みますか？　と聞かれても白々しく安心できない。やっぱり病院に来なければよかった、もっと酷くなったら行こう、と医師が思わせては絶対にダメだ。

また医師の挨拶と名刺渡しは、診察のアイスブレイキングにもなる。特に産婦人科医は、女性の一番デリケートな部分を診る。そのうえ、男性の僕は女性特有の疾患を自ら体験できない。だからこそ僕を信用し、この人にしっかり話してみよう、と思えるきっかけが大切だ。それを皮切りに患者さんからたくさん話を聞き、僕が患者さんの理解を深めることが、的確な診断やアドバイス、処方に繋がってゆく。そうして、しんどかったですね、きっと僕なら我慢できません、でも良い薬を出すので安心してくださ い、そう患者さんに寄り添うことで、患者さんが納得して治療を受けられ、その後も遠慮なく相談ができるようになる。こうして「かかりつけ」の関係となれば、医師はより様々な異変に気づけると考える。

たかが挨拶、されど挨拶、なのだ。

もちろん最初がとても肝心だが、その後も同じ。月日が経てば、患者さんにも僕たちにも少しずつ変化がある。体調はもちろん、風貌や話し方、考え方にも変化は及ぶかもしれない。その患者さんたちの変化に関心を持ち、いつでも心を開いてもらえる場所であることも、地域のクリニックとして重要だ。

今日の服すごく素敵ですね。髪を伸ばすと雰囲気が変わっていいですね。いつもより顔色が明るいですね、何かありましたか。ちょっとしんどそうですね、どうかしましたか。

こういった何気ない会話に、不調原因のヒントや悩み解決への糸口が隠れている。患者さん本人すら気づいていない変化に、僕たち医師が先に気がつくこともある。しかしそれは患者さんと対話ができればこそ。信頼関係あっての診察、そして対話。だからこそ信頼関係の構築に僕たちスタッフは全力を尽くしている。これが、希咲クリニックのコンセプトが「カフェで自分の友人に話しをするように、気軽に悩みを相談できる場所でありたい」である所以だ。

たくさんの患者さんに通っていただき、少しずつ自分の目指すクリニックが作れているのでは、と思っていた頃、ある出来事があった。

僕の親友にCさんという女性がいる。当時20代で、新婚さんだった。僕たち夫婦とも家族ぐるみで仲が良く、それぞれの夫婦が結婚する前から長く交流のある友人だ。

ある日、僕の携帯にCさんの夫から電話が入った。その声はひどく震えている。泣いて、取り乱しているようだった。

「妻が健康診断に行ったら、子宮頸がんって言われて――。どうしよう」

子宮頸がんは健康診断の検査項目に含まれることが増えているが、検査で異常が見つかった場合でも、それはがんになる手前の「前がん病変」や「異形成」という状態であることが多い。しかし「がんの手前」ではあっても、異常があると言われ、「がん」の可能性、その言葉の響きにうろたえるのは仕方のないこと。

Cさんの夫もその段階でショックを受けているのだと思った僕は、こう返した。

「連絡ありがとう。びっくりしたよな、でも少し落ち着いて。健診で異常が見つかっても、がんにはまだなっていない『がんの手前』である可能性も高いから、僕のクリニックに一緒に来て。もう一度診てみよう」

Cさんの夫は電話口で少し息を整え直し、まだ微かに震える声で「わかった、ありがとう。Cと一緒に向かうね」と返してくれた。来院の予約を取って電話を切ってから、少しでも親友たちの力になり、安心させてあげたい、と僕は意気込んでいた。女性であれば皆女性特有のがんになる可能性があり、それは決して珍しくない。その中でも、乳がんと子宮頸がんは早めに発見できれば予後は非常に良いことが多く、その手助けを僕がしてあげたい、と。

そしてCさん夫妻は予約の日に、健康診断の結果を携えて希咲クリニックを訪れてくれた。その結果に目を通してから、僕はいつも通り丁寧に診察を行なった。

そうして、Cさんの子宮の入り口がしっかりとがん化していると確認された。まさにそれは、子宮頸がんだった。

実は僕が診察前に目を通した健診結果には、異形成や前がん状態という記載ではなく、残念ながら「進行性のがん」と書いてあった。Cさん夫妻のショックは言うまでもない。僕もとてもショックを受けていた。安心させてあげたい、その思いでクリニックに来てもらったが、これは確実に進行性のがんだ、と僕が再び伝えることになるなんて。やっぱりがんじゃなかった、何かの間違いだった、そう誰もが思いたかったが打ち砕かれてしまった。まだ新婚なのに。

Ｃさんのがんは子宮の入り口（子宮頸管）にできており、手術でがんを取り除くには子宮の入り口ごと綺麗に切り取る必要があった。しかし子宮は赤ちゃんが育つ場所、子宮頸管はその入り口。そこを取ればどうしても妊娠が難しくなる。Ｃさん夫妻は子どもが欲しいと思っていたが、Ｃさんの子宮の入り口を切り取れば、子どもを諦めなくてはいけないかもしれない。

僕はＣさん夫妻に、包み隠さずＣさんのがんの状況を話した。がん化の状況、がんができた場所、そして今後の手術と治療と、それに伴い子どもを授かる確率がさがってしまうこと――。

するとＣさんは、強い決意を湛えた目で僕を見据え、こう言った。

「死んでもいいから、夫との子どもを産みたい」

産婦人科医として、また親友として、とても難しい決断だった。親友を失いたくない、親友の夫を悲しませたくない。でも親友の希望は叶えてあげたい。どちらも命がかかった願いだ。

僕は何度もＣさん夫妻と話し合いを重ねた。医師は魔法使いではない。患者の願うすべてを叶えることはできない。それでも僕が考える最善の方法を二人に提案し、僕が全力を尽くすことを約束した。

Ｃさんの子宮頸がんの進行具合であれば、ほとんどの病院が子宮の全摘出手術を選択するだろう。しかし、子宮の入り口を深く切り取ることで手術を済ませ、子宮を温存する方法を選択できる可能性が残っていた。ただしそれは同時に、がん細胞をすべて取りきれず体内に残してしまう、というリスクも孕む方法だった。Ｃさんのようにどうしても子宮を残したい人は、そのリスクを承知した上で温存法に臨むことになる。

僕はあちらこちらの大きな病院から情報収集をし、Ｃさんの希望する手術が行える施設を探しに探した。幸いなことに該当する病院が見つかり、希咲クリニックからＣさんを紹介、その病院でＣさんは子宮入り口を深く切り取る手術を受けられることになった。もしもこの先妊娠した時に、妊娠継続できる余地を残しての手術。Ｃさんの命も、妊娠も、Cさんたちは諦めなかった。

ほどなくしてCさんの手術は終わり、幸い術後の経過も良かった。その後Cさんは体力を戻し、少しずつ普通の生活を取り戻していった。そうして手術から数年経ったある日、クリニックの休憩中に僕の携帯が鳴った。

Cさんからだ。どうしたのだろう、と不安がよぎりながらも、通話ボタンを押す。すると弾けるような声でCさんがこう言った。

「妊娠したよ！」

僕は飛び上がって喜んだ。そこがクリニックであることを忘れたかのように、大きな声で話していたかもしれない。よかった、奇跡は起きるんだ。Cさん夫妻は、長く不妊治療に臨んでいると聞いていた。そんな二人のもとにコウノトリがやってきてくれたことは、友人として、本当に本当に嬉しかった。

しかし医師としては、ここからがさらに大変だとも思っていた。妊娠が継続できるか、それは誰にもわからなかったからだ。

受精卵が無事に子宮内に着床して妊娠が成立すると、胎児は子宮の中で大きくなっていく。子宮の入り口は、ぎゅっと締まることで大きくなる胎児が外へ出るのを防ぐ役割を果たしているが、Cさんは手術でそこを深く取っているため、締まる効果が弱まっている。ギリギリまで切り取った子宮の入り口が、どれくらい頑張ってくれるか——。これはCさん本人の意思でどうにかできるものではなく、ただ毎日気をつけて生活するしかないことだった。

ある日、恐れていたことが起きる。妊娠20週頃、早くも赤ちゃんが産まれてしまったのだ。やはり子宮入り口の締まりが弱く、赤ちゃんは子宮に留まり続けることができなかった。

現在の日本の医療では、本来40週ほど胎内にいるはずの赤ちゃんがその約半分の妊娠20週で産まれた場合、その子を救う手立てはほぼない。それほど早く産まれてしまった赤ちゃんに効果的な医療はなく、ただ見守るのみ。

水分やミルクを与えても、20週の赤ちゃんにはそれらを十分に飲む機能は備わっておらず、唇が湿る程度。まだ自力で肺呼吸することも難しいが、呼吸を補助する手立てはなく、必死にわずかな空気を取り込んでいるだけだ。そして十分な栄養が得られず、呼吸もままならない赤ちゃんは、毎日少しずつ命の火を弱めていく。

ゆっくりと死に向かっていく小さな命。

こんなに悲しく、辛いことがあるだろうか。僕はこのことを聞いただけで気が狂いそうだった。自分の子が毎日少しずつ死んでゆくのを、何もできずに見ているしかないだなんて。現代医療も施せず、ただ死を待つしかないだなんて。

Cさん夫婦は身が引きちぎられるほどの辛さを抱えながら、二人で赤ちゃんが天国へ行くのを見届けた。

その様子を見ているのは本当に辛かった。がんを治療して、子どもも欲しい。人として当然の願い。でもそれが叶うかどうかは誰にもわからない。どうすればこんな悲しいことが繰り返されないだろう。何日も何日も、僕はそのことを考え続けた。

一番は、がんや病気にかからないこと。しかし自ら病気にかかりたい人など居るはずがない。予防医学という考え方はあるが、どれだけ気をつけていても避けられない病気も多く、それは決して患者さんのせいではない。であれば次にできるのは、病気の早期発見。病気が早く見つかれば、治療の選択肢も広く、命に直接影響を及ぼす前に治し、改善できるかもしれない。

Cさんの命は助かったが、自分よりも優先したいと思っていた小さな命を失ってしまった。もっと早く病気を見つける手助けができていれば。健診の重要性や異変の気づき方など、もっと僕がわかりやすく話していれば。Cさんに対して、産婦人科医としてもっと何かできたのでは。僕は日々悶々としていた。

そう、僕がクリニックを開く上で目指したのは、「病気を早く見つけられる仕組み」をより地域に根づかせることだった。いち早く異変に気がつき、病気を見つけ、治療が難しくなる前に適切な医療に繋げる。しっかりと健診を受け、気軽に相談できるかかりつけ医を持ち、いつでも医療にアクセスできる環境を整える。それが悲しい思いをする人を少しでも減らす手助けになるはずだ。

同時に患者さん自身も、普段から医療や自分の身体にまつわる正しい知識をある程度身につけておく必要がある。「無知は罪である」とは哲学者ソクラテスの言葉だが、罪とまで言わずとも、知識がなければ物事の判断や行動はできない。正しい知識があれば、自分の身体に違和感を覚えた時では既に遅いとわかる。チェックを続けることの重要性を理解できれば、健診や普段の受診を欠かさないだろう。さらに日頃から積極的に医療知識を得ようとし、健康や医療にまつわる情報に自らアンテナを張るようになる。

しかしたとえその意識を持てたとしても、医師や医療従事者ならともかく、医療に携わっていない人が「正しい医療知識」を得続けることは、簡単ではない。インターネット上をはじめ様々な情報が溢れる世の中では、自分に都合の良い情報だけを見たり、時には嘘の情報を信じたり、と知識を得ようとしてかえって誤った方向に導かれることさえある。

正しい知識をたくさんの人に知ってもらうには、多くの人がアクセスしやすい位置に、医学の専門家である医師が正しい知識を置き、広める必要があるのではないか。

僕に、それができないだろうか。クリニックという自分の拠点はできた。だったら次は、自分から正しい情報を発信するのはどうだろう。

自分の拠点の中だけではダメだ、地域に向けて、いやもっと広く世間に向けて発信しなくては。少しでも多くの人が正しい医療情報にアクセスでき、それを基に自分の健康について考え、病気の予防や早期発見に繋げられるように。これができれば、僕はより多くの人を通じて日本に「恩返し」できるのではないだろうか。

Cさんの病を経てクリニックで毎日たくさんの患者さんに携わる中で、僕はこのような想いをますます強くしていった。

幾度となく自己問答を繰り返した僕は、次の結論に思い至った。

医師は病院の中で患者さんをただ診察しているだけでは仕事を全うできていない。病院の外に出て、自ら正しい医療知識を世間に発信し、医療的な啓発をする。それも医師の仕事だ、と。

しかしこの「仕事」は考えているだけではもっとダメだ。行動に移さなければ、何の意味もない。ではどう行動しようか。僕は産婦人科が専門。だったら自分の専門分野からやってみるしかない。しかし闇雲に情報を発信しても効果は低く、情報は誰にも届かないだろう。

そういえば僕には、産婦人科医になってからずっと危機感を覚えていたことがあった。それは日本の産婦人科検診に潜む大きな問題点についてだ。

今や日本人の二人に一人はがんになるという時代、それを知っている人は多いだろう。ではがんを早く見つけるためにがん検診を受けている人は、一体どのくらいいるのか。２０１９年の全国平均データでは、2年に1度以上の頻度で乳がん検診を受けている人は40歳～69歳の女性のうち47・4％、子宮（頸）がん検診は20歳～69歳の女性のうち43・7％（各出典：２０１９年国民生活基礎調査）であり、それぞれ受診すべき女性の半数にも届いていない。

日本では各自治体から2年に1回乳がん・子宮頸がん検診のクーポンが発行され、検診の受診を奨める制度は充実している。しかし同時に、その制度ゆえに、「クーポンが来ない年には検診に行けない」という、誤った「負の思い込み」を生んでいる。

あくまでもクーポンは検診費用の負担軽減が目的で、「検診の受診票」ではない。乳がん・子宮頸がん検診は、毎年受けても何の問題もないばかりか、不安があればどんなタイミングで検診に行っても構わない。そしてそれぞれのがん検診自体も、クーポンがなければ受診をためらうほど高額でもない。例えば子宮頸がん検診は、クーポンがなくても3000円から4000円で受診可能だ。

しかし2年に1回、せっかくクーポンが来たタイミングでも「仕事が忙しい」「特に異常はなさそう」などでがん検診を受けない人が多い上、クーポンの来ない年は「クーポンが来てないから検診には行かなくても大丈夫」と思い込んでしまう。しかしその間に自覚症状のないままがんができていれば、ようやく検診を受けてがんが見つかった時にはかなり進行している、そんなことも残念ながら珍しくはない。せっかくのクーポンが、かえってがん検診の機会を奪っているとも言える。クーポンの有無に関係なく対象の女性すべてに検診を受けてほしいが、特に落とし穴にはまりやすい年代もある。

それが10代、20代の若い世代だ。これは女性に限らないが、若い人ほど「自分ががんになる」とは思わないし、思いにくいだろう。確かにその上の年代よりは罹患率が低いとはいえ、全くがんにならない訳ではない。例えば子宮頸がんは、HPV(ヒトパピローマウイルス)が子宮頸管で悪さをすることで引き起こされる。HPVは性行為を通じて感染するウイルスで、その感染は年齢に関係なく起こる。つまり性行為を経験していれば誰もが感染する可能性のあるウイルスであり、仮に16歳でウイルスを持ったとすれば、20歳の時点で既に4年間感染し続けていることになる。しかし子宮頸がんの症状は少なく、前がん状態やがんの初期に自覚症状で気がつくことはとても難しい。「何かあったら病院へ行くから」と考えていても、「何かあった」時にはがんがかなり進行していて、治療が難しいケースもある。

何もないから、若いから、それはがんには一切通用しないのだ。

こういった誤った思い込みや情報に惑わされず、「何もない」時から自分の身体に気を配り、がん検診や定期的な医療機関受診の機会を逃さないでほしい。長く健康でい続けるために正しい医療情報に興味を持ち、それを正しく人生に活かしてほしい。そのために僕がまず始めるべきことは、医学的な知識にあまり興味のない年代の女性たちが、正しい医療情報にアクセスできる場を作ることだ。Cさんのような思いをする人が、一人でも減るように。

そうして僕は、試しに医学的な知識や情報を発信・啓発する場を開くことにした。だが「医学的な知識や情報を発信・啓発」と言えば、字面の通りなんだか堅苦しい印象が強い。かと言って多くの人に興味を持ってもらうために取っ付きやすさだけを優先させても、知識や情報が意図しない伝わり方をしては、何の意味もなくなってしまう。

できるだけ気軽に参加できて、かつ僕自身が直接知識や情報を伝えられる場――。そこでふと思い浮かんだのは、希咲クリニックのコンセプトだった。

カフェで自分の友人に話しをするように相談できるクリニック。

患者さんたちにも好評なこのコンセプトのように、心を開いて気軽に過ごせる場所であれば、啓発の場でもあまり肩肘を張らずに行ってみようと思えるのでは？　そしてせっかくだから知識を得たいと思うように、カフェより少しだけ特別な空間にしてみては。

それらの思いを集約し、僕は「Ｄｒ．Ｎｅｌｓｏｎ'ｓ Ｃａｆｅ」をスタートさせた。

実際はレストランで、みんなで美味しいご飯を囲みながらやさしい医学を学べる場所。友人たちとのランチのように楽しく過ごしながら、正しい知識を持ち帰ってほしい、そう願って立ち上げた機会だ。初回は5人から10人ほどが参加してくれればと思い開催を告知したが、なんと35人から申し込みがあり、小さいレストランを貸し切ることにした。

面白そう、こんな勉強会は見たことがない、美味しいランチが食べられるなら、といった様々な期待の声が寄せられて、僕の準備にも自ずと熱が入る。産婦人科医として正しい知識を提供したい、と意気込んだ結果、つい本格的なスライドショーまで用意してしまった。伝えたいことは多すぎるが、わかりやすくそして正しく、と知識を必死にまとめ、自分の気持ちも整える。

自分が思い描いたことを初めて形にする時は、いつだって緊張する。でもこれがうまくいけば、北海道や大阪に来たばかりの頃の自分からは想像もつかないほど、僕は夢を叶えていることになる。前日にふとそう考えていると、遠足前夜の子どものように興奮が収まらず、なかなか寝られなかった。

迎えた当日、小ぎれいな服に身を包んだ女性たちが、会場のレストランに集まってくれた。ビシッと決めたパートナーの男性たちの姿もちらほらと見受けられる。これはとても嬉しいことだった。

女性の病気は女性だけが理解すれば良いものではない。夫婦や親子、兄弟姉妹の家庭内から、友人関係、職場関係、教育現場や医療介護現場まで、数々の場面において男性が、女性の病気や身体的な悩み、それらにまつわる正しい知識を持っていて損をすることは一つもない。そう思っている僕にとって、初回から男性の参加者がいることは願ってもない理想的な状態だった。

まずはランチに舌鼓を打ちながら、それぞれのテーブルを回ってお話しする。

「病気の時以外にドクターと話しすることなんてないから、新鮮でワクワクします！」

「医学知識に興味はあったけど、ネット上の情報は嘘か本当かわからへんし、自分で勉強するのは退屈そうで…。こんな機会があるなんて嬉しいです！」

次々と嬉しいお言葉をいただく。

僕がやろうとしていたことは、みんなの望んでいた形やったんか！

会場を見回すと、どのテーブルでも皆さんが笑顔で食事を進め、おしゃべりにも花が咲いていた。学会発表よりも緊張しそうだと心配していたが、思ったよりも和やかな雰囲気で、また皆さんに喜んでいただけていて僕もホッとしていた。美味しい食べ物を前にすると、緊張感よりも幸福感が上回るのかもしれない。美味しくご飯が食べられ、友人とおしゃべりしながらこの機会を楽しめるのも、何より健康な身体あってこそだ。レストランでの開催にしてよかったな、僕は早くもそう感じていた。

そしていよいよスライドショーを見ながらの勉強タイム。参加者の皆さんは食い入るように僕の説明を聞いてくれた。気がつけばあっという間に時間は過ぎ、とても美味しく濃い勉強会は無事に終わった。

会が終わった直後、そしてその後も、ありがたいことにとても良い感想をいただいた。

「ただ友達と食事に行くだけって罪悪感を覚えるし、勉強会だけやったら味気ないし…。でもこれなら気兼ねなく友達と食事に来られて、勉強もできて、最高です！」

こんな熱い思いを寄せてくださった方に加え、またやってほしい、という声もたくさんあり、継続は力なり、ぜひやろう！　と僕自身もさらに意気込む。

実際にやってみると、皆さんの知りたいことが手に取るようにわかり、いかに自分の感覚が麻痺していたかを思い知ることにもなった。これは知ってるやろう、こんなことはあまり知りたくないやろう、そういった僕の見当はなかなかに外れていた。

本当に皆さんが知りたいことを、正しく楽しく伝えよう。そう強く感じた僕は、当面の間Ｄｒ．Ｎｅｌｓｏｎ'Ｃａｆｅを月１回のペースで続けることにした。参加した人の評判が口コミで広まり、少しずつ参加希望者は増えていく。回を重ねるごとに質疑応答も活発になり、手前味噌ながら勉強会として非常に有意義な時間だと感じていた。

まさに僕がやりたかったことができてる！　とＣａｆｅの開催に充実感を得るとともに、もっとアップデートしたい、そんな欲も芽生え始めていた。

どうしたらもっと楽しんでもらえるだろう――。

そう考えていた頃、一人の女性が僕にこうアドバイスをくれた。

「女性は健康でいたい、さらに綺麗になりたいとも思うもの。女性がもっと綺麗になれて、医学の勉強もできるような食事会はどうですか」

このアドバイスをくれたのは、古畑七重さん。彼女はシングルマザーとして子育てに奮闘しながら仕事をこなし、Ｃａｆｅに参加して「とても学びになる」と楽しんでくれた上、多くの友達にＣａｆｅを紹介してくれていた。実際の参加経験を通じ、より女性が能動的に楽しめる仕掛けをしてはどうか、とアドバイスをくれたのだ。

今よりもっと活き活きと美しくありたい、そう思うのはとても自然なこと。Ｃａｆｅがそのきっかけになれば、健康維持だけでなく、人生そのものを楽しくできるかもしれない――！

正しい知識は得るばかりではなく、どう日々の生活に活かすかが大切。そう考えている僕にとって、それはとても魅力的なアドバイスだった。Ｃａｆｅが誰かの人生にとってイノベーションの場になりますように、と勉強会をアップデートした。

こうして「Ｄｒ．Ｎｅｌｓｏｎ ＆ Ｎａｎａｅ's Ｉｎｎｏｖａｔｉｏｎ Ｃａｆｅ」と銘打ち、七重さんとともにファッションショーを取り入れて開催するようになった。勉強会の中に、参加者が素敵な衣装を着て会場内をウォーキングする時間を設け、いつもと違った自分や健康的な美しさを会場の人たちに見てもらう。見られるからいつも健康で美しくありたいと思い、そのために正しい医療知識で身体のメンテナンスをする。そうすれば日々の生活に張り合いが生まれ、また勉強会・ショーに参加する楽しみも得られる。

なんて素晴らしいスパイラルだろう！

僕一人ではこのイノベーションは起こせなかったが、参加してくれた人のアイディアで、より面白くなり、勉強会もさらに発展していく。そんな良い流れが生まれ始めていた。そしてファッションショーを取り入れてから、さらにこの勉強会は好評となり、とある企業から驚きのお申し出を受けることになる。

「とても素晴らしい社会貢献事業ですね。ぜひスポンサーにならせてください」

社会貢献など大それたことをしているつもりは毛頭なかったが、結果的にこの会が誰かを元気にし、医療リテラシーの向上に繋がっているなら、それほど嬉しいことはない。スポンサーのお申し出をありがたくお受けし、その企業のオフィスをお借りしてＩｎｎｏｖａｔｉｏｎ　Ｃａｆｅを開催した。

その参加者、２００人！　ゲストとして女優の杉本彩さんをお迎えした。最初に勉強会を始めた時は、こんな規模になるなど微塵も思っていなかった。しかしマスコミも大勢駆けつける大イベントとなり、言い出しっぺの僕が一番驚いていた。

もっと驚くべきは、この大規模開催がさらに好評を呼び、ホテルのロビーを貸し切ってのさらなる大規模開催に繋がったことだ。ホテルはかの有名なセントレジスホテル大阪。参加者はなんと３００人——！

もう立案者の僕自身がついていけないほどの成長を見せたＩｎｎｏｖａｔｉｏｎ　Ｃａｆｅだが、引き続き嬉しい感想がたくさん寄せられた。

ある女性は、妊娠中にこの会に参加し、ショーでランウェイも歩いてくださった。そしてその姿をパートナーに見てもらい、「惚れ直した！」の言葉をもらったそうだ。

「家に居ても夫からそんな言葉をもらうことなんてないし、さらに自分のために正しい知識も勉強できる、こんな機会は他にないんです。ありがとうございます！」

また、母と娘、親子でランウェイを歩いた人も。

「一生モノの得難い経験が親子でできてとても嬉しかったです。ありがとう」

ショーに出てくれた人の中には、今まで自分の容姿に自信がなかった人や、おしゃれがしたくてもなかなかそんな場所がないと思っていた人もいたそうだ。そんな人たちが自ら健康で美しくありたいと思い、その姿を披露できる場所でワクワクした一日を過ごし、「Ｃａｆｅのためにもっと健康管理を頑張りたい」と思ってくださる——。これほど嬉しいことはない。

さらにそうして輝いている人たちを見て「同年代の人がこんなに綺麗になっている、私も健康管理を頑張って輝きたい」と、このＣａｆｅをきっかけに自分を鼓舞している方もいらっしゃるという。僕が最初に考えていた以上のイノベーションがＩｎｎｏｖａｔｉｏｎ　Ｃａｆｅで起き続けていた。

自分のクリニックでただ診療を続けていただけでは、決してこんな機会は作れなかった。病院を飛び出し、多くの人に医学的な知識を伝えたい、その想いから始まったものが予想だにしなかった「化学反応」を起こし、ここまでたくさんの人たちに広がっていくなんて。

友人の相談に乗って悩み事を一緒に解決しているつもりが、その友人からもっと大きなものをもらっているよう――。感謝しきれないほど喜びの多いＩｎｎｏｖａｔｉｏｎ　Ｃａｆｅは、すっかり僕の中で大切な時間・空間となっていた。

そんなある日、クリニックの電話が鳴った。僕が昔、病院勤務していた時に執刀した女性の患者さんからだった。

「以前お産の時にネルソン先生に帝王切開の手術をしていただいて、母子ともに無事に退院できました。おかげさまでその時の子どももすっかり大きくなっています。その節は本当にありがとうございました」

こういう連絡をいただけると、医師をしていてよかったと心から思う。その時の治療やお産の手伝いができただけでなく、患者さんや赤ちゃんたちのその先の生活を守れたのかもしれない、そう思えるからだ。続けて彼女は、電話口から僕に驚くような提案をした。

「テレビの情報番組に出てみませんか？」

彼女は出産後も毎日放送（ＭＢＳ）という大阪の放送局に勤めていた。そこで情報番組の制作に関わっていて、現在、コメンテーターとして医師を探しているというのだ。

渡りに船、とはまさにこのこと。主な情報源がネットに移り変わりつつあると言われてはいるが、地上波テレビの影響力は相変わらず大きい。テレビはどんな人が、どんな根拠を基に、何を話すかがすべて映し出される。

何かを話す人が負う責任が大きいメディアだと感じていた。そのため情報の正確さや客観的根拠が強く求められる医療情報とテレビは、相性がとても良いのではないかと思っていたのだ。

しかしテレビは簡単に出られるものではなく、その中でも自分の思いを話せる場はもっとない。だがその機会が巡ってきた。この船に今乗らずして、いつ乗るのか。

「ぜひやりたいです！」

船頭の舵を奪い取りそうなほどの勢いで、僕は返事をした。

こうして僕は2019年10月から、毎日放送の情報番組「ミント！」に出演することになった。さらにこの番組のプロデューサーの仲介で、日本の大手マネジメント事務所・吉本興業の文化人部門への所属も決まった。「ミント！」以降も、読売テレビの「朝生ワイド　す・またん」やBSフジの「ブラマヨ弾話室～ニッポンどうかしてるぜ！～」ほか、テレビやラジオの番組に多数出演させてもらっている。マレーシアから無一文で日本へ渡り、空港で人波に飲まれかけていた当時の僕が、この展開を想像できるはずもない。でも今なら当時の自分にこう声をかけてやりたい。

「多くの人に助けられ医師になり、恩返しの機会もやってくるよ。自分を信じて頑張ってな」

そして「ミント！」出演の初日、過去の自分に恥じぬようミントグリーンのスーツに身を包んだ僕は、万感の思いを湛えてカメラの前に立った。マスコミの広く伝える力を借りて、少しでも多くの人に、正しい医療情報と日本の良さを届けられますように、関西に、そして日本に恩返しができますように、と思いながら。

# 第八章

## 未曾有の出来事、日本の底力

# 日本の底力

2020年は、人類史に残る年になったと言えるだろう。

新型コロナウイルスの世界的大流行。まだ誰も対峙したことのないウイルスが世界中で猛威を振るい、僕たちが何気なく過ごしてきた日常はすっかり姿を変えてしまった。

マスクの着用、咳エチケット、体調不良時の振る舞い方、テレワークの普及、人が集まる場のあり方、コミュニケーションの方法、外出の是非、人と人との関係性――。あまりに多くのことが変化を余儀なくされたが、僕たち医療従事者が気になるのはやはり医療現場だ。詳細がわかっていないウイルスにどう対処すべきか、罹ってしまった人をどう治療するか、何が僕たちの盾となり剣となるのか。

世界中が手探りで、目に見えない小さな小さな敵と戦う日々。日本も漏れなくその中の一国だが、そこでも僕は感激する。

日本の医療現場はとても素晴らしかった。もちろん現在も、そのレベルを保っていると感じている。他の国々と人口当たりの死亡者数を比較すると、日本はとても低い数字であり、医療現場の完全な崩壊は起きていなかった。もちろん現場は相当ギリギリの状態で、余裕を持っていたとはとても言えない。一部の自治体で医療体制が変更になる、救急搬送に時間がかかるなどの影響が出てしまったり、少ないとはいえお亡くなりになったり、重症化してまだ治療の続く人がいたりすることは事実だ。

それでも未曾有のコロナ禍において、日本は他国よりはるかに高い水準で医療を提供し続けている。どれほどの努力が現場でなされ続けているか――対応に当たっている医療関係者の方々には本当に頭が上がらない。

新型コロナウイルスの感染拡大予防に対し、日本では何らかの法的な義務付けやロックダウンは行われなかったどころか、1年の延期を経て「TOKYO 2020」、オリンピック・パラリンピックも開催した。基本的には無観客だったが、海外から選手団、関係者を入れて大会を終えた。これは本当にすごいことだ。いくら命に関わる可能性のある事態とはいえ、スポーツの祭典で無観客開催となれば、諸外国では会場の外で入場を求める人が暴動を起こす、そこまでいかずとも大きな反発運動が起こることは容易に想定される。しかし日本ではオリンピック・パラリンピックの中止を求めるデモこそ起きたものの、暴動レベルの騒動は起きなかった。

また、法的拘束力がないにも関わらず、街中ではほとんどの人がマスクをし、商業施設に入る際は必ず消毒をする。法律で縛らずともこのような対策が成立する民族は、世界中を見渡しても日本人の他に見当たらないだろう。やはり僕は日本のこういった秩序の高さに、尊敬の念と期待を持たずにはいられない。

秩序を守って暮らす、医療をはじめ交通・公的機関のサービスレベルが世界的に見て非常に高い、さらに産業でも世界に誇る製品が次々と生み出される——これらはまさに日本の持つ「底力」だと言える。

何度も言うが、この秩序と各サービス・製品レベルの高さは、世界中で全く引けを取ることのない日本の長所なのだ。日本に生まれ育つと当たり前のことかもしれない、しかしこの「日本の長所」は世界的に見れば稀有とも言えるほど。少年時代の僕、そして今の僕もずっとそうであるように、この「日本の長所」に憧れ続ける人は世界中にたくさんいる。

さらに日本は独特のバランスを保った国であると僕は感じている。民主主義政治でありながら、医療や社会保険は社会主義的であり、この二つがこれほどバランスを取りながら共存している国も珍しいだろう。

例えば日本では、極端に言えば「総理大臣、バカヤロー！」などの発言も基本的には自由とされている。僕の母国マレーシアでは、そんなことは口が裂けても言えない、言ってはいけない。実際に僕が高校生の時、政府批判をした新聞社は政府に営業ライセンスを取り上げられてしまった。特に東南アジアではこのようなことが普通に行われており、自由に発言しても許される社会や民主主義を実現させている国は多くない。日本での政治の自由、発言の自由があるのは民主主義成立の証しであり、それらの自由はそう簡単に得られないものだ。

その一方で日本には社会主義的な側面もある、それが医療や社会保険だ。

良い医療サービスを受けたければその分費用がかかるという国も、世界にはまだ多い。しかし日本では、保険診療内であれば実費用の3割以下の本人負担で、世界的にも高水準で質の保証された医療が受けられる。これがいかに恵まれたことか！

この国民皆保険制度は日本が他国から特に羨ましがられる制度の一つであり、日本が憧れられる大きな理由でもあるだろう。しかしこの制度には、何の制限もないわけではない。社会保険の中ですべての医療行為が点数化されており、可能な限り一律の医療を提供するための仕組みがある。そのため、その「一律」から外れる自由診療扱いの診療・治療になれば、当然保険は適用されず全額自己負担となる。

しかしイギリスなど医療費が完全無料化されている先進国では、保険適用される検査や受診にとても高いハードルが設定されていることが多い。例えば検査のために専門医にかかる際、初診まではもちろん、検査をするまでにもかなりの待ち時間を要する。具体的に言うと、患者さん本人が希望した通りにＣＴやＭＲＩなどの検査が受けられるのではなく、一般内科医に異常があると認められれば大病院への紹介状が出され、そこで初めて専門医による検査を受けられる、それも多くの待ち時間を伴って。無料である代わりに、そう簡単に医療機関にアクセスできなくなってしまうとも言える仕組みだ。

対して、日本では医療費として3割負担を求めるからこそ、保険証を持つ人は日本全国の医療機関受診を保証されている。場合によっては最先端医療すら保険の対象となる。これほど平等なシステムが日本には採用されている。もちろん、毎月支払う保険料は個人の収入に応じて違うものの、一定レベルの医療提供がこれほど等しく約束されている国は珍しい。

何度も繰り返すが、これはとても素晴らしいことだ。他国が一朝一夕に真似できることではなく、日本が積み上げてきた誇るべき歴史に違いない。この素晴らしき両立が保たれているのは、まさに日本人の持つ秩序あってのことだ。発言の自由、制度の平等を決して崩壊させない、日本の秩序レベルの高さ。これは世界中が憧れている制度そのものよりも、もっと日本が誇るべきものかもしれない。

僕は日本に憧れた少年時代のその日から今に至るまで、ずっと日本に憧れと尊敬を抱き続けている。その思いは日本で多くの時間を過ごすごとに今でも増し続けている、そう言っても過言ではない。

しかしもっと日本が良くなるために、日本人に改善してほしい点があるとも感じている。

一つ目は、日本人の多くがネガティブなことに対して敏感に反応しすぎることだ。例えば、子宮頸がんのワクチンにまつわる報道。最近では新型コロナウイルスのワクチン接種が進んだことで、多くの人が「ワクチン接種時にはある程度の副反応があり、人によっては一時的に生活に影響することがある」と理解しているだろう。

しかし２０１３年頃、子宮頸がんワクチンの副反応に関する報道が過熱して「ワクチンの副反応は危険なもの」とする誤った認識が広まり、定期接種となっていた子宮頸がんワクチンが普及しなかった。定期接種の対象年齢は14歳、報道を見て不安を覚えた親御さんたちの判断で接種を見送られたケースが多くなってしまったからだ。

マスコミは子宮頸がんワクチン接種の様子を取材し、注射の痛みで泣く子、痛みのショックで立ち上がれない子の様子をセンセーショナルに取り上げ、わざわざ特集を組んでフォーカスした。さらに副反応が疑われる子どもたちの様子も詳細に取り上げ、子宮頸がんワクチンの痛みや副反応に関するニュースは連日報道された。

そんな様子ばかりが目に入ってくれば、子どもへの接種が不安になり「子宮頸がんワクチンは危険で怖いもの、接種は見送ろう」と考える人が増えてしまう。

一方、子宮頸がんを原因として亡くなる方は、年間３０００人くらいだと言われている。１日に10人前後の方が亡くなられている計算だ。ではなぜこの10人の方々の大変な姿は報道されないのだろう。一時的な痛みと、命が失われてしまう現状、どちらを報道すべきだろうか。ワクチン接種の痛みで泣く中学生を2分間放送するなら、子宮頸がんで亡くなっていく患者さんたちのことも2分間放送してほしい。それこそが公平な報道ではないか。

僕は心の底から湧き上がる怒りと悲しみと共に、当時そう思っていた。しかしマスコミは「将来子宮頸がんにかかる不安」よりも、「現在のワクチン接種による不安」ばかりを取り上げ、結果としてワクチンに関するネガティブな印象を広めることになった。

それでは全く医療業界に非がなかったかと言うと、そうではない。子宮頸がんワクチンの基本的な情報に加え、子宮頸がんはどんながんなのか、日本でどれくらいの人が子宮頸がんで亡くなっているのか、その子宮頸がんをこのワクチン接種でどのくらい予防できるのか、という説明が圧倒的に不足していた。こういった知識がもっと世間に浸透していれば、報道も受け取り方ももう少し冷静だったかもしれない。

そして何より、このワクチン注射は結構痛い——それを事前に周知すべきだっただろう。子宮頸がんワクチンの注射は他のワクチン注射よりも痛い、という話を聞いた僕は、自分でその痛みを体感するため僕自身で「人体実験」しようと思い立った。看護師に頼んで、実際に僕の腕にワクチンを注射してもらった。

なにこれ、めちゃくちゃ痛い——。

子宮頸がんワクチンは、一般的なインフルエンザワクチンなどよりも接種量が多く、筋肉に注射する際には痛みを感じやすい。そして接種後はその部位が腫れ上がって強い痛みがあり、成人男性の僕ですらほぼ丸一日腕を上げられなかった。これほどの接種時・接種後の痛みを事前に知らされなければ、中学生がいざ接種の際にパニックになっても仕方ない。

今は新型コロナウイルスワクチンの普及によって、筋肉注射のワクチンは接種時に痛みがあり、接種部位が腫れたり痛みが出たりすること、またこの痛みを含んだ一定の副反応が出ることは常識のように受け止められている。しかし当時は多くの人がこのことを知らず、偏ったマスコミ報道によって、ワクチンのネガティブな面ばかりが印象付けられてしまった。

そして2013年6月以降、なんと2022年までの9年間にわたって子宮頸がんワクチンの積極的な定期接種勧奨ができない事態となった。本来であれば、このワクチンによって将来子宮頸がんにかからずに済んだかもしれない子どもたちが、せっかくの接種機会を失ってしまったのだ。

ネガティブなことは広まりやすい。しかし日本ではそれがあまりにも顕著だと感じている。秩序がある故に、「右向け右」の大きな声に流されてしまう。物事のポジティブな面にも自ら目を向け、そのネガティブ・ポジティブ両面を分析し、検証する力。それらが今の日本には欠けているのではないだろうか。

二つ目は、日本人の多くが他人の目を気にしすぎていること。

新型コロナウイルスのワクチンができた際、多くの患者さんにワクチン接種の是非について相談された。僕はその相談があるたびに、次のように答えていた。

「このウイルスとの戦いは人類の初挑戦。ワクチン接種の効果がどの程度かの詳しいデータや、20年後、30年後にどういう影響が出ているのか、それは人類の誰にもわからないんですよ」

もちろん、それがわからないから患者さんたちが接種を迷い、少しでも情報を得たいと僕に質問していることは百も承知。しかし未知のことに飛び込むには、とにかく腹を括るしかない、そう僕は考えている。

「私はワクチン打ちたくない、代わりにコロナに罹ってもいい」
「コロナにだけは罹りたくない、重症化もしたくないからワクチン打とうと思う」
「たとえ副反応がひどくてもいい、少しでも予防・重症化効果の高いワクチンを打ちたい」

どれも尊重されるべき考えで、誰がどの考えを持っても良い。それを自分で考えて決める力、腹を括る思い切りが必要だ。そのために情報を集めたいと考えるのもごく自然なことだろう。

しかし日本人は「副反応はどうかな」「ネットでは○○と言われている」「他の人は△△って言ってる、どうしよう」といつまでも決断できない人が多い。自分が納得できるか否かではなく、誰かに何か言われないように、自分の決断が世間から外れないように、と「他人の目から見た完璧さ」を求めているかのよう。そのせいで自分の力では決断できず、また誰かの意見を見聞きし、さらに決断ができなくなっていく。これはものすごく残念なことだ。

「ワクチン打たへん！」と言いながら、後日「やっぱり打つわ！」と意見を変えても良いのだ。それを誰かに責められても、気にすることはない。とにかく自分のために決断する、その力が大事ではないだろうか。

特に妊婦さんはただでさえ体調の不安、将来への不安が大きい時期だが、コロナ禍でさらに未知の不安に晒されることになってしまった。お腹の子に何かあったらどうしよう、そう思う気持ちがワクチン接種を躊躇させるのもとてもよくわかる。自分の身体だけでなく、小さな命がかかっているからこそ、他の事柄とは決断の重みが違うのかもしれない。しかし人生が決断の連続であるように、出産や育児も多くの決断なくしては乗り越えて行けない。

出産や育児のやり方に決められたものがない代わりに、自分のことは自分で決める必要がある。そんな時にも、ママ友のKさんはこう言っている、でもMさんはああ言っている、ネットには違うことが書いてある——と周囲を見すぎるあまり、パニックになる人が多い。

これは「育児では絶対に失敗してはいけない」と思っている人が多いことの裏返しだろう。出産すれば終わり、ではなく、子どもの人生も背負わなければいけない。そこに大きなプレッシャーがあることは事実だ。

しかし同時に、子育てには正解などない。自分で「失敗像」を作り上げ、まだ見ぬその「失敗」やその先の批判を恐れて何も決められない——これでは身動きが全く取れなくなってしまう。「失敗」してはいけない、人から非難されてはいけない、と今の自分を縛り付ける必要なんて一つもない！

「私はこういう方向性で育児するねん！　何か文句ある？　私の決めた方針、他人には何も言われる筋合いない！」

これくらいの気持ちでいろんなことに挑戦しなければ、悩んでいる間にものごとは過ぎ去ってしまう。失敗や挫折をしても修正すれば良いだけのこと、それはちっとも恥ずかしくない。むしろ状況を冷静に分析してその時の最善策を取ることが、物事をより良い方向へ導くはず。

失敗は成功のもと、日本にはこんなに素晴らしい諺があるのに。もう使い古された表現かもしれないが、日本はきっと、平和すぎるのだ。

物質的に常に満たされていて、民主主義国家の中で思い通りの決断が許されている。だから悩み過ぎて目の前のチャンスを逃したとしても、きっとまたそれはやってくる、と思ってしまうのではないか。ハングリーな状況からかけ離れているあまり決断力が鈍り、失敗を恐れ、さらに決断力が鈍っていく、そんな負のスパイラルに入ってはいないだろうか。

実際に厳しい状況に追い込まれずとも、どんな時でもチャンスを逃すまいとハングリー精神を研ぎ澄ませること。そして、「今、自分で、決断する」「失敗してもいい、まずはやってみよう」と常にチャレンジを考えること。戦後や高度経済成長期にあった日本はかつて、この二つの考えが当たり前だったはずだ。物質的に満たされたこの国にハングリー精神とチャレンジ精神が再び備われば、まさに鬼に金棒。それも2本だ。他人を気にして自分の人生のチャンスを失うなんて、これほどもったいないことがあるだろうか。

と、いろいろと物申した僕自身ももはや日本人。もちろん日本を嫌いになったり、日本人に呆れ返ったりしているのではない。僕は今後の日本に、これまで以上の強い期待を持っている。日本人はまじめ、勤勉。そう言われて久しいが、日本で生活していると実に多くの場所でその日本人のまじめさ、勤勉さに相対する。

雨の日に百貨店で買い物をすれば、頼まずとも透明ビニールの雨カバーをつけてくれる。買ったものがプレゼントだと伝えれば、お渡し用に、ともう1枚新しい紙袋を渡してくれる。こんなにお客様を、さらにお客様の先にいる誰かを思いやったサービスには、他の国々では絶対にお目にかかれない。

そして何より僕が日本を知るきっかけとなった「メイドインジャパン」の製品たち。その製品クオリティは戦後よりキープされているどころか、ますます進化し続けている。世界中がそのクオリティを認め、求め続けている製品など、メイドインジャパン以外ではそうないだろう。

これほどの秩序と技術を持った日本には、アジアを牽引するリーダーになってほしいと僕は切に願っている。東南アジアには、僕のように日本に憧れている日本ファンや親日家が実にたくさんいる。日本に兄貴的な存在となってほしい、そう思っている国も多い。かつてのような勢いはもう日本にない、そう他国から、そして悲しいことに日本国内から評されることもあるが、それは物質的に豊かになり過ぎたが故ではないか。

繰り返すが、戦後復興期、高度経済成長期に日本中に満ち満ちていたハングリー精神とチャレンジ精神を再び日本人が手にすれば、アジアのリーダーを担い、日本の国際的な地位をますます高めていけるだろう。日本はそれが実現できる国だ、と僕は信じている。

僕がここまで日本に強い期待を抱き、その想いに揺らぎがないのは、日本が無一文の僕を迎え入れ、ここまで育ててくれた国に他ならないからだ。外国人だった僕が努力したことを認めてくれた上、困っていた僕にたくさんの日本人や日本社会の仕組みが手を差し伸べてくれた。だからこそ僕が「逆転力」を発揮でき、「マレーシアからやってきた貧乏少年」が「日本人の医師」になり、自分の医療法人を作ることまでできたのだ。

死に物狂いで頑張れば、希望の花を咲かせられる国、日本。あの日、片道切符とわずかな生活費だけを握りしめて日本へやって来た僕の人生が、それを証明していると言えないだろうか。

――いや、僕が日本へ持って来たものは、もう二つあった。何度も言おう。それは「ハングリー精神」と「チャレンジ精神」だ。

貧乏暮らしを憎み両親を恨んだこともあるが、そこで培われたハングリー・チャレンジ精神こそが僕に日本へ来ることを選ばせ、僕の数多の決断を後押しし、どんな逆境に直面しても僕を動かしつづけ、僕がたくさんの日本人に手助けをもらうきっかけを作ってくれた。この精神を得られたことは、両親へどれだけ感謝の言葉を言い尽くしても足りないほどだ。まさに僕の決断力と行動力、そして逆転力の原点がそこにあった。

「ハングリーって言われても、日本には物も食べ物もたくさんあるし。それにチャレンジ、って今から医学部目指すなんて無理やん」

そう思う人もいるかもしれない。満ち満ちている物を無理に排除してまでハングリー状態を作り、人生を賭けるようなチャレンジが必要です、と言いたいわけではない。ハングリー精神・チャレンジ精神の強さや大きさは、人それぞれ、その時次第。「今の自分」に必要な強度でこの二つの精神を携えれば、その時の自分の力を最大限に引き出せる、どんな逆境でもひっくり返せる、と僕は考えている。

興味のあったプロジェクトのメンバー募集に臆せず参加してみる。行きつけのレストランで、いつもと違うメニューを注文してみる。そんなことで構わない。参加したら興味ある仕事に繋がっていた、新メニューで自分の新しい好みを発見した、など予期せぬ幸運に出会えるかもしれない。もしかすると、メンバーとは気が合わず、メニューは期待外れかもしれない。しかし、やらないないことは実現できない。期待外れであっても、何かを得られるはずだ。

そう、先に言ったように、ネガティブな面だけでなくポジティブな面に着目し、見方を「逆転」させてみれば良いのだ。気が合わないタイプがわかった、次から苦手な食材を選ばずに済む——という具合に。日常生活に変化の可能性やチャンスを見出し、小さなハングリー・チャレンジを続けてゆけば、いつしかそれらは「逆転力」を発揮させ、きっと人生を豊かにしてくれる。

失敗してもいい、そこから得たものを大切にしながら、成功するまで続ければいいのだから。いつか来るかもしれない人生でとびきりのチャンスに備える、大逆転のために必要な助走だ。

希望の花を咲かせられる社会的な土壌、底力は、日本にしっかりと存在している。そこに日本人という花が、秩序と技術力を根づかせている。それらにほんの少しのハングリー精神・チャレンジ精神という肥料が加われば、その花はどんなに激しい雨風にも折れない、元気で色鮮やかな大輪の「希望の花」となるだろう。日本中に美しい希望の花々が咲き誇る、そんな日が必ずやって来るに違いない。

その時は、僕も負けじと希望の花を咲かせ続けていたい。そして次々に新しい花たちが芽吹くための恩返しを、共に風に揺れる花として微力ながら続けていきたいと思う。

## 両親への感謝、そして日本への恩返し

僕の両親は何度も書いてきたように、貧乏暮しの中でも必死の思いで僕に良い教育を与え、僕の夢のために奔走してくれた。両親にはどれほど感謝してもし足りない。

かつては感謝どころか、恨みさえした。なぜ僕はこんな貧乏な家に生まれたのか。もっと裕福な家に生まれていれば、日々の生活はもっと楽だった。こんなにコンプレックスを抱えて生きることもなかった。金銭的にも、精神的にも余裕がなかった僕は、とにかくそんな思いを腹の中に蓄えていた。

そこから抜け出して、日本で自分の仕事も家族も持ち、やりたいことに取り組める環境にまでたどり着けたのは、ほかでもない両親のおかげだ。彼らが方々に頭を下げてお金を工面し、僕を良い学校へ通わせ、そして日本へ留学させてくれていなければ、今の僕は存在していない。僕がこの30年近くも日本でがむしゃらに頑張り続けられているのは、いつも苦労していた両親を目の当たりにしていたからだ。

貧乏で苦しくても、必死に頑張れば乗り越えられる。子どもに良い教育を与え、やりたいことを叶えることもできる。それを体現する両親を間近に見て育ったことは、他の何にも代えがたい良い教育そのものだったと言えるだろう。貧乏は両親の姿勢を僕に見せたばかりではなく、僕自身をも奮い立たせてくれた。

貧乏とは、お金で解決する選択肢がない、ということ。つまり、すべてのことを自分でやらなければいけない。生活費に授業料、自分にかかるお金を自分自身で稼ぎ、その中でやりくりすることも、貧乏の与えてくれた経験だった。裕福な両親のもとに僕が生まれていたとしたら。そして彼らが何の努力もしない人たちだったとしたら。僕は日々の生活に満ち足りて、挑戦することを知らず、逆境を跳ね返す力も持ちえなかったかもしれない。

裕福でも努力や挑戦を怠らない人はたくさんいるだろう。しかし、18歳で自立するしかない、そんな環境が結果的に僕には合っていたのだ。そこで生まれたハングリー精神が、僕にチャレンジすることを選ばせた。

生活のためには、とにかく一日一日頑張るしかなかった。貧乏だから、お金がないから――それを頑張らない理由にした途端、自分が生きていけなくなる。常にギラギラした気持ちで、自分にやれることを探し続ける。やれることが見つかれば、まずはやってみる。ハングリー精神で日々挑戦のタネを見つけ、チャレンジングスピリッツの燃ゆる毎日。

くよくよしている時間がもったいなかった。気持ちを切り替え、明日の自分がどう戦うかを考え実践するしかない！　そう考える間もなく、マグロのように泳ぎ続ける。生きる上で最強の武器「逆転力」を、僕は貧乏からもらった。いや、生み出した、と誇っても良いかもしれない。

今も周りの日本人からよく言われることがある。

「よくそこまで諦めずに頑張れるね」

「いろいろチャレンジするなぁ」

「そのパワー、どこから出てくるん？」

確かに僕は何かにチャレンジし続けている。その答えは何度も繰り返すほど明白。両親が自分の目の前で頑張り続けていたからだ。貧乏に負けず、

左からネルソン・母・妹・父・兄

未来の可能性を諦めない両親が、僕をここまで育ててくれた。人生であと何度言えるかわからないが、「ありがとう」はどれほど言っても足りないだろう。自分が親になった今、感謝の念は日々増している。

そして僕は、たくさんの日本人にも感謝を伝え続けたい。

とにかく不安に包まれていた東京時代、居場所を見つけられた北海道時代、そして大きな夢に向かって走り続け家族と仲間を得た大阪生活——。日本での生活のどこを切り取っても、僕の周りには助けてくれた日本人がたくさんいた。その人たち、そして日本にどう恩返ししていくかが、僕の生涯の大きな課題の一つだ。

日本という恵まれた環境がなければ、今の僕は絶対に存在しない。僕の頑張りを受け入れてくれた日本。僕を医師に育ててくれた日本に、僕の専門分野で何ができるだろうか。

第五章でも触れたように、日本の医療現場は医師不足が叫ばれている。特に産婦人科、小児科、麻酔科、外科など、労働時間が長く、訴訟リスクが高い科ではそれが顕著だ。しかし僕は、すべてを承知の上で産婦人科医になり、今も産婦人科医であり続けている。それはなにより、これほどやりがいの大きい仕事はない、と胸を張って言えるからだ。望む仕事に就き、やりがいを感じられる——これは本当に幸せなことだ。

残念なのは、そのやりがいだけでは、長時間労働や訴訟リスクを敬遠する若い医師たちを引き止められないこと。仕事は生活そのもの、リスクを避けたい気持ちも十分理解できる。僕が勤務医時代にどれほどしんどく歯がゆい思いをたくさんしたかは、前述の通りだ。

しかし、やっぱり悔しい。これほど大きなやりがいを擁する職業をぜひ人生の選択肢の一つに入れてほしい。

僕が今できるのは、しんどく苦しいばかりではない産婦人科医の現状を、より多くの人に伝えること。そして医師を目指す人たちにその現状を伝えるシステムを作ること。それら実現のために、自分の力を使ってみたい。解決すべき問題を改善させながら、産婦人科の魅力を大いに語る。そんな医師がいたっていいじゃないか、と僕は考える。

魅力の発信が必要ならば、僕が喜んでその役を引き受けよう。不足する医師を多少の時間をかけてでも増やすことは、一見遠回りに思えても、日本人の生活に根づいた大きな恩返しになる。僕はそう信じて、今も諦め悪くこのチャレンジを続けている。

すぐには実現できないかもしれない。しかしチャレンジするのに一番早い日は、今日だ。

今日もそのチャレンジに取り組みながら、一日でも早く恩返しを実現させたいと強く思っている。

## 憧れの「母国」で

２０２２年、気がつけば来日してちょうど30年が経とうとしている。かつて僕にとって異国だった日本は僕の自国となり、今や「母国」に思えるほどの時間を過ごした。これからも日々を過ごしていくこの日本で、僕はやはり、日本人にこう問いかけていきたい。

変わることを恐れてどうするのか？

これは僕が日本を好きになればなるほど感じることだ。勤勉で礼儀正しいと言われ、世界が驚くほどの高度経済成長を成し遂げてきた日本人たち。しかし今の日本人は、それぞれが集団の中に埋もれて「右向け右」に倣い、没個性、変化のない生活を望んでいるように見える。

確かに生活を維持することは大切で、決して簡単なことではない。ただし新しい時代になった今、国際競争も激しくなり、変化への素早い対応が求められている。新型コロナウイルスなどの疫病や自然災害の多発、各地での戦争・紛争の勃発、技術の発達による従来文化や社会的構造の変化など、世界や国内の情勢はこれからも激しく変わり続けるだろう。

現在の日本は少子高齢化が大きく進み、30年前と比べると残念ながら国力が低下していると言える。さらに昨今は円安傾向も続き、国際社会での日本の影響力も以前ほど大きくはない。そんな状態の日本は、果たして変化著しいこれからの時代に対応できるのだろうか。日本の現状を目の当たりにして、日本に強く憧れていた僕はとても寂しい気持ちだ。

選挙の時期になれば「今より悪くならなければ良い」という消極的な理由で投票先を選ぶ人が多いと聞く。これから多くの選択肢が用意されているはずの若い世代も含めて、多くの日本人がそう感じているというのだ。

本当にこのままの日本でいいのか？　かつての日本の勢いを取り戻さなくて良いのか？　何かを少しでも変えようとは思わないのか？　いつもこの想いが僕の頭を埋め尽くす。

今の慣れた社会のままでいい、そう思って変わらなければ、いつまでも古い社会システムや構造のまま突き進むことになり、少子高齢化社会に全く対応できない時代がやってくるだろう。今の仕事や生活に不満があっても、我慢し続ければいつしかそれが当たり前になり、ますますそこから抜け出せなくなる。

たとえ日本の国力が落ちていたとしても、今の生活を変えたくない——そう思っている人にこそ、僕は問いたい。「今の生活が良いならば、変わらないままで本当にいいんですか」、と。万が一、今よりも良くない方へ物事が向かった時に、果たして何もしないままで現状維持ができるのだろうか。

「今」を変えることを恐れてはいけない。日本は今こそ、勇気をもって変わっていかなければいけない時。新しい時代に対応し、日本、そして日本人の良いところをどんどん世界にアピールする時。だから僕は今後もずっと発信し続けていくだろう。

18歳で一文無しで来日し、必死の思いで毎日を生き抜いてきた。今では医師として自分のクリニックを持ち、テレビやラジオでコメンテーターとして、また本を出版することでも自分の想いを人に伝えられている。

何も僕に特別な能力があるからできたのではない。僕は母国で毎日ハングリーな環境にいて、その中に生まれる日々の不満を、自らがチャレンジし続けることで「逆転」させてきた。小さなその積み重ねが、日本の地で大きな花を咲かせただけだ。

今も僕がいろいろなことに挑戦するのは、小さな積み重ねの大切さを知っているから。まずは挑戦し、少し自分を変化させてみれば、いずれそれらが自分の経験として蓄積され、その先の大きな挑戦、そして「大逆転」の礎になってくれる。それを僕は身をもって体感してきた。僕がいきなり「日本に渡って日本国籍を取り、自分の医療機関を持つんだ！」と意気込んで来日したわけではないことを、ここまで読んでくださった方ならばよくご存知のはずだ。

変わることは、何も怖くない。間違えた時は、またやり直せば良いのだから。この考えを、僕はもっと日本人に広めたい。

日本人の皆さんからすると、かえって僕は特殊な環境だったのかもしれない。辛い状況をハングリー精神に変え、チャレンジングスピリットを維持しやすい東南アジアの発展途上国での環境と、今の日本の環境とは大きく違う。しかしどんな状況の人でも、目の前のことなら少しだけ変えられる。自分の行動次第で、自分の人生に変化は起こせる。その変化が、自らにたくさんの経験を積ませ、その先の大きな変化につなげてくれる。僕はまさにその体現者だと自負している。

なんだ、その程度の変化で良いのか、じゃあやってみよう。僕の話を聞いたり、僕の姿を見たりして、気軽にそう思ってくれればとても嬉しい。変わることを恐れず、ほんの少しの勇気を持ち、むしろ「苦しいからこそ、楽しんで今の逆境に立ち向かってみよう」と考え、日々を過ごす――。そうして変化を恐れない日本人が増えることが、日本への最大の恩返しだと思っている。

僕自身の変化も、まだまだ終わりではない。日本で挑戦したいことはたくさんある。しかしまずは、僕の経験と考えを発信し続けること。

恐れずに変化しよう、少しずつで良いから変わってみよう。自分をハングリーな環境においてみよう。いろいろな経験を積むことを恐れず、チャレンジ精神を磨き、「逆転力」を激らせよう。

そうすれば必ず、日本はまた輝かしい姿を取り戻せるはずだ。

Dr. Nelson & Nanae's Innovation Cafeの参加者とともに　（撮影：高山謙吾）

# エピローグ

## エピローグ

来日してからの30年を通じて思うのは、多くの日本人が日本での生活に「夢も希望も持てない」と感じているということ。しかし、今戦争の起きている地域ではどうだろうか。一日無事に過ごせた時に、きっと「また一日生きられた、本当によかった」と感じるのではないか。日本のように物質的に満たされ、一日を無事に終えられることが当然の毎日では、どうしたって退屈に思えてしまうのかもしれない。それは本当にもったいないことだ。

僕もマレーシアから来日した時は、日本語も喋れずお金もなく、僕ほど絶望を抱えた少年は世界中どこにもいないだろうと思っていた。それでも多くの日本人に助けられて希望を見出し、今では自分のクリニックまで持てた。何度も繰り返すが、日本という国は大きな努力で希望の花を咲かせられる、そんな土壌がまだまだあるのだと、僕は信じて止まない。

こうして日本で夢を叶えられた僕には今、人生の目標が三つある。

一つ目は、日本はこんなに良い国なんだよ、と一人でも多くの日本人に伝えること。僕が街頭演説中に出会った青年のように、僕の話を聞いて日本の良いところに目を向け、人生で何かにチャレンジしようと思う人が一人でも増えれば、日本列島は希望の花でいっぱいになるだろう。僕はそんな日本と、日本の皆さんの笑顔をずっと見ていたいと強く願っている。

二つ目は、正しい医学知識を広めていくこと。ネット時代の今、情報は常に氾濫していて、特に医学的な情報は玉石混交の状態だ。体調不良の時にその症状をネット検索すると、次のような「原因」が示されたことはないだろうか。「ストレスの蓄積」「ホルモンバランスが崩れている」「自律神経の乱れ」「冷え性」「更年期」——。ネット上の出典が明らかでない医療情報は、どんな症状でもこれらを「原因」として説明しようとする。このような曖昧な表現では、多くの人が「自分は大丈夫なんだ」と自己判断し、本来は別の原因や病気が隠されていても気がつけないままとなってしまう。しかし本当の原因や病名が明らかになった時にはすでに病状は進行し、重篤化してしまう症例も多々ある。医学的な知識の間違いは、時に命に関わる。正しい情報の発信はもちろん、正しい情報を見分けられるような知識を僕が広めれば、怪しい情報に惑わされて健康を害する人も少なくなるはずだ。

三つ目は、日本が直面する少子高齢化という大きな課題を少しでも解決に近づけること。根本的に少子高齢化を解決するには、数十年、いや100年以上はかかるだろう。かといって、目の前の難問から逃げていては問題を先送りするだけ。だからこそ僕は、活躍を望む女性たちの能力を引き出し、社会でその力を発揮できる環境を整えたい。女性が快適に過ごし、子育てや自己研鑽をしながらも社会で活躍できる環境を考えるのは、産婦人科医として他の人よりも得意なはずだ。同時に、僕は高齢者の方々の活躍も後押ししたい。「少子高齢化」は、なぜか高齢者が社会の負担であるような印象だけで語られることも多い。しかし僕は、高齢者の方々は日本社会の宝物だと感じている。多くの人生経験や高い技術など、若者にはない多くのものを持っているからだ。ある意味で、高齢化は社会全体における宝物の多さを示すとも言える。社会の宝である高齢者の方たちが長く健康で活躍できれば、その力を借りて日本社会をより元気にできるはずだ。もっと輝きたいと思う人たち、そして持てる力を使いこなせていない人たちの力を引き出すサポートこそ、日本そのものの力を高める近道であり、僕の使命だと考えている。

この三つの目標は、僕一人だけの力では絶対に達成できない。それほど大きな風呂敷を広げている自覚もある。しかし同時に、日本でならこの目標を成し得る気がしてならない。なぜなら、日本は本当に不思議な国で、あまりに幸運な偶然を僕にたくさんもたらしてくれるからだ。今このエピローグを書いている間にも、あり得ないようなことが再び僕に起きようとしている。

僕がこれらの目標を様々な人に話していると、そのうちの一人が僕の考えに賛同してくれた。長く救命救急をやってきた医師の女性で、そろそろ別の道を歩もうと考え、高齢者に在宅での医療提供ができないか検討していたという。そこで希咲クリニックに、高齢者向け在宅診療部門を作ることになった。地域に根差したクリニックとして、そして高齢者の方々の健康的な生活を支える仕組みとして、僕自身もいつか実現を願っていたことだ。

同時に、看護師によるケアを中心とした訪問看護部門を作れないかとも考えていた。勤務医の頃から、老老介護や家族介護に重くのしかかる負担を看護ケアで少しでも和らげたいと感じていたからだ。その話をクリニックの患者さんにすると、看護師資格を持った一人の患者さんから、先生の考えにとても共感するのでぜひ一緒にやりたい、という申し出をいただいた。断る理由など一つもない。今は希咲クリニックに訪問看護部門を作るべく、共に東奔西走しているところだ。

これを奇跡と言わずして何と言おうか。希望とたくさんの奇跡が重なり合って大輪となり、また咲き誇っていくのだろう。希望の花咲くクリニック、という名前にまったく負けないような奇跡が、今も起こり続けている。

日本へ来た時から今まで、どれほどたくさんの人に助けられ、可愛がっていただいたか。出会いというあまりにも幸運な奇跡を、僕は日本でどのくらい享受したのだろう。僕に新しい世界をたくさん見せてくれた人々への感謝の気持ちはいつまでたっても枯れることなく、僕の心から湧き出し続けている。年々その量と勢いは増すばかりだ。だから僕も、その感謝の気持ちを形にし、日本に、そして出会ってくれた人たちに恩返しをし続けていく。その想いがあれば、きっと僕は止まることなく進み続けられるだろう。そうして僕は今も、毎日をひた走っている。

夢と希望が、奇跡の花となって咲き誇る国。それが日本。

どうかたくさんの人に、そして僕の子どもたちに、この日本の素晴らしさが少しでも届きますように。

# 発刊にあたって

本書は、遠くマレーシアから憧れの日本に単身渡り、努力と研鑽を重ね、「ジャパニーズ・ドリーム」を掴み取った山分ネルソン氏の自叙伝である。

私が初めてネルソン氏の経歴を聞いたときに発した言葉は、「絶対うそや」でした。それくらい、ネルソン氏の人生はぶっ飛んでいます。マレーシアの貧困家庭で生まれ育った少年が、まったく日本語がわからないまま、片道チケットとほんの少しの生活費を持って日本へ。日本語学校へ通いながらのアルバイト生活を経て、北海道大学薬学部に合格。修士課程を経て、さらに博士課程への進学が決まり、しかもお給料をもらいながらの研究生活が約束されていたのにも関わらず、医師になる夢を捨てきれず大阪大学医学部を受験、そして合格。その後産婦人科医として積んだキャリアを捨て、選挙戦に出馬。それも、誰に頼まれたわけでもなく、日本の医療現場の現状に憤りを感じ、自らの意志で、何の縁もゆかりもない政治の世界へ飛び込みました。選挙には落選したものの、ネルソン氏の心からの訴えに共感した有権者から10万票以上を獲得。その後、ネルソン氏の開業を応援してくれる人が現れ、希咲クリニックを開業。さらに、ご縁が繋がり、テレビ、ラジオなどメディアにも精力的に出演。現在は、あの吉本興業の文化人部門に所属しておられます。……ドラマの筋書きか何かでしょうか?

ネルソン氏のようなドラマチックな人生は、多くの日本人にとってまねることができるものではないでしょうし、また、まねる必要もないでしょう。しかし、「人生に対する姿勢」をほんのちょっとまねてみると、新しい世界が広がるのではないかと感じるのです。本書の副題には、「日本人が知らない〝ジャパニーズ・ドリーム〟を掴む方法。」とあります。ネルソン氏は「逆転力」によってジャパニーズ・ドリームを掴んでいきますが、では「逆転力を激らせる」ために重要なポイントは、一体何でしょうか。

私は、「本当に欲しいもの」に手をのばす勇気だと考えています。ネルソン氏は人生の転機で、実に多くのものを手放してきました。マレーシアで英語をマスターし、成績も優秀だったのにも関わらず、留学先に当時英語を話せる人が非常に少なかった日本を選びました。日本語はまったく話せない状態で、です。なぜか？「日本がよかったから」。なんてシンプルなんでしょうか。お給料をもらって研究できる環境を手放して、大阪大学医学部を受験しました。なぜか？「どうしてもお医者さんになりたかったから」。産婦人科医の職を辞して選挙戦に出馬しました。なぜか？「医療現場を根本から変えたかったから」。ネルソン氏は、「条件的にはこっちが有利だ」と分かっていながら、そして分かっているがゆえに悩みに悩み、結果、条件的な「強み」を実に美しく「捨てて」しまうのです。ネルソン氏にとっての判断基準は、いつだってシンプルです。「自分が心の底から欲しいものは、やりたいことは、何か」。それを実現するためには、怖くても、カッコ悪くても、自信がなくても、全力で挑戦してしまうのです。葛藤しながら、「本当に欲しいもの」に手をのばすネルソン氏を、周囲の人々は応援したくなるのではないでしょうか。そして、「本当」に向かって本気で手をのばすとき、必ず必要な助けが現れるものなのかもしれない。そんな風に感じます。

ネルソン氏は言います。「いつもランチのお店は友達任せだけど、今日は自分が提案してみようかな。それくらいの、ほんの小さな挑戦でいい。」。そんな、小さな挑戦をするきっかけに、本書がなれたなら、こんなに嬉しいことはありません。

表紙の帯には、「カッコ悪くていい。怖いままでいい。挑戦し続ける〝元ガイコクジン〟の物語」と書いてあります。「挑戦し続ける〝〇〇〇〇〟の物語」が、たくさん生まれますように。そして、たくさんの「ジャパニーズ・ドリーム」が叶いますように。

IAP出版　関谷　昌子

## 著者プロフィール

**山分ネルソン祥興**（やまわけ　ねるそん　よしおき）
1973年9月9日、マレーシアの貧乏な家庭に生まれ、小さい頃から日本に魅了される。
1992年　単身で来日。日本語学校での留学生活を送る。
1993年　北海道大学薬学部に入学。競技ダンスと出会う。
1997年　北海道大学大学院薬学修士課程に進学。
文部省（当時）に国費留学生採用され、薬学研究科博士課程前期に進学を決める。
1999年　長年憧れた医学の道へ進むため、大阪大学医学部医学科に入学。
勉学に励む傍ら、大阪大学舞踏研究会に所属し競技ダンスを続ける。
2004年　大阪で出会った志野と結婚。
2005年　医師国家試験に合格し、大阪大学医学部医学科を卒業。
市立豊中病院で初期研修医として勤務開始、最優秀研修医賞を受賞。
2006年　大阪大学舞踏研究会の後輩である蒼井と出会う。
長男誕生、産婦人科医になろうと心を決める。
2007年　産婦人科専攻医となる。
2008年　自身の半生を書籍として子供に残したいと考えるように。
蒼井の文章表現に魅了され、この頃より本著の共同執筆を開始する。
2010年　帰化申請し日本国籍を得る。
市立豊中病院を退職、参議院選挙に立候補するも落選。
2013年　乳腺外科と産婦人科を併設した「希咲クリニック」を設立、院長就任。
「Dr.Nelson's Cafe」スタート。
2015年　次男誕生。
2018年　長女誕生。
2019年　毎日放送「ミント！」にコメンテーターとして出演。
吉本興業文化人部門に所属。
2021年　読売テレビ「朝生ワイド　す・またん」、BSフジ「ブラマヨ弾話室〜ニッポンどうかしてるぜ！〜」にコメンテーターとして出演。
2023年からABCラジオ「月曜から元気に！Joyful Monday!!」のパーソナリティを務める。
「正しい医学情報」を多くの人に伝えるため、精力的に各メディアへ出演。

**蒼井カナ**（あおい　かな）
1987年7月、兵庫県神戸市に生まれる。
ピアノ、読書、スイミングに親しむ活発な幼少期を送る。
2003年　県立高校に進学。自由な校風を謳歌する。
水泳部に所属、また文化祭の実行委員やバンド活動を通じ創作を行う。
2005年　とあるミュージカルに心を打たれ、演劇の世界に進むことを決意。
2006年　大阪大学文学部人文学科に進学。
競技ダンスに出会い、大阪大学舞踏研究会に所属。
同研究会でOBのネルソンと出会い、その半生と志に感銘を受ける。
2007年　演劇学専修に所属し、研究活動に邁進。
学外で社会人劇団に参加し、劇作・演出・音楽制作・劇団運営などを行う。
2008年　ネルソンから本書の共同執筆の提案を受け、執筆を開始。
2010年　大阪大学文学部人文学科演劇学専修を卒業。
エンタテインメント系企業に就職、上京。
念願の演劇やエンタテインメント関連の仕事に従事。
2013年　日本劇作家協会主催・戯曲セミナーに参加、修了。
音楽制作を再開、以降スマートフォンゲームや演劇作品への劇伴提供を行う。
2015年　結婚。以降2児に恵まれる。
現在も同企業でHR分野の業務を続ける傍ら、個人での執筆活動や音楽制作を行う。

## IAP出版　既刊

# みがまえなくても大丈夫！ 性教育はこわくない

### 幼少期からの性教育

田中まゆ・山分ネルソン 著

本書は、テレビ・ラジオで活躍中の現役産婦人科医であるネルソン医師と助産師であり思春期保健相談士として精力的に性教育活動に携わっている田中まゆ氏、さらにネルソン医師は３児の父、田中まゆ氏は２児の母という現役子育て世代真っ最中の二人が語る現在の日本の性教育についてを対談形式で収録している。

対談の中では、産婦人科医ではあるが我が子の性教育については、疑問がいっぱいなネルソン医師に対して、田中まゆ氏が的確に答えている。今までの性教育へのとらえ方を改めて考えさせる一冊となっている。

ISBN：978-4-908863-11-0
A5判・157P
2021年12月10日発行
1,500円+税


**放送作家　野々村友紀子氏も絶賛 !!**

性教育のイメージが変わった。
そして驚いた。性教育は早くていい。いや、早い方がいい！
その“理由”と“伝え方”さえ知れば、親はもう、性教育はこわくない。

「まだ早い」「子どもは知らなくていい」
何と答えたらいいのかわからないから、家庭では避けたい“性のこと”。
でも本当は、親子だからこそ話せる“大切なこと”だ。

逃げまわってきた私としては、子どもが小さいうちにこの本を読みたかった…

---


**田中 まゆ** - Mayu Tanaka -

助産師 / 思春期保健相談士

---

**山分 ネルソン** - Nelson Yamawake -

医療法人 志紀会 希咲クリニック 理事長・院長
日本産婦人科学会専門医 / 日本抗加齢学会専門医
吉本興業所属文化人

## IAP出版　既刊

# 神田橋條治の精神科診察室

発達障害・愛着障害・依存症・うつ病
双極性障害・統合失調症の治療と診断

神田橋 條治，白柳 直子 著

ISBN：978-4-908863-04-2
A5判・188P
2018年12月31日発行
2,000円+税

## この診察室で、
## 人は生きやすくなる

臨床の職人・神田橋條治がたゆむことなく
続けてきた治療への試行錯誤。
臨床経験の積み重ねで磨いた技術、治療者
としてのふるまいを、自身の
症例報告の形式で記録する。

---

# 教えて 発達障害・発達凸凹のこと

杉山登志郎・白柳直子 著

ISBN：978-4-908863-08-0
18.8×13cm　132P
2021年3月26日発行
1,500円+税

**お子様が初めて発達障害と言われた方に
読んでいただきたい一冊です。**

〈発達障害〉という大きな診断名は、「器質系発達障害」「発達凸凹」「トラウマ系発達障害（発達性トラウマ障害）」という３つの区分で捉えなおすと、本人の状態や周囲のより良い対応のしかたが、ぐっと理解しやすくなる! 児童精神科医・杉山登志郎の考える「〈発達障害〉との無理の少ないつきあい方」を、コンパクトに整理・説明した入門編的な一冊。漠然と知ってはいるけれど改めて〈発達障害〉を深く知りたい、とお考えのかたにもお奨めです。

## IAP出版 既刊絵本

### ダウン症や染色体異常のことを優しく伝える絵本

# 「ぼくはゆうくん」

さく よしはら みわこ
え なかがわ ゆう
監修：日本ダウン症協会 代表理事 玉井浩
1,760円（税込）

この絵本は、ダウン症や染色体異常がある子どものことを、周りの小さな子どもたちや先生、お父さんやお母さんに伝えるために作られました。

「染色体」とは、あなたをあなたにしてくれる「設計図」。

いわゆる定型発達の子どもも、染色体異常のある子どもも、みんな設計図を持って生まれてきます。

目に見えない小さな小さな設計図であなたはできている。

そんな奇跡を、この絵本を通して感じ取っていただけたら幸いです。

ぼくのせっけいずには
みんなより ひとつだけ
おおく ちいさな ぶひんが あるんだ。
それいがいは、きみとおなじだよ。

きみと おなじところが たくさんあるよ。

はじめまして ぼくは ゆうくん。
きょうは なにして あそぼうか。

（「ぼくはゆうくん」本文より）

この絵本は医学的な内容を含むため、小児科医 篠原宏行氏より、染色体のイラストについてのアドバイスを、また公益財団法人 日本ダウン症協会の玉井浩代表理事に監修をいただいています。

日本人が知らない「ジャパニーズ・ドリーム」を掴む方法。

**逆転力、激らせろ**—希望を咲かせて—

2023年11月4日　初版第2刷発行

著　　者　山分ネルソン
文　　　　蒼井カナ
写　　真　津川絵美
装丁デザイン　泉屋宏樹（iD.）
発 行 者　関谷一雄
発 行 所　ＩＡＰ出版
〒531-0074　大阪市北区本庄東2丁目13番21号
TEL：06（6485）2406　FAX：06（6371）2303
印 刷 所　有限会社 扶桑印刷社


ISBN 978-4-908863-14-1

Printed in Japan